王者の妻　下

豊臣秀吉の正室おねねの生涯

永井路子

朝日文庫

本書は一九九六年四月、ＰＨＰ文庫より『王者の妻　下巻　秀吉の妻おねね』
として刊行されたものです。新装版にあたり改題いたしました。

王者の妻　下●目次

王者の妻　下

豊臣秀吉の正室おねねの生涯

つむじ風

黄金の城、大坂城築城とともに行われた二大喜劇——家康の再婚と秀吉の天皇御落胤説に対するおねねの反応は、まことに庶民的、健康的だった。

——このひと、少し頭が変なんじゃないかしら?……

いくら夫が出世しても、いつまでも庶民的感覚を失わなかった彼女らしい判断であろう。

だからこそ、おねねは秀吉のペースに巻きこまれず、平気で昔の貧乏ぐらしの話などをしていたのだが、一方、彼女は、あまりにも庶民的でありすぎた。もう一つの喜劇、家康再婚の背後で、どんなつむじ風が巻きおこり、それが彼女にとって恐るべき脅威となるか、ついぞ気がつきもしなかったのだ。

もっとも、この問題で見せた秀吉のやり方は、かなりの高等技術である。いうなれば、玉突のテクニックといったところだろうか。

玉突をするとき、人はお目あての玉を直接ねらうことはしない。とんでもない玉をとんでもない方向に突いて、次々と並んでいる玉をぶつからせて、目標の玉を動かすのだ。

ある夜、秀吉はさりげなくこんなことを言った。

「佐治の息子にな、嫁を迎えてやろうと思う」

彼の父親の佐治八郎信成は、尾張大野の城主だった。以前、信長の妹——つまりお市の姉にあたるお犬(いぬ)を妻に迎えて与九郎という息子をもうけたが、信長に従って伊勢長島に出陣して討死した。その後お犬は佐治家を出て細川昭元という武将に嫁いだが、信長の死後、その後を追うように死んでしまった。

どういう風の吹きまわしか、突然、秀吉はこの息子のことを思い出したらしい。

「よい相手がいまして?」

おねねがたずねると、

「いるいる。みなし子だが」

「まあ、どこの娘(こ)ですの?」

おごうとその名を聞いても、おねねには、すぐには、その少女のことが思いえがけなかった。

「おごう?」

秀吉は、軽くうなずいた。

「ふむ。例のお市さまの忘れ形見さ」

「ああ、北庄で助けられた……」

　その話なら聞いたおぼえがある。

　柴田勝家の北庄の城が落ちるとき、お市さまは夫に従って死んだが、そのとき三人の娘は助けられて城を出た。もっともこの娘たちは勝家の子ではない。お市さまが、さきに近江の小谷(おだに)の城主、浅井長政に嫁いだときにもうけた娘たちである。

　勝家は、落城にあたって、

「お市は故信長公の妹君だから、つまりこの娘たちも、秀吉にとっては主筋の血をひく姫君だ。けっして疎略な扱いはしないだろう」

　と言って城を出したのである。

「あれからもう四年、その娘御たちも、お嫁にゆく年頃になっていたのですねえ」

　おねねは、しみじみとそう言ってから秀吉にたずねた。

「で、そのおごうというのは、いちばん上の娘御ですか」

　と、秀吉は今度も簡単に首を振った。

「いや、いちばん下だ」

「まあ、それじゃあ、順序が」

　眼を丸くしたが秀吉は平気なものだ。

「佐治の息子の与九郎が十八だからな。上の娘より下のほうが、年のつりあいがいいのさ。多分十五とかいったからな。それに」

言いながら、にやりとした。

「三人の娘の中では、いちばんきりょうが悪い。佐治にはまあ、そのくらいのところが、ちょうどいいのよ」

「まあ……」

おねねは思わず溜息を洩らす。

みなし子で、預り先でも少し邪魔になりかけている娘たち、なかでもいちばん年弱なその子が、きりょうが悪いからといって、小領主の嫁にあてがわれてゆく……

おねねは、そのおごうと呼ばれる娘が何となくあわれに思われて来た。

「世が世なら、りっぱな輿をそろえて、お嫁入りなさったろうにねえ」

言いながら、彼女たちの母親であるお市さまの嫁入りの行列を見たときのことを思い出した。

——ほんとうにあのときは、みごとなお行列だったけれど……

そのお市さまの産んだ娘が、こんな形でお嫁にやられるとは、誰が想像したろう。

おごうの嫁入りはささやかに行われた。もちろん、その母のお市さまの嫁入りの豪華さには及ぶべくもない。

みなし子、そしてささやかな結婚。

どこか自分の結婚に似ているような気もする。

——でも私の祝言にくらべりゃあ、ごりっぱなものだわ。それに、十五とか十六とかいうから、年も私より上だし。

それからしばらくして、おねねは、ふと、おごうの姉たちのことを思い出した。

「残った娘御たちだって、そろそろ、どこかへ縁付かなければならないでしょうね」

そう言うと、秀吉は、待っていたように返事をした。

「それもな、じつは……」

もう嫁ぎ先を用意しているのだ、と言った。

「まあ、そうでしたの」

「今度は佐治よりいくらかましな家だ」

「どこですか」

「京極だ。京極高次がな、どうやら、おごうのすぐ上のお初に気があるらしい。京極はもとはといえば、浅井と姻戚だからな。いとこどうしになるんじゃないかな。多分昔お互いに、ちらりと顔ぐらいは見ていたのかもしれん」

それから秀吉はにやりとした。

「あの高次という男、時勢を見る眼はからきしだが、女を見る眼だけはたしかだな。三人の中で、いちばん色気のあるのは、中の娘だよ」

京極家というのは、佐々木源氏の血をひく近江いちばんの名家である。足利幕府時代には、かなり羽ぶりがよかったのだが、戦国のどさくさの中で没落し、すっかり領地を失ってしまった。高次はこれが残念でたまらず、あれこれ失地回復を試みるのだが、それがことごとく見当ちがいで、失敗ばかりして来た。野心ばかりあって、能力がない、というタイプなのである。

彼はまず母方の縁を頼って浅井家に力を借りようとしたが、周知のように、浅井は織田にほろぼされてしまう。ついで本能寺の変のとき、明智方についてこれも失敗。その埋めあわせに姉の龍子を秀吉の側室にさしだして、やっと命を助けられた。

「まあ、龍子をよこしたひきかえに、お初をやるようなものさ」

と秀吉は笑いとばした。

——何だか品物でもやりとりしているような……

女のおねねには、妙な気がしないでもない。

「そうすると、いちばん年上の方が残ってしまいますわね」

お市さまの忘れ形見の三人め、いちばん年かさのその娘のことにふれたとき、

「ふむ……」

秀吉は、なぜか、あいまいな返事をした。

「その娘御も、もう嫁ぎ先はお決りになっているんですか」

「いや、まだのようだ」

そっけない返事である。

「いちばん年上があとに残るのは、ちょっと気の毒ですねえ」

「でもしかたがないな。外からの事情でそういうふうになってしまったんだから」

「女の気持は、そう簡単にはいきませんよ」

「そうかな」

「そうですとも、妹が二人とも嫁いでしまって、自分だけが残されているなんて、つらいことですよ」

「ふうむ、女というのは、そんなものかなあ」

「そりゃそうですよ」

「でも、お茶々——その娘の名はお茶々というんだが、そんなめそめそしたところはひとつも見せず、母親がわりになって、せっせと妹の嫁入支度をしてやっているという話だぞ」

「それはね、きっとお茶々という娘御がとても勝気で、気位が高いからなのじゃないでしょうか。そういう人は、めったに自分の本心を見せませんからね。自分ががっかりしているとみられまいとして、気を張ってるのにちがいありません」

「そうかな」

「そうですとも、女ってものはそんなものです。きっと、腹の底では、あなたのことを恨んでいますよ」

「これは恐ろしい」

「だから早く、そのお茶々どのの嫁入り先をさがしておあげなさいな」

「ふむ、ふむ」

秀吉は、あまり気乗りのしない返事をして、何か別のことを考えている様子である。

「で、その方、おきれいなんでしょ」

「………」

「ね、そうなんでしょ」

「え、何だって」

びっくりしたように秀吉はおねねをみつめなおした。

「お茶々どのはきれいか、って伺っているのですよ」

「あ、そうか。うんうん、そりゃあ、きれいだ。とびきりの美人だ」

言いかけて、あわてて秀吉は口を押えるような動作をして言葉をにごした。

「と、いう人間もあるがな。俺はそれほどとも思わない」

――変な人。なんでとんちんかんなこと言ってるのかしら。

おねねがそのとき感じたのは、せいぜいこの程度のことであった。

「まあ、ひとりで淋しければ、都へ呼んでやって聚楽の館でも見せてやるか」

お市さまの長女について話をすすめる前に、聚楽第を含む秀吉の建築癖について、ちょっとふれておかなくてはならない。

秀吉の建築癖は、もう癖というより異常な執着に近くなっていた。ちょうどそのころ、四国に続いて九州を征伐していたが、その勢いに乗ってか、たしかに常軌を逸する熱中ぶりを見せはじめていた。

大坂城の本丸とその天守の豪華さはすでに書いたが、その後この城も、西の丸、二の丸、山里曲輪と建築が続けられている。

山里曲輪は、本丸の北側で一段低い木立に囲まれた一郭で、その名のとおりものさびた山里の風情を漂わせている。ここに秀吉は茶屋を作って、大名を招いて茶を楽しんだ。

もっとも、これだけを見て、秀吉がいかにもものさびた茶の湯を愛したように思いこむのはまちがいだ。この時期に、彼の成金趣味はますますふくれあがり、一方では「黄金の茶室」なども作っているのだから。

金の柱、金の障子の金ずくめの三畳間、茶の湯の道具にしても台子も金、これに金の台天目、金の四方盆に金の棗、金の風炉、釜、金の水指、金の蓋置に金の井戸茶碗、といった有様で、金でないのは茶筅（ちゃせん）と茶巾（ちゃきん）の二つだけだったという。

しかもこの茶室は組立て式で、どこへでも持ってゆけるという便利なもので、お市さまの遺児のおごうが嫁に行く少し前に、秀吉はこの茶室を宮中の小御所に運びこませて、正親町（おおぎまち）天皇に茶を献じている。

聚楽第を作りはじめたのは、その直後のことだ。表向きの建築の理由は、

「俺も関白になったんだから、都に関白としての館を構えにゃならん」

ということだった。

つまり大坂は武家としての本拠だが、今度作るのは、関白すなわち公家としての秀吉の本拠だというのである。もちろん外観は大坂城と同じく堀を掘り、石垣を積みあげているから、それまでの公家の館とはかなりちがっていたが……

が、秀吉が大坂の城もまだ完全にできあがっていないのに、またもや新たに都に「城」を築きはじめたのは、ほんとうに関白の「城」が欲しかったからだろうか？

おねねなどはとっくに首をすくめている。

——関白さまのお館だって？　体裁のいいことを言ってるわ。

彼女には、秀吉が、かくも屋敷づくりに狂奔する理由はすっかり見通しなのである。

はじめ秀吉は、大坂城を築き、その中に、おねねを筆頭に諸々（もろもろ）の女性を住まわせるつもりだった。

——今日は二の丸、明日は西の丸というぐあいにたずね歩く。こいつはいい趣向じゃて、うひひひひ……

こうすれば、姫路、山崎、京都などと駈けまわっていた手間は一気にはぶけるというものではないか。さまざまの花を集めての曲輪めぐり——このほうが山里曲輪の茶の湯よりも、よほど秀吉の性に合ったお遊びであった。

ところが、である。この計画はみごとに挫折した。天下統一には目のさめるような腕を発揮した秀吉だが、対女性作戦となると、どうもうまくゆかないのだ。いくら側室の数が多いといっても彼が征服した大名の数には及ぶべくもないのに、ひとにぎりの女性軍はなかなか秀吉の言うことをきかないのである。

まず第一の故障の種は、京極家出身の側室、龍子である。秀吉は、彼女を大坂城の西の丸へ迎えいれたのだが、おかげで、他の側室たちが、そっぽをむいてしまった。

「京極どのが西の丸にいらっしゃるのなら、私はお城にはまいりません」

西の丸は本丸に次ぐ広大な御殿である。そこへ龍子が入ったことに、他の側室たちは自尊心を傷つけられたのだ。たとえば信長の五女とか、織田信包(のぶかね)の娘とか、零落した京極家にくらべてずっと毛並みのよい女たちが、ずらりと大坂城をボイコットしたのである。

「いや、なにも、西の丸は龍子にひとりじめにさせようというわけじゃない。そなたたちも、ともに仲よく……」

秀吉が慌ててなだめると、女たちはさらにまなじりをつりあげた。

「まあ、私に、あの女と一緒に住めっておっしゃるのですか」

——いやはや、これは……

諸大名の領地獲得欲のすさまじさをさばきなれている秀吉も、女たちの城とり合戦のすさまじさには閉口したらしい。

「ごめんこうむりますわ、私」

「誰があんな女と一緒に住むものですか」

が、じつは、この話には裏があった。

女たちが、自尊心をふりかざしているのは、表向きのことであって、大坂城入りを拒みつづけているのは、ほかの理由からなのだ。

そのことを、そっとおねねに耳打ちしてくれたのは、侍女のいわである。

「いったん男を知った肌というものは、ああも恥知らずなものか、というお噂がもっぱらでございますよ」

彼女は龍子について、そうおねねに言ったのである。

「よほど前の旦那様のお仕込みがおよろしかったのか、それとも、京極家というのが、そうしたお血筋なのか……」

まるっきり、恥しいということを知らないような女なのだという。

「もっとも京極家は長いこと零落れておいでででしたから、その間に、いろいろのことをお習いになったのかもしれませんけれどね」

秀吉が西の丸を訪れると、龍子は、まるで下賤の女のように、一糸まとわぬ姿になって、自分のほうから挑んでゆく。頬から胸、脇の下、下腹から足の爪先までを秀吉にねぶらせて、そのつど、甘い声をあげてはからだをくねらせる。抱かれている間じゅう全身を縄のようによじったり、花びらのように開いたり、その喜び方があまりあけすけなので、はじめは、秀吉も、とまどってしまったとか。

「ま、そんなお方ですから、いちばん先にお呼びになったのでしょうけれど、西の丸にお入りになってからは、夜も昼もそんなぐあいで……」

「まあ、昼間もですって」

おねねは二の句が継げなかった。

「はい、そのときの声がこう耳をくすぐるようで、侍女たちまで思わず……」

龍子の痴態は、侍女たちの口を通じて早くも他の側室の耳に伝わったらしい。

同じ大坂城内に住むことになっても、これではとうてい太刀打ちはできない。かといって毎夜自分たちの局を素通りして、秀吉が龍子のところに通うとあっては、女の面目はまるつぶれである。彼女たちに大坂入城をためらわせたのは、家柄に対する自尊心よりも、むしろ女としての自尊心だったのだ。

――でも、そんな女の面目だったら……

とおねねは思う。

――私のは、とっくにつぶされている。

ほろ苦い思いが胸の中にひろがってゆく。

この大坂城に来て以来、秀吉は、ほとんどおねねと夜を過したことがない。天守に据えられた豪奢なベッドは、結局、おねねの専用になったかたちである。

――二十代の龍子のしなやかさには及ばないかもしれないけれど、私だってまだ三十九。

改めてみつめ直す四肢、乳房、腰のどこにも衰えのきざしはない、と思うのは、自分の眼のせいだろうか。生れついての餅肌だし、子供を産んでいないからだは、さほど崩れてもいない。侍女たちが、

「政所さまは五つはお若く見えます」

と言うのは、まんざらお世辞とは思えないのだが……

むしろこのところ、ぐっと年をとったのは秀吉のほうだろう。五十を出たばかりなのに急に白髪がふえた。自分でもさすがにそれを気にして、九州征伐のときには、
今度の陣に年寄り、早々しらが多くでき申し候て、ぬき申すこともなり申さず候。

と言ってきているくらいだ。それにくらべれば、自分のこの肌だって、もったいないくらいではないか……

——なのに、こうして長いこと自分はほうっておかれている……

おねねは、この数年、秀吉に抱かれても、心の底からみち足りた思いをしていないことを思い出した。

——あれはいつのときだったかしら……

思い出を辿っていって、やっとおねねは一つの夜をさぐりあてる。

——そうそう……山崎の合戦のあとのことだったわ。

戦いから帰った夜の秀吉の愛撫はいつもひどく執拗だった。それも二晩も三晩も眠らずに続けられるのに、あのときは、その夜、それも一度だけおねねを汗に溺らせただけで、もう秀吉はあっさりからだを離してしまい、妙にしらじらとした声で、長浜の城を明渡す話を持ち出したではないか。

自分が先に燃えていただけに、肩すかしを食わされた思いをしたものだが、考えてみると、あの物足りなさは、以来一度もみたされてはいないのだ。

——すると、あの日が……

おねねは、はっとした。

——私の女としての最後の日だったのか。

──あのとき、私はそれが女に別れる夜だなんて、思いもしなかった。

おねねの頰は思わず色を失う。

いつになくあっさりと秀吉が離れてしまったとき、おねねは、自分のからだの中の火が、消されもせず、さりとて燃えあがることもならず、中途半端にくすぶりつづけているのを感じたものだが、考えてみると、あれ以来、その火はついに一度も燃えさかることはなかったではないか。

──それをなぜ私は、またいつかなんて、のんびり考えていたのだろう。

女のしるしが、何の前ぶれもなしにやって来るように、それに別れを告げる日も、突然にやって来る。このことに気づかされるとは、なんとみじめなことか。

しかもまだ三十九歳のおねねのからだじたいは、決して女に別れは告げていない。それどころか。

──できることなら、もう一度……

恥も外聞もなく、おねねの胸の中でその「女」はのたうち、うめき声をあげている。

が、それなら、現実のおねねは、どうしたらいいのだろう。

──龍子のように一糸まとわぬ姿になって、すがりつく。

まさか……

いや、つつしみ深いたちだからそういうのではない。げんに、こんなに求め、喘いでいる自分ではないか。

でも、秀吉という存在を相手では、何やら阿呆らしく、しらけた思いが先に立ってしまう。二十数年の生活が、ずしんと持ち重りして、どうにもならないのだ。

――そう、二十年以上もこうしていて、何もかも知りつくしてしまったことが、かえっていけないのだわ。

泣き笑いに似た思いがこみあげてくる。いまさらどうにもなるものではない。「北政所」という型にはめられて、ここにこうしている以上、どうもがいても、そこからぬけだすことはできないのである。

これも嫉妬というのだろうか。

同じ年頃の女どうしなら、しゃにむに相手の心の臓をも食い破りかねないほど憎みきることもできるのだが、おねねは、龍子に立ちむかうとき、その思いが、そのまま、どうにもならず自分にはねかえってくるのだ。先の嫉妬が燃えさかる真紅の炎とすれば、これはどす黒いどぶ泥の渦とでもいうべきだろうか。

このどぶをぬけだすには？

道は一つしかない。

見るのも癪にさわる龍子のいない所へ行ってしまうことだ。この点では、まさにおねねと他の側室との利害は一致した。

もちろん大坂城の女あるじであるおねねは、そう軽々しくどこかへ行きたいなどとは言い出せない。そのためにも、他の側室がだだをこねてよそへ屋敷を作れと秀吉をつっつくのは、つごうのよいことであった。

なかでもいちばん頼み（？）になるのは、前田利家の娘、おまあである。

おまあはすでに都に来ていたが、それでもなかなか秀吉の許へ来ようとはしなかった。

おそらくおまあ及びその両親――前田利家の許へは、龍子旋風の噂が届いていて、

「そんな嵐のまっただ中に、十五やそこらの年弱な娘はやれない」

と、二の足を踏んでいるらしい。

それに――

前田利家とて昔の又左ではない。もちろん先年の北庄の柴田勝家との合戦のとき以来、秀吉には率先して協力し、その代償としてかなりの領地を得てはいるが、それで利家が喜んでいるかというと、決してそうではないのである。

柴田勝家を降したあとから、秀吉は、今まで同僚ないしは後輩であった諸大名に対し、主君として臨もうという態度を露骨に見せはじめている。

その一つの表われが国替えだ。これはさきに書いたように、弟の秀長やら、親戚の杉原家次、浅野長政などに要地を与えて大坂城の近くを固めるためでもあったが、一方では諸大名をなじみの深い土地から切り離すことも狙っていた。が、むしろ最後の狙いは、

こうして鶴の一声で将棋の駒のように諸将を移せるのだぞという威力を見せつけることにあったといってよい。

さすがに利家に対しては、秀吉も、それほど高飛車に出ることはしなかったようだが、それでも、利家にしてみれば、主人風を吹かされることはあまりおもしろいことではない。

それにもう一つ――

利家が内心穏やかでないことが、この数年前に起きているのである。ちょうど北陸進攻の折、利家はその先鋒として越中の佐々成政（さっさなりまさ）を降したのだが、秀吉がその領地をそのままくれたのはまあいいとして、そのときの口上が、はなはだ人を小ばかにしたものだったのだ。

「この越中は貴殿が自分の槍先でとったものだから、所領になったところで、格別満足とも思われないだろう。だから、このたびの活躍の礼として、われらの苗字と官名をさしあげよう。

今日からは羽柴筑前守と名乗られたい」

――なんだって、この俺が羽柴筑前だって？

このとき、すでに秀吉は関白になって「藤原秀吉」に鞍替えしているのだから、いわば、自分のぬぎすてたお古を、そっくり利家にまわしたようなものだ。

もっとも、これは利家に対してだけやったことではない。蒲生氏郷とか福島正則とかいった近臣たちにも、羽柴の姓を気前よくくれてやっている。この姓と茶器は手ごろの「贈答品」として秀吉は晩年まで愛好するが、なかでも利家には自分の持っていた筑前守までつけてやったのだから、破格のサービスのつもりだったのであろう。

が、もらった利家にしてみれば、そんなものはちっとも有難くはないのである。

「羽柴筑前」

――へっ、この俺に、「猿」になれってことか。

利家は全くおもしろくない。

――なあんだ。二束三文にもならないものをよこしやがって。それで義理を果たそうというのか。

が、悧巧者の利家のことだ、そんなことはおくびにも出さずに、ありがたそうに、おの「羽柴筑前」を頂戴した。かといって、それでおとなしく引退ったわけではない。古それとひきかえに、彼はおまあの輿入れをできるだけ高価に売りつけようとしたのである。

おまあを都まで連れて来ておきながら、いっこうに秀吉に手渡そうとしなかったのもそのためだった。

「大坂は方角が悪い。いや今月はおまあにとって月回りの悪い月でござってな」

利家は秀吉がおまあを待ちかねていることを知っている。それまでも、早く会いたいのなんのと、年甲斐もない恋文を送りつけて来ているのを承知の上で、わざと故障を申したてるのだ（この秀吉の手紙の一部は現在でも残っている）。

「今月はちょっとおまあがからだを悪くした。今度は母親が病気になった……」

などとやっているうち、秀吉も利家の謎がわかって来た。彼は、おまあのために城を要求していたのである。

——やれ、また城か……

秀吉は呆れたが、普請は嫌いではないから、すぐさま了承した。

「大坂は、まあには方角が悪うござる。なにとぞ京都に」

こうした前田側の要求と「関白の館」とが合致して、聚楽第ができあがったのだ。

おねねはもちろん関白夫人、北政所だから、姑どの——大政所とともに、第一番に聚楽第入りした。

天正十五（一五八七）年九月十三日というその日はぬけるような蒼空で、大政所とおねねは輿、それに続いて侍女たちの女乗物、さらに騎馬武者など、きらびやかな行列が続いた。

大坂城は豪華だけれども何となくおねねの性にあわなかった。ものものしすぎて、どこか暗い、冷たい感じがつきまとうのだ。少なくとも女の住いではない。

――お城よ、おさらばだよ。また来る日まで……

いや何よりも気持がすうっとするのは、龍子と離れることだろう。

――おさらばだよ、龍子……

涼しい顔で、おねねは、西の丸をふりかえる。

あの恥知らずな女の噂を朝晩聞かないですむだけでも、ほっとするというものである。すさまじい龍子台風にくらべれば、続いて聚楽第に入って来た前田のおまあなどは、ごく小さな豆台風だ。それに利家の娘とあっては、いくらなんでも、自分の顔を踏みつぶすようなことはしないだろう。

聚楽第は優雅さにおいて、豪華さにおいて、はるかに大坂城をしのぐすばらしさだった。

が、入ってみて呆れたのは、夫の秀吉がこの新邸にくつろぐこともせず、頭をふりたてその中を走りまわっていることだった。

「忙しい、やれ忙しい」

秀吉の、騒々しさは今に始まったことではないが、それにしても、この様子はどうであろう。

「何を慌ててるんです」

こんなりっぱな屋敷ができたのだから、もう少し貫禄をつけて、でんと構えていてもよさそうなものをと、おねねは眉をしかめた。と、その鼻の先に秀吉は自分の顔を近づけ、小鼻をひくひくさせた。

「驚くなよ」

「え？」

「俺はな、いま日本国はじまって以来、誰も考えたことのないことをやろうと思ってるのじゃ」

——また、はじまった。

秀吉に言われるまでもなく、おねねはちっとも驚かない。このごろ秀吉が口を開けば日本一のとか、日本はじまって以来の、などと言うからだ。

「今度は何です、いったい」

秀吉は胸を反(そ)らせた。

「茶の湯だ」

——なあんだ、つまらない。日本はじまって以来もないものだ。茶の湯なら信長が生きていたころからやっているではないか。

そう言うと、秀吉は、もったいぶってかぶりを振った。

「いやいや、それが、これまでの茶の湯とは全くちがう趣向だて」

「へえ」

「まず、北野の森に千五百ほど茶席を作る」

「千五百も?」

「そうだ。そこへ茶の湯ずきは誰でも呼びこむ」

「まあ」

「百姓、町人、若党、何でもいい、茶碗をぶらさげてくれば飲ませるし、俺の秘蔵の名物を見せてやろうってわけさ」

なるほど、これはなかなかの着想だ。こうして行われた北野の大茶会は、ある学者の説では、九州平定と聚楽第完成を祝う大野外記念パーティーだということだが、ともあれ、やたらに貴族づいていた秀吉にしては、珍しく庶民性を回復した企画だといえるかもしれない。

もっとも茶席を作れと言われたほうは、大変だった。作らなければ睨まれるから、

「いや、これは御趣向。私もぜひ」

などと言って参加したが、台所の苦しい公家たちは、心の中では、

「やれやれ、えらい物いりだて」

不満たらたらだったという。

が、この庶民的大企画も、じつは一発花火で終ってしまった。はじめは十日間連日茶会を催し、大いに万国博的泰平ムードを盛りあげようとしたのだが、せっかく平定した

九州で一揆が起って、パーティーは一日でとりやめになってしまった。

思えば、これが、秀吉が庶民性を見せた最後の企画だった。以来、秀吉は、成上り根性まる出しの、貴族趣味への道をつっ走る。

その代表的なものが、聚楽第に新たに即位した後陽成天皇を迎えたことであろう。

聚楽第に天皇を迎えると決ったときの秀吉の騒ぎ方は、この前の北野茶会のときの比ではなかった。天正十六（一五八八）年正月、これがきまると、まず秀吉は朝廷に支度金を献上した。

「なにしろ、足利将軍家以来のことだからな」

たしかに――永享九（一四三七）年、後花園天皇が、将軍義教（よしのり）の室町の館に行幸して以来、百五十年ぶりのことである。四月十四日、いよいよその当日が来ると、秀吉をはじめ、公家、武家が総出できらびやかな装束で天皇に従った。

人間のおめかしもさることながら、当日の傑作は秀吉の乗った牛車（ぎっしゃ）を牽（ひ）いた牛であった。頭に面をかけ、両方の角に金箔を塗り、紅絹（もみ）をかけ、足には浅葱（あさぎ）色の糸で作った沓（くつ）をはいたという。しかも、道のりはたった十四、五丁というのに、同様におめかしをした替牛が二頭も従った。角に金箔など塗られた牛こそいい迷惑であろう。

さて、十四、五丁の道筋を六千人の侍が警固したというから、今の機動隊そこのけのものものしさだ。その中を雅びやかな管絃を奏しながら行列は進んだ。その日以来、饗宴、管絃、和歌、舞楽、と豪華な催しが続けられ、天皇の滞在も、三日の予定が五日まで日延べされた。

この催しを、戦前の教科書では「秀吉の勤皇」として大々的に持ちあげているのだが、はたして彼の心情が純粋なものだったかどうかは調べなおす必要がある。というのは、その少し前には、

「秀吉が天皇になるつもりらしい」

などという噂さえ流れていたからだ。

この二年ほど前、正親町天皇時代に、次の天皇と見られていた誠仁(さねひと)親王が急死した。このときは、死因ははしかとか疱瘡とか、または腹を切って自殺したという説までとびだした。結局その年の十一月、天皇は誠仁親王の皇子和仁親王に譲位するのだが、この間にもさまざまの噂がとび、なかには、

「秀吉が天皇になり、家康が将軍になるんだ」

とすっかり信じこんでいた者もあったらしい。

秀吉がみずから天皇の落胤だなどと言いはじめたことと思いあわせると、何か事情があるような気もするが、結果においては、秀吉はより賢明な道を選んだ。若い天皇を戴いて、その権威を自分のために思いきり利用するという、古来日本の政治家のとり続けて来た道を、である。

いわば聚楽第行幸は、そのための最大のデモンストレーションだった。

——どうだ、お前たち、やりたくてもできないだろう。

豪華な饗宴の間じゅう、秀吉は、ひそかに鼻をうごめかしていたにちがいない。天皇に近づくためには、関白になっていなければならない。しかも天皇を招くには金を持っていなければならない。地位と富と、その二つがあってはじめてなし得ることなのだ。しかも彼は天皇を喜ばせただけでなく、この行事の後ろに深い魂胆を秘めていたのである。

秀吉の魂胆は行幸二日めに臆面もなく披露された。すなわち、織田信雄、徳川家康など、集められた諸大名に連名で提出させた誓詞がそれである。
一、聚楽第行幸への感謝。
一、皇室及び公家領への不干渉。
一、関白への絶対服従。
第一条、第二条で皇室への忠誠を誓うとみせかけて、そのじつ、彼の狙いが第三条にあることはあきらかであろう。家康などは、腹の底では、

「第三条は拒否したいところだナ」

と思ったにちがいない。しかし、まとめて一本という形になっているので、うっかり

いやだ、と言えば、

「禁裡サマに対して不忠者め」

ということになってしまうから、やむを得ずサインをしなければならなかった。このあたりが秀吉のやり方のうまいところである。こうして天下晴れて関白への絶対服従を誓わせるためだとすれば五日間の聚楽第での接待費などは全く安いものだ。さすがに勘定高い秀吉もこれでは少し安すぎると思ったのか、さらにこのとき、朝廷及び公家全員にリベートを贈っている。

京中の地子銀（地代）五千五百三十両を朝廷へ。

同じく米地子（米納地代）八百石を上皇と故誠仁親王の六宮智仁親王へ。

近江高島郡八千石を諸公家、門跡へ。

この気前のよい贈物に貧乏公家は腰をぬかさんばかりに驚き、いっぺんに秀吉ファンになってしまったという。

もっとも、これだけでは不公平になる。諸大名こそいい面の皮ではないか。全国からかき集められ、誓詞を書かされ、酒と肴だけでは、割にあわない。いや、そこはぬかりのない秀吉のことだ。こっちにはこっちで、金のかからない贈物を、前もってちゃんと用意しておいた。今でいう位階勲等のたぐいがそれだ。当時は一定の官位がなくては天皇の前に出られないことになっていたから、この行幸に間にあわせるべく、権少将（ごんの）とか侍従とかの肩書を朝廷からもらっておいてやったのだ。

肩書にヨワいのは今も昔も同じこと、彼らはがらにもない公家装束などを着こんで、

殿下（秀吉）の恩恵あさからず、かけまくもかたじけなき殿上の交りをゆるされ、
　この行幸にあひ奉るものかな。

と大喜びした、と史料は伝えている。

　このとき侍従になった中には、おねねが眼をかけている甥の勝俊もいた。はじめ秀吉の弟の秀長について播磨の城にいた彼は、秀長が大和に移るとともに、播州立野の城主となっていたので、立野侍従と呼ばれた。この促成きゅうりさながらの侍従たちは、そのときの和歌の宴では、したり顔に一首ずつひねっているが、多分勝俊をのぞいては全部代作であろう。もっともかつての文学青年の勝俊の自作にしても、

　万代の玉のみぎりの松の色のときはかきはに君やさかへん

という平凡きわまる駄作であったが。

　公家にも武家にも椀飯振舞をしたこの聚楽第行幸フェスティバルのおこぼれは、やがて、おねねのところにも回って来た。朝廷から、

「ほんのお礼のおしるしに」

といって、従一位の位が贈られたのだ。

——ひえェ。この私が従一位？……

正一位稲荷大明神の次なんて、かえって薄気味悪いようなものだと思ったが、朝廷からの贈物というのは、昔からお断りできないことになっているから、ありがたくお受けしなくてはならない。

さて、いざ従一位になると決ると、ひとつ故障が出た。おねねという名前では、その重々しい位にふさわしくない、というのである。

「昔から身分のある女の方は、何子というふうに子の字をつけますので」

そこで、急遽、吉子という名前で位をもらうことになった。やがて届けられた宣旨には、れいれいしく、

豊臣吉子　従一位ニ叙ス

とある。

——豊臣吉子サン？　ふうん。

宣旨を眺めても、どうも他人のようで、いっこうに自分だという気がしない。それでも位をもらった以上、お礼をしなければならない、ということなので、宮中の内侍所（ないしどころ）に御神楽を奉納した。

こうして行幸さわぎは一段落した。

——やれやれ……

　誰もがひと息つきたいところだが、ここでバテてしまわないところが秀吉のがめつさであろう。彼はぬけめなく、禁裡さま行幸の聚楽第を天下に宣伝したのだ。

「見に来い、見に来い。これが禁裡さまお泊りのお居間じゃぞ」

　声をかけられれば誰もいやとは言えない。しかるべき献上品をたずさえて、御殿拝見にやって来る、というわけで、聚楽第は毎日のようにごったがえした。

　聚楽第拝見にやって来る人の中には、しかるべき武将の女房もかなりいた。秀吉はこうした女性にはことさら親切で、顔をすりよせるようにして、

「泊ってゆけ、泊ってゆけ」

　とすすめる。なかにはその「好意に甘えて」つい泊っていく女もいるらしい。おねねの悩みはさらにふえた。

　——まあ、なんてことでしょう。屋敷がひとつふえるごとにこうなんだから……

　が、今度も、おねねはそのことに気がつくのが遅かったようだ。

　そのとき、すでに、お市の方の忘れ形見、お茶々は聚楽第への招待をうけてしまったあとだったからだ……

　おごう、お初、龍子、おまあ、そして聚楽第の行幸旋風……色欲、金欲、権勢欲の玉はそれぞれ唸り声をたて、つむじ風を起しながら、やっと最後の玉にぶつかったらしい。

淀の女王

ふしぎなものだ。

「彼女」がやって来たその日から、聚楽第は、にわかに華やかな空気がみなぎりはじめた。

特に飾りたてやって来たわけではない。むしろその衣裳などは、どことなく古びてさえいた。

なのに、彼女の持つ華麗で豪奢な雰囲気が、波紋のように、おねねのところまでも伝わって来る。

――ほんとにこのお館にふさわしいお方。

侍女たちは、そう囁きかわしているという。

金箔の襖に極彩色の花鳥、同じく金蒔絵の格天井(ごうてんじょう)――何もかもまばゆいばかりのこの館に、それがまるで前からの約束でもあるような顔をしてやって来て、それらの豪奢な舞台を背景に坐りこんで、ちっとも位負けしない女——

彼女がそこに坐ったとき、はじめて人々は、それまで、この豪華な館がいたずらにきらびやかで、そのくせいちばん大事なものが欠けていたことを思い知る……

お茶々はまさにそんなふうなあざやかさで、聚楽第に登場した。

「はじめから、このお屋敷は、御自分のものだというような顔をしておいでなんですって」

侍女たちが、ひそひそとそんな噂をしているのが、おねねの耳にも入って来る。おかげで、せっかく迎えいれられた前田家のおまあは、すっかりかすんでしまったという。

「加賀局（おまあ）さまは、何ていったってまだお若いものねえ。そりゃ、初花もぎたてのおもしろさはあるだろうけれどさ」

「もいでしまえば何のことはない、ってわけ？」

「あのお年じゃ、お床あしらいもご存じはないものね」

「殿下さまのしつこさに眼を回して……」

「あら、見て来たようなことを言うわねえ」

「ええ、そうですとも、見て来ないとは言いませんよ」

「へえ、そいで、加賀局さま、どうなさって？」

とかく御殿づとめをする女たちの会話というのは露骨である。そしてその女たちによれば——お茶々こそ、まさに頃よし、時よしの最絶頂の年頃だという。

「え？　二十二？　あんずや梨なら、くさりはじめる一歩手前よねえ」

「そうそう。からだがほてってしかたないとき」

「いやに実感をこめてるわねえ、あんた」

「そういうあんただっておぼえがあるでしょ」

「それに——」

侍女たちは声を低める。

「妹さんたちが先へ嫁いでいるからねえ。ひとり残っていらいらしていたろうしさ」

「そこでぱっくり口をあけて——殿下（秀吉）さまは、ほんとうにいつもお上手だこと」

無責任な噂話は、それでもがまんできた。さらにおねねが心穏やかでないのは、当のお茶々が、早くも小憎らしい挑戦の構えを見せはじめたことであった。

正確にいえば、お茶々の挑戦はおねねが気づかない先に始まっていた。聚楽第にやって来たとき、お茶々はほかの大名の女房たちがするように、おねねのところへ一応挨拶に来た。もちろんこのときはまだ正式に側室として迎えいれたわけではなく、ただの訪問客としてやって来たのだが、このときの彼女の手みやげは、
杉原半紙　五帖
という、全くおそまつなものだった。

が、そのことにおねねは別に何のこだわりも感じなかった。むしろお茶々の生活の不如意なせいだと思って、豪華な小袖や裲襠（うちかけ）を五枚もそろえて引出物としてくれてやったのである。

ところが、聚楽第に住みついた今は、そのことについて、お茶々はこんなふうに言っているのだという。

「あんな浅野の娘のとこへなんか、挨拶に行くことはなかったのだけれどね……」

むしろおねねのほうがお茶々を迎えに出るのが当然なのだ。織田の血筋をひくこの私が、お弓衆頭にすぎない浅野長勝の養女に、何で頭を下げる必要があるだろう、と言っていると聞いて、おねねはあいた口がふさがらない感じだった。

「まあ、それでも一応顔を立てて行ってやったけれど、金目のものを持っていって、お世辞をつかっていると思われるのも癪だったから……」

——それで半紙五帖だったわけなのか。

やっと贈物の意味がおねねにもわかった。しかも、おねねが与えた小袖についても、お茶々は冷然と言ったという。

「こんな好みの悪い小袖なんて着られやしない。きっと自分の出世したところを見せたくって、これ見よがしにくれたんだろうけれど」

手あたりしだいに侍女にやってしまい、自分の分は、新しく都の織匠に注文して作らせているということだった。

――まあ……

おねねは絶句した。

ほかの側室たちからも、これほどの軽蔑や侮辱をうけたことはなかった。いくらお茶々が主人筋の血をひく女だといって、こうまで人を踏みつけにすることが許されるだろうか。

――たしかに私は、名もない下士の娘だ。お茶々から見れば、成上り者かもしれない。が、せっかくの好意でくれてやったものまで、出世を見せびらかしたと言うのはあんまりだ。

もともとおねねは人に出世を見せびらかすのは大嫌いなのだ。従一位、関白夫人なのだから、もっと威張ってもいいのだが、昔どおりのおねねであろうとつとめているのに、それを、なんとひねくれた言い方をするのだろう。

かつて身分が高く、一度零落（おちぶ）れてしまったものの意地の悪さが、むき出しになったようなお茶々の態度であった。

せっかくおねねがくれてやった小袖にけちをつけたのを手はじめに、お茶々は、ことごとに、おねねに対して高飛車に出ようとした。

――ほ、聚楽では、そういうおしきたりですの？

自分の生れのよさをちらつかせるようなそんなやり方が、しだいに露骨になって来ると、おねねのほうの侍女――いわやるんなども黙ってはいられなくなった。

それまでは無責任な弥次馬根性で、新入りのお茶々の噂をしていたのだが、こう大きい顔をされては、おねねだけでなく、自分たちの立場も危なくなる。いや、げんに、お茶々付きの侍女たちは、主人をかさに、この屋敷でかなりのさばりはじめているのだ。

「お茶々さまって、ほんとうに底意地の悪い方」

「お付きの女たちも、御主人そっくり」

「新入りのくせに、あの威張りようは何でしょう、廊下で会っても頭も下げないんだから」

「ふん、私たちはこう見えても、長浜時代からお仕えしてるんですからね」

すると、相手側の侍女たちも、ますます対抗意識を燃やしはじめ、絢爛たる聚楽第には、すさまじい女の戦いの渦が巻きおこりはじめた。

一方、お茶々は、ますますいい気になって、傲慢な日を送っているという。秀吉に対してさえもひどくつんとしていて、機嫌をとるようなことは一切しないらしい。

「それがまた殿下さまのお気に召すんだってからねえ。ほんとに男ってものは」

侍女たちが、いまいましげに噂をするのが、ちらほら、おねねの耳にも入って来た。

「着物を脱ぐのも着るのも、ご自分ではなさらずに、殿下さまにおさせになるんだって」

「すると、また、殿下さまは、眼の色を変えて奉仕なさるんですとさ」

「お床の中でも、全然すましておいでなんだそうよ」

「それがまた殿下のお好みってわけ？」

「いえ、すましてるんじゃなくて、閨事がおわかりにならないのかも……？」

「そうそう、きっとそうよ」

それがせめてもの腹いせだというふうに、彼女たちは首をすくめるのであった。

と、そのうち、お茶々が病気になったという噂が伝わって来た。雀躍したのは侍女たちである。

「そうれごらん。いい気味」

が、おねねはそれに同調するわけにはゆかない。

「そんなこと言うのはおよし」

「でも、天罰てきめんではございませんか」

「そんなこと言うものではありません。で、大分悪い様子なの？」

「私がちょっとさぐってまいります」

目を輝かして出ていったるんだったが、やがて戻って来たそのとき、なぜか、彼女は、ひどくおろおろした表情を見せた。

「政所さま……」

かすれた声は思いがけない事実をおねねに告げたのである。

「お茶々さまは、御懐妊でございます……」

おねねは、とっさには、るんの言うことが理解できずにいた。

お茶々さま御懐妊。

——どういうことなのか。お茶々がなぜみごもったというのだろう……

あり得べからざることだ。自分をはじめ今まで秀吉が相手にした女性は、みごもることはなかったのに、すでに彼が五十の坂を越した今、そんなことがあっていいものか。

このときである。

おねねの胸に、長浜城時代に夭折した初代の於次丸秀勝のことがよみがえったのは。

——あっ！　於次丸……

そうだ、そんなことがあった。

夫に子種がないときめこむことは早計だった。いま、お茶々がみごもっても、何のふしぎもないのだ。

——なんという、うかつな私。

名状しがたい混乱の中にのめりこんで行きそうな自分を、いま、おねねは感じている。

二十数年、その傍らにあって、秀吉という人間の隅から隅まで知りつくしているような自分には、逆に子供がめぐまれず、今ごろになって現われたお茶々が、まるで嘘のように簡単にみごもってしまうなんて……

秀吉に近いのは、私なのかお茶々なのか。二十数年という歳月の上に築かれていた自信が、一度に音を立てて崩れて行くように思われた。

——夫とお茶々。あの二人は、前世からの因縁でもあって、結ばるべくして結ばれたのではないだろうか。

思いがけない事態を前に、しぜんとけわしくなってゆく眼の光を覚られまいとして、おねねは、るんの瞳を避けて言った。

「わかりました。退っていい。休みなさい」

「政所さま……」

微笑しようとして、おねねの頬はこわばった。

——お世継ぎができてめでたいことです。そう言うべきかもしれないけれど……

それだけの大芝居を打つには、おねねの人柄はあまりに素朴すぎた。

——大坂へ戻ろうか。

とっさに思ったのはそのことだった。日ごとに夫の胤(たね)を育ててゆく女と同じ屋根の下にいることは耐えられなかった。

——かといって、ここで逃げだすことは、正妻の誇りが許さない。

——それなら、あの女が夫の子を産む日を、私はどんな顔をして迎えたらいいのか。

あがいてもあがいてもぬけだせない渦に巻きこまれ、息も詰りそうになったとき、おねねの耳に、一つの噂が伝えられた。

「お茶々が聚楽を出る」

というのである。

「え？　この屋敷を？」

つわりのひどいたちのお茶々は、半狂乱になっていて、泣いて秀吉に訴えたのだという。

「城を、城を建ててくださりませ。北政所と同じ所で赤児（やや）を産むのはいやでございます」

お茶々のための城——淀城が作りはじめられたのは、天正十七（一五八九）年正月のことである。京都と大坂の中間にあるその地は、秀吉の覇権を決定的にした山崎天王山からもそう遠くはない。

「俺にとっては縁起のいい所だからな」

秀吉がそう言ったのは、その勝ち戦さにあやかって男の子を産めということらしい。小さいながら堀をめぐらしたこの城は、近くの淀川からひいた水が湛えられたが、ふだん淀川の水位が低いので、秀吉はここに水車を作り、水の流れによってしぜんに回転して水を堀に流しこむようにした。これが「淀の小車（おぐるま）」でこれ以後、淀の名物のひとつになったという。

着々と作られてゆく淀城の噂を聞きながら、おねねの心は複雑である。

——もし、これが、ほかの側室が城が欲しい、とだだをこねたというのなら、憎みきることもできるのだけれど……

もし、お茶々がこのまま聚楽に住みついているとしたら、自分はどんな顔をして、彼女の出産の日を迎えたらいいのか。いや、そのあとに続く祝い客の往来、ますますのさばりかえるであろうお茶々のことなどを考えたら、いたたまれないのはおねね自身である。

——出ていってくれるなら、もっけの幸い。

そんな気もしないではない。

三月になると、淀の城はひとまずできあがったので、お茶々はさっそく移っていった。だから、厳密にいえば「淀君」誕生は、この時点である。もっとも、この淀君という呼び方は正しくない。松の丸どのとか西の丸どのというように、淀どのと呼ばれたのだが、徳川時代になってから、淀君になってしまった。「君」という言い方は、そのあたりの遊女を、昔、江口の君などと呼んだように、いささか軽蔑の意味がこめられている。

淀城入りをしたとき、お茶々は、

「まあ、なんて小さなお城、お天守もないのですか」

と秀吉に文句を言ったという。さらに、

「おねねどののいる聚楽とはへだたりがありすぎます」

口をとがらせたとか、さらに、

「でもまあ、ひとつ館にいて、毒でも盛られるよりはましかもしれませんけれど」

と言ったとか言わなかったとか、とにかく、お茶々にまつわる噂というのは、ことごとく、おねねの胸を逆撫でするようなものばかりだった。

そう聞きながらも、おねねは手をつかねているよりほかはない。口にこそ出さないが、諸大名もその奥方連も、みごもったお茶々におねねがどう出るか、興味津々で見守っているにちがいないからだ。へたに動けば物笑いの種になる。

――ここは、くやしくとも、かたつむりのように殻に閉じこもっていなくては……

本妻というのも、つらいものだ。

女の戦いの残酷さは、本人の力ではどうすることもできない武器を与えられて戦わねばならないことだろう。男の戦いの武器はそうではない。武略にしろ、政治的才能にしろ、自分で鍛錬し、それをフルに動かすことによって相手に勝つことができる。これにくらべて、女の武器は、それを手にするものがコントロールできないものばかりである。

たとえば美醜――これも自分の責任ではない。

妊娠能力――これも自分ではどうにもならないものだ。

さらに男の子を産むか、女の子を産むかにいたっては、その子が生れる瞬間までわからないというしろものではないか。

古来これらの、自分ではどうにもならない武器が、どんなに女の運命を左右して来たことか。女の戦いは、だから男の戦いのようにあきらめのつくものではない。女の嫉妬に理屈ぬきのすさまじさがあるのは、まさにこのせいなのである。

さて、おねねは、いますでにお茶々に一歩追いこされた。

残るのはただひとつ。

せめて彼女の産む子が男の子でないことを祈るよりほかはない。

——あさましいかもしれないけれど、あの、いい気になっている女の鼻をへし折るには、それしかないのだ。

いや、おねねより殺気立っているのは侍女のほうだ。

「いっそ難産で死んでしまえばいいのにね」

「そう。母子ともあの世ゆきなら、そのほうが、めんどうくさくなくていいと思うわ」

そんなとき、たしなめなくてはならないのは、おねね自身である。

「まあ、そんなことを言うものではありませんよ」

が、ついにこの最後の戦いでも、おねねは、みじめな負け方をしなくてはならなかった。五月二十七日、木の香の匂いたつ淀の城でお茶々が産んだのは、男の子だったのだ。

からだじゅうの血が蒼ざめるほどの、徹底的な完敗だ。

美貌と若さ、妊娠、そして男子出産。

すべての点で、おねねは相手に負けたのである。

秀吉はもう天にも上るほどの大喜びをしているという。鶴松と名づけられたその男の子を、わざと「お棄（すて）」と呼んでいるのもそのせいだ。

子供を一度棄ててから育てると丈夫に育つとか、わざと悪い名前をつけて魔よけにするとかいう民間信仰によるものだが、それひとつとっても、

「この子に――」

と、彼がすべての望みを託していることが窺えた。

――もう私の入りこむ隙などないのだ。

誕生祝いに諸将が淀城に押しかけているという噂を聞きながら、おねねは大坂城に戻る決心をつけた。

――逃げるまい。

今は、大坂城の女あるじとして、毅然としていなければ、と覚悟が決ったのだ。龍子やお茶々の存在にふりまわされず、孤独に耐えて、生きて行くよりほかに道はなさそうである。

とはいっても、鶴松を産んでから、お茶々はより美しくなったという噂を聞けばさすがに心は揺れる。諸大名やら都の公家、堺の大商人たちが、いくら豪勢な祝いものを運

びこんでも、顔色も変えず、まるで当然のように受取るのだそうだ。それでも、

「どこまで欲の深いお方か」

と言う声はまれで、それもお茶々の貫禄のようなものだと思う人がふえたのは、やはり鶴松を産むことによって、彼女の地位が固まったからなのだろうか。

なかには、先物買いのつもりか、淀城に入りびたって御機嫌をとる連中も現われた。堺の商人あがりの小西行長、万事に目はしのきく石田三成らがそれだが、勇将として知られた蒲生氏郷なども案外要領がよくて、先祖の俵藤太秀郷（たわらとうたひでさと）が、三上山の大百足（むかで）を退治したときの矢の根で作った太刀というのを、鶴松に献じている。

「まあ、なかなかのはったりやねえ、蒲生さまも」

おねね付きの侍女たちはくやしそうだ。

「俵藤太の子孫だなんて言ってるけど、ほんとかどうか知れたもんじゃないでしょ」

「それに矢の根で太刀を作るなんてねえ、まあ、よくもぬけぬけと言えたものだこと」

侍女たちに言わせると、それもこれも、みんな秀吉がお茶々に甘いからなのだそうである。

「まったく、淀さまが何をおっしゃっても、にこにこしておいでなのだから……」

「それでますますつけあがるのね」

「女のいい気になったのって、ほんとに手がつけられない」

が、秀吉とても、この時点では、それほど腑ぬけになっていたわけではない。親ばかまる出しの喜び方をしながらも、一方では、筋を通すのを忘れず、

「まあ、おねね、腹に据えかねることもあろうが……」

ある日、おねねのところへやって来ると、言いにくそうに口を開いた。

「とにかく、その……鶴松は誰の子でもない俺の子だ。つまり、その何と言うか……」

いつになくもたもたしながら言ったのは、結局、お茶々が産んだ子だという事実を忘れてほしい、ということだった。そしてその上で鶴松を大坂城へひきとりたい——と彼は言った。

「つまり、俺とそなたの子として育てるのだ」

「私の子として？」

「いやか」

このままでは、鶴松はやはり側室の子だ。これをこの際はっきりと正嫡として認めたい、というのである。こうして側室の子を正室の許にひきとることは、決して珍しいことではない。それをこれだけ秀吉が下手(したて)に出て頼むのは、よほどおねねに気をつかってのことなのであろう。

「で、もし、私がよいと申しましても——」

ややあってから、おねねは慎重にたずねた。

「淀どのは、何と言われましょう」

鶴松を大坂へひきとるとなれば、当然お茶々はわが子と別れ別れになる。

「淀どのはそのことを御承知でしょうか」

もう一度おねねがそうたずねたとき、

「いや……まだ話はしていない」

秀吉は、かぶりを振って口ごもった。

「おそらくいやのなんのと言うかもしれぬが、先にも言うたとおり、鶴松は誰の子でもない、俺の子だからな。俺の言うとおりにするのに文句は言わせぬ。とにかく、これをそなたが承知してくれるかどうか、それがまず第一だ」

夫の言葉も疑えばきりがない。あるいはすでにお茶々とは話がついていて、お茶々自身も将来のことを考えて、鶴松を大坂城へ乗りこませようと思っているのかもしれない。

——でも、どっちにしても、結局、私は、それを認めるよりほかはないらしい。あの子は、おそかれ早かれ、豊臣家の跡継になるにきまっているのだから。

あきらめに徹すると、かえっておねねの肚が決った。従一位関白夫人になっても、耐えるという庶民の智恵を忘れなかった彼女の逞しさというべきだろう。

——あきらめがついたとなったら、うんと言うのは今のうちだ。こんなに夫がおそるおそる下手に出ているときに貸しを作っておかなけりゃあ……

すばやく計算すると、おねねは、ゆっくりうなずいた。

「いつでもお連れなさいまし。いっしょうけんめい育てましょう」

「や、承知してくれるか、ありがたい」

はたせるかな、秀吉はとびあがらんばかりに喜んだ。そして、これが、ずるずるとお茶々に押されっぱなしだったおねねが、立ちなおるきっかけをつかんだ瞬間であった。よその女の産んだ子を育てる——形の上では依然として敗北は続いているが、事態は微妙に変化した。秀吉がやたらとおねねの機嫌をとりはじめたのが、その何よりの証拠である。

「ほんとに俺はしあわせ者だ。そなたのような心の広いかみさまのおかげで万事がうまく行く」

おねねも相槌の打ち方にぬかりはない。

「やきもちを焼くなというのは、亡き信長公じきじきのお言いつけですもの」

「それそれ、それが大事だ。あっぱれそなたは日本一、それでこそ、この秀吉のかみさまじゃ。そなたなしでは、この豊臣家、夜も日もあけぬ」

「また、口先ばかり、うまいことを」

「何が口先だけなものか。いいか、これ以後、豊臣家の内輪では、そなたが関白だ。万事女どものことは、そなたの指図に従う」

「ほんとうですか」

「ほんとうだとも」

もちろん、そのときは、おねねも本気にしてはいなかった。が、久々にやって来た義弟の浅野長政に、その話をすると、例によって彼は、しずしずと言ったものである。

「それはうまい取引をなさいましたな」

「うまい取引ですって？」

おねねは、ぽかんとして相手の顔をみつめた。

「左様」

長政の口が重いのは、「弥兵衛」と気軽に呼ばれていたときと変りはない。

「何がうまい取引なものですか。あのひとは昔から口先だけで人をおだてるのがうまいんですからね。今度だって、私をいい気持にさせておこうというだけの話ですよ。自分の言ったことなんかすぐ忘れてしまいます」

「……」

長政はにやにやしている。

「そんな人を相手に、どうして私がうまい取引なんか――」

それでも彼は黙って笑っている。

――それから先は、あなたの腕ひとつ。

とでも言いたげな面持であった。

その長政が、もう一度、にやりとして顎をさすったのは、それから半年ほど経ってからである。彼はそのころ秀吉に従って小田原にあった。鶴松の生れる以前から北条氏攻略の機会を狙っていた秀吉が、出陣の途についたのが天正十八（一五九〇）年三月一日、例によって、

「造り髭をつけ、鉄漿黒くつけて、唐冠の兜をかむり、金札緋縅の鎧を着……」

さらに金の靫に、金の馬鎧をつけた馬という、いささか滑稽じみた、きんきらきんのいでたちであった。

これを迎えうつ北条側は、兵糧武器に自信があったから長期戦の構えを見せたが、秀吉はちっとも驚かない。

「こりゃおもしろい。長期戦なら俺のほうが上手だということを知らんのか」

兵站を預かる長束正家に命じて、どんどん米や金を送らせ、これを大名たちに配って、敵前で、これ見よがしの豊かな生活をさせた。金があるとわかると諸国から軍隊相手の商人が押しかけて来る。五穀、干物、生魚、日用雑貨からはじまって、高級な絹やら、唐渡りの珍物を売る者さえ現われ、はては都の遊女までやって来た。

「や、なんと賑やかな。こう来なくてはな」

と、秀吉は得意満面だ。女たちさえいれば兵士たちもいくら滞在が長びいても、帰る

気を起さないからだ。

「しかし、これでは不公平じゃ、下の者どもだけが楽しんで、俺が不足でいるとは情ない」

こう言って、ついに側室を呼びつけることにした。

――いかにも殿下らしいなされ方だ。

長政はこう思ったのだが、しかし、にやりとしたのは、このあとである。選ばれて小田原に下って来たのはお茶々だったが、それについて、どうやら秀吉は、わざわざおねねに許可を得ているらしいのである。

「ほほう、政所さまもなかなか」

顎をさすったのはこのときなのである。

――義姉さまは、どうやら俺の言った意味がわかったらしいな。

それにしても、なかなかうまい取引をなさったものだ、と長政も、改めておねねの腕前を見直す思いであった。

――あのわがままの関白が、淀どのを呼びつけるのに、わざわざ義姉さまの許しを得るなんて……

たしかにそのとき、秀吉がおねねあてに出した手紙というのはおかしいくらい下手に出たものだった。

……小だはら二三てう（丁）とりまき、ほりへい（堀塀）ふたへ（二重）つけ一人もてき（敵）出し候はず候。

まず小田原包囲の威力を誇り、こうして小田原を干殺しにすると宣言している。長陣をするのも、ゆくゆくのことを思ってのことである。決して心配しないように、などとくだくだしく書き、さて、その先に、長陣の慰めとして、

おのおのへも申しふれ、大名どもに女房を呼ばせ、小田原にありつき候へと申しふれ、右通りのごとくに長陣を申し付け候まま、そのために淀のものを呼び候はん間、そもじよりもいよいよ申しつかはせ候て、前かどに用意させ候べく候。

この手紙、実物はかなだらけで読みにくいので、適当に漢字に書き改めた。前かどに、というのは「前もって」という意味である。ちなみに、この先を原文どおりにご披露すると、

其もじにつづき候ては、よどの物我等のきにあひ候やうに、こまかにつかはれ候まま、心やすくめしよせ候よし、よどへも其もじより申やり、人をつかはせ候べく候。

といったぐあいである。

もちろん秀吉からおねねにあてた個人的な手紙だが、要領よくその手紙の文句まで嗅ぎつけていた長政は、

――お前の次には淀がいい、なんて、殿下さまもうまいことを……

にやりとせずにはいられないのだ。昔の秀吉ならこうではあるまい。おねねなどはてんで無視して、お茶々を呼びよせているにちがいない。それを、こんなふうな手紙を書かせるほどの貫禄を、おねねはいつのまに身につけたものか。

この手紙を読むときのおねねの顔が眼に浮かぶようだ。

——なんてまあ虫のいい手紙……

などと言いながら、案外肚の底ではにやりとしているのではあるまいか。長政は、おねねが、その手紙をそっくりお茶々に見せるのではあるまいか、と思った。

——そもじの次は淀。

言いかえれば、お茶々はおねねの次、と書いてある手紙を見て、驕慢な淀の女王はどういう顔をするだろうか。

が、長政はまだ甘かった。このときおねねの打った手は、その想像をこえた逞しいものだったのである。

四月の終りに、お茶々は小田原に下って来た。そこにいるだけであたりをぱっとさせずにおかない彼女の華やかさは、子を産んだ今も、全く変りはない。

「さすがは淀さまだなあ。御陣全部がこう、花が咲いたようになったじゃないか」

陣内のあちこちで、そんな囁きがかわされている。秀吉もすっかり上機嫌で、突貫工事で作らせた物見櫓にお茶々を連れてゆき、諸将の陣どりをあれこれ自慢げに説明したりしている。

「へ、殿下さまもお甘いことよ。お茶々さまに、戦さのことがわかるわけでもあるまいに」

一人が首をすくめると、

「いいや、つまり、俺たちに淀さまを見せびらかしたいってことよ」

などと、したり顔で言う者もいる。

ともあれ、このぶんでは、夜の睦言(むつごと)は、さぞかし濃密なものであろう、というのが、大かたの取沙汰であった。

ところが、まもなく――

長政は、妙な噂を聞いた。

「殿下さまは、それほどせっせと淀さまの御寝間を訪れなさらぬ」

というのである。

――はて、面妖な。あのお方が、せっかく呼びつけた淀さまを、一晩でもほうっておくはずはないのにな。

さっそく、独特の「鼻」がすばしこくあたりを嗅ぎまわったかと思うと、たちまちにして、その謎を解いてしまった。

思いがけない伏勢がいたのだ。

大坂城の西の丸どの——京極龍子。

あの奔放な閨事ずきの女が、人目をしのぶようにして、秀吉の本陣近くにひっそりとかくまわれていたのである。お茶々の華やかな下向にくらべて、龍子のそれはあくまでもひそかに行われたので、誰ひとり気づかなかったというわけなのだ。

——なあるほど……

長政はもう一度顎を撫でた。とたんにひらめいたのは、これはおねねの作戦にちがいない、ということだった。

——殿下さまの要求を逆手にとって、いかにも気がきいたふうに見せかけて、西の丸どのまで送りこむとは、大したものだ。

お茶々は道中、龍子が見えがくれについて来ていることにとうとう気がつかなかったという。小田原に着いてから、案に相違して秀吉の訪れが間遠なので、侍女にしらべさせて、やっとそのことがわかったらしい。

——今ごろは淀さま、どんな顔をしておいでかな。

長政はまた顎を撫でた。

案の定、それから間もなく、お茶々が頭が痛いといって寝込んでいるという噂が流れて来た。しかも秀吉の顔を見れば泣いたりわめいたりするという。今でいうヒステリー症状である。両手に花と喜んでいる秀吉をよそに、女どうしの壮烈な小田原合戦が始まったのである。

お茶々と龍子の小田原合戦は、さすがに長屋のおかみさんどうしのような、えげつなさはなかったけれども、女の意地をむき出しにした、かなりすさまじいものであった。

もともと二人は姻戚で——お茶々の妹のお初が、龍子の弟の京極高次へ嫁いでいる——側室の中では仲のよいほうだったが、こうなっては、話は別だ。

「せっかく来てあげたのに、私のことをほったらかして、あんな女のところへ行くなんて」

お茶々が柳眉を逆立てれば、

「なにさ、鶴松のおふくろさまだと思って、大きい顔をしなさんな。くやしかったら、殿下さまをとりかえしてごらん」

からだに自信のある龍子はせせら笑う。

——政所さまは、それを遠くでにやにやしながら眺めているという寸法か。

なまじ出かけて来て、嫉妬の渦に巻きこまれるよりは賢明だと、長政は思った。

このすさまじい女の戦いに終止符が打たれるのは二月(ふた)後、小田原落城によってである。

もし二年も三年も小田原攻めが続いていたら、お茶々などは消耗しきって、幽鬼のようになってしまったのではあるまいか。

そのせいだろうか、小田原陥落を誰よりも喜んだのは、どうもお茶々だったらしい。

息つくひまもなく奥州征伐にとりかかった秀吉が、

「そろそろ都へ帰るか」

と言ったときは、一も二もなくその言葉にとびついてしまっていた。このときも秀吉は、律儀に、おねの顔を立てて、

　はや淀の御（お茶々のこと）をも十五日に上げ申候。めでたくかしく。

などと書いていたが、それを見ても腹を立てるだけの元気もないほど、お茶々は疲れきっていたのであった。

――とんだ小田原の陣だったこと。

いまいましい思いでお茶々が都へ発つと同時に、秀吉以下の軍隊は奥州へ向ったが、このときすでに奥州一の勇将伊達政宗が降伏していたので、やすやすと会津へ無血進駐し、当時黒川といわれていた会津若松に蒲生氏郷を入れて、奥州一円の押えとして、九月一日には都へ凱旋した。

このとき氏郷は伊賀十二万石から、一躍四十二万石の大名に出世した。どうやらこの出陣でいちばん得（とく）をした男ということになりそうだ。俵藤太の矢とかいう怪しげな太刀を鶴松に献じてごまをすったかいがあったというべきである。

が、淀のお茶々も、決してただものではないから、消耗し、くたくたになって引っこむようなことはしなかった。秀吉に先立って都に帰ると、いとも殊勝な面持で、おね

ねのところへやって来て言った。

「ただいま戻ってまいりました」

神妙な挨拶に、むしろおねねは、眼をぱちぱちさせた。

「それは御苦労さまでありました」

と、お茶々は待っていたように膝を乗り出した。

「ついては、殿下さまよりお言伝てがございます」

「殿下さまよりのお言伝て？」

いぶかしげな顔をするおねねに、すかさずお茶々は言った。

「はい、北政所さまも、お留守番でさぞお気づかれなされたであろう。ついてはそなたはひと足先に帰り、代って若君さまのお守りをするように……」

「まあ」

――鶴松をとりかえすつもりなのだわ。

お茶々の意図はすぐ察しがついた。淀城から鶴松を連れてゆかれて以来、お茶々は子供のことが心配でならないのだ。それで小田原へ行った機会に秀吉をくどき落して、淀城に連れかえそうというのであろう。

――転んでもただは起きないつもりらしい。

その勝気さに内心呆れもしたが、

「それではお連れくださいませ」

案外あっさりとおねねは申し出に応じた。というのも、彼女自身、正直いって鶴松のお守りには疲れはてていたからだ。

鶴松は神経質で食が細く、おまけにすぐ吐いたり下痢をするたちだった。子供を育てたことのないおねねは、そのつど、はらはらさせられて、いい加減くたびれはててもいた。だから今度のお茶々の言葉は、渡りに舟といってもよかった。もっとも、お茶々の言葉には裏がある。鶴松を淀へ連れていってしまえば、子煩悩の秀吉は、必ずいそいそとやって来るにちがいない。

――小田原では、ひどい目にあわせてくれたけれど、今度はあんたが殿下さまを待ちこがれる番よ。ふん。

という、なかなかしたたかな挑戦でもあったのだ。案の定、帰洛した秀吉は、鶴松の顔を見るために、すぐにでも淀へ行きたそうにしたが、用事が多くてなかなか動けそうもない。

「若君はどうしているかな。大きくなったかな」

毎日それぱかり言いくらし、お茶々にめんめんたる手紙を書いている。

わかぎみいよいよ大きくなり候や。(中略)廿日ごろにかならず参候て、わかぎみだき申、そのよさに、そもじをもそばにねさせ申すべく候。

とはなかなかずばり正直だ。

やがて、その言葉どおり、秀吉は淀城にやって来た。すると、諸将も競って若君の御機嫌伺いに駈けつけるといったぐあいで、淀城は、小さいながら、天下の中心になった感じだった。

——どう？　私の腕前は……

お茶々の得意思うべしである。

そしてある日——。彼女は訪問客の中に珍しい顔を発見する。

佐治与九郎の妻になった末の妹、おごう。

そして何よりもお茶々の眼をみはらせたのは、意外なほど成熟しきったおごうの美しさであった。

「まあ、おごう、きれいになったのねえ」

するとおごうはにっこりほほえんだ。

「若君さまのお顔が見たくて参上しました」

おごうは、子供のあやし方もなかなか上手だった。二、三日するうちに、鶴松は、すっかりおごうになついてしまっていた。

「よく来てくれたのねえ。ずっとゆっくりしていっておくれ」

天下人の思い者になって、豪奢な暮しをしているお茶々は、小大名の女房にすぎない妹に、そのしあわせのおすそわけをするつもりで、そう言った。

「そうだ、そうだ、ゆるりと遊んでゆけ」

側から口をそえたのは秀吉だ。

「ちょっと見ぬまに、えらいきれいな女房になったなあ……」

「まあ、いやでございますこと」

おごうはゆっくりと口を蔽った。才はじけた姉とちがって、おごうはのんびりしたたちなのである。言われるままに、ずるずると居すわった十数日。それにしても、おごうの腰の落着け方は少しばかり長すぎはしなかったか……

お茶々がそのことに気がついたのは、そのあとだった。

——いつまでいるつもりなのかしら。

さりげなくたずねてみると、

「殿下さまが、そのうち聚楽を見物させてやろうとおっしゃいますので」

例によって、ゆったりした返事が戻って来た。

「まあ、殿下さまが？」

自分が聞いたおぼえがないところをみると、どこで秀吉はおごうにそんなことを囁いたのだろう。思わず、頬がけわしくなったのはそのときだ。

「で、お前、それを承知したの」

「ええ、せっかく言ってくださるのですもの」

――私のときも聚楽を見に来い、というのが口実だった……

ふいに、秀吉がおごうを見たときの、舌なめずりするような瞳が目に浮かんだ。

「あなた……」

胸ぐらをつかみかねない勢いで、その夜、お茶々は秀吉を問いつめた。

「おごうを、いったいどうするおつもりなのですか？」

「うん？」

しらばくれたうなずき方をしてから、秀吉が口にしたのは、思いがけない言葉だった。

「じつは、おごうは離縁させた」

「え？　離縁……」

「佐治与九郎が俺の相婿では釣合いがとれぬ」

なんと勝手な。おごうを与九郎に嫁がせたのは、そもそも秀吉ではないか。が、そんなことは忘れたような顔をして、彼はうそぶいた。

「若君が大きくなったとき、あんなやつが叔父顔をしてしゃしゃり出て来ては困るからな」

「……」

息を呑んで秀吉をみつめ、やがてお茶々は口を開いた。

「まさか、おごうを……」

お茶々のこのときのひと睨みは、かなり効果があった。

「――まさか、あなたは、おごうを……」

彼女がその先を口に出して言わないうちに、

「いや、なあに」

秀吉の腰はくだけてしまっていた。といっても、いまさら、元の鞘に納めるわけにもいかない。苦しまぎれに考えついたことは、

「小吉にくれてやるか」

と言うことだった。

小吉――すなわち、秀吉の甥で、三代めの羽柴秀勝となった男である。

その話を聞いて、おねねはにやりとした。

――お茶々のひと睨みで、おごうを側室にするのをあきらめるなんて、あのひとも年をとったものだこと。

小吉は人物もしごく平凡で、とりたててどうというほどの男ではない。

――男前なら佐治与九郎のほうが小吉より数段上かもしれないのに……

が、お茶々の妹をもらったとなると、これまでのように気の許せる相手ではなくなる。

おねねは、ふっとそんな気がした。

が、より薄気味悪いのは、おごうである。秀吉から佐治与九郎と離縁させる、と宣言されたとき、

「左様でございますか」

そうなることを予感していたかのように、泣くでもなく、わめくでもなく、平然と小吉に嫁いでいったという。むしろ固唾を呑んだのは周囲で、

「このぶんでは、佐治がおさまるまい」

と気を揉んだが、さすがに佐治一族も秀吉相手に喧嘩はできぬとあきらめたのか、黙って手をひいた。その間さまざまの噂を耳にしながら、おごうは顔色も変えなかった、と聞いて、おねねは、

――これはお茶々よりも大物ではないか。

ふっとそんな気がした。

――今でこそ、お茶々は、おごうをあのひとの身辺から遠ざけたと思っているかもしれないけれど、どうして、どうして……

それに気づかないとすれば、お茶々の眼力も大したことはない。

どうやら、おねねの勘は正しかったようだ。ここで歴史のページをちょっとだけ早めくりして、おごうの将来を覗いてみると――

二度めの夫、羽柴秀勝はまもなく早死する。そして、二十三歳になったおごうは、ま

たしても秀吉の命令で結婚させられる。

相手は徳川家康の嫡男、十七歳で初婚の秀忠だ。しかも律儀な夫は、生涯に一、二度浮気をしたほかは、ついにこの年上の妻一人を守りとおした。おごうはやがて二代将軍夫人の座を与えられる。彼女の産んだ多くの子女の一人が千姫——と書けばもうお茶々との勝負はあきらかであろう。

が、このときお茶々はまだその未来図には気づいていない。

それでも、おごうの去就についてやきもきしている間は、まだお茶々はしあわせだった。

それからまもなく、この栄華を誇った淀の女王は、思いがけない不幸に突き落される。

天正十九年閏(うるう)正月、最愛のわが子鶴松が、原因不明の高熱を出して苦しみはじめたのだ。

「どこが痛いかい。お腹かい？　それとも頭かい？」

が、満二歳になったばかりの彼は、自分がどうなっているのかもわからないのか、うつろな眼で、母親を眺めている。

「鶴松、わかりますか。この母の顔がおわかりか」

お茶々は必死に幼児をゆすぶったが、何の反応も得られなかった。

「ああ、どうしよう。これもみんな大坂城へなど連れてゆくからです。子を産まない女になんか、預けなければよかった」

夜叉のような形相で秀吉に嚙みついた。といったところで、昨日今日大坂から連れ帰ったわけではなし、これでは言いがかりにもならない。もちろん、お茶々はそのことを知ってはいる。が、それでも、そんなことでも言わなければいられないほど、いても立ってもいられない気持なのであった。

幸いにして、このときは鶴松はどうやら健康を取戻した。

が、それから半年あまり経った八月の初めに、またもや彼は病気になってしまった。しかも、今度は待ったなしだった。病気平癒の祈願がやっと始められた五日に、もろくも彼の呼吸はとまってしまったのだ。

母親似のととのった顔立ちの彼は、人形のようなかれんさで棺に横たえられたという。

誰よりもがっかりしたのは、もちろん秀吉だ。

――俺の子が、俺の子が……

さきに第一代の於次丸を失ったときと同じく、彼はからだをよじって泣き悲しんだ。


なき人の形見に泪(なみだ)残し置き行衛(ゆくへ)しらずも消えはつるかな

秀吉のこの歌は、いかにも稚拙である。が、その稚拙さの中に、彼の悲しみがあふれているとはいえないだろうか。

――北政所は、さだめし私の不幸をいい気味だと思っているにちがいない。

お茶々の心の中はかきむしられる。鶴松が死んだ翌日、秀吉は東福寺で髻を切った。毛利輝元をはじめ、これに従う大名は数知れず、見るまに髻が塚をなしたという。が、お茶々は呪わしげに心の中で叫ぶ。

――ふん、髻を切ったって痛くもかゆくもないじゃないの。この私はね、子供を亡くしたのよ、子供を……

栄光と悲惨と――。その渦の中で、お茶々の目に浮かぶのは、おねねの顔であった。

――あのときが、秀吉公の運のかわり目だったのか……

浅野弥兵衛長政はこのごろ、しきりとそんな気がしている。

あのとき――すなわち、鶴松が死んで、秀吉が髻を切ったそのときだ。

――切られた髻とともに、あの方の御運も逃げてしまわれたのではないか……

じつをいえば、鶴松が死んだそのとき、長政は、心ひそかにほっとした一人であった。鶴松への秀吉の溺れこみよう、そして、お茶々ののさばりよう。おねねの義弟である彼にとっては、それらは決して快いものではなかった。

――何も口に出して言いなさらぬが、義姉(あね)さまは、さぞおくやしかろう。

華やかに多くの侍女にとりかこまれてはいるが、おねねは、あれ以来、すっかり影が薄くなってしまっている。が、鶴松が死んでしまえば、事はふりだしに戻ったも同然だ。

――もうお茶々ごときに大きな顔はさせぬぞ。

しぜん長政の肩に力こぶの入るのはやむを得ないところであろう。

さしあたって、鶴松の死後、秀吉の跡を誰が継ぐか。

「事がめんどうにならぬうちに、こういうことは早く決めてしまったほうが……」

さりげなく彼は秀吉を突っついた。

そのころ、秀吉は鶴松の死のショックで、すっかりぼけたようになっていた。俺が、俺が、と何でも自分の手でやってのけねば気のすまなかった彼が、政治のことはすべて他人まかせ、遊ぶことにもまるきり興味を失っているときだったので、

「そうだな、まあ誰でもいい」

ひどくあっさりと甥の秀次を跡継に決めてしまった。

この決定に長政は、半ば満足し、半ば不満であった。

——えらく簡単に決めてしまわれたな。

うるさいことを言わなかったのはありがたかったが、日頃の秀吉に似合わぬ、投げやりな感じがそこにあった。それにもう一つ。長政が心の底で考えていた跡継は別のところにあった。

——おそらく義姉さまのお気持も、そのあたりにあったのではなかったか……

その男とは、おねねの兄、家定の五男、秀秋である。

天正十（一五八二）年、あの本能寺の変のときに生れた彼はすでにおねねの養子分と

なって、膝許でかわいがられている。秀吉もこの秀秋を猶子(ゆうし)とし、決して嫌ってはいなかった。その証拠には、例の天正十六年の、後陽成天皇の聚楽第行幸のときには、たった七歳の彼を侍従に任命し、晴れの座に列席させている。しかも同時に左衛門佐(さえもんのすけ)に任官させ、以来、

「金吾、金吾」

と呼んでかわいがった。金吾というのは衛門府の役人の中国ふうの呼び方である。

このとき秀吉の跡継の候補は金吾秀秋のほかにもう一人いた。例のおごう――お茶々の妹をもらいうけた小吉秀勝である。正式の養子ではないが、秀勝はすでに二十三歳、一人前に扱われてよい年頃だし、じじつ、小田原攻めにも従軍している。が、この小吉を跡継に据えられては、長政側は、はなはだおもしろくない。

――お茶々どのの妹が御内室ではな。

鶴松の死によって、やっとお茶々の勢力を後退させることができたのに、これでは、またのさばられてしまう。してみれば、秀勝の兄で、甥の中では最年長の秀次が跡をとるぐらいは、がまんしなくてはならないだろう。いや、投げやりに跡目を決めたと見せて、秀吉は案外、秀勝・秀秋の争いを未然に抑えたのかもしれない。

もちろんこうしたいきさつを、秀秋は知らない。幼い侍従どのは、ただ無邪気に聚楽第の中を暴れまわっているように見えたが、まもなく、長政は、彼のいたずらが、異常

な残虐さを加えて来たのに気がついた。罪もない小犬がどこからか迷いこんで来たのを踏み殺したり、やたらに刃物をふりまわしたり……あきらかに「荒れている」という感じなのだ。

——ふうむ、すると、これは……

長政は首をかしげた。この少年は、自分が秀吉の跡継になれなかったので、すねているのではないか。

年歯もゆかない少年の心の裏側を見せつけられたような気がして、思わず眉をひそめた。幼くして左衛門佐、侍従などになったばかりに、彼は天下人というものが、どういう意義を持ち、どれだけの仕事をしなければならないかも知らず、名誉欲だけは、一人前の大人なみに肥大させてしまったとみえる。

——困ったことだ。欲のない義姉さまの養子にしては、ふさわしくない人間だ。やはり跡継にしなくてよかったかな。

これにくらべると、従一位、関白夫人となった今も、義姉は、かつてのおねね時代と全く変りがない。それでいて、決して位負けしないだけの貫禄も身につけている。

——位というものは、あんなふうに、いつのまにか身に貼りついて来るものでなくてはな。自分で求めるなどは愚の限りだ。

分不相応な高望みをしている秀秋が、何となく苦々しくもあった。ともあれ、跡継の決定をめぐって、秀吉の周辺には、もやもやした霧が立ちこめていた。そして長政が、何よりも解せないのは、秀吉がそうした気配に、全く鈍感なことであった。

——今までのあの方ならこうではあるまい。

長政は秀吉の鈍感さに、何か異様なものを感じている。自分の周囲に渦巻きはじめたあれこれの思惑、敵対感情——そうしたものには人一倍敏感で、その気配が起るか起らないかのうちに、いち早く、一刀両断の処置をとってしまう秀吉が、まわりの動きに何の関心も示さないとは……

秀次を跡継に決めたことについては、お茶々も内心不満を洩らしているという。

「あなたは、ご自分の一族ばかりひいきになさるのね」

それでも秀吉は、ただ、ふんふん、とうなずくばかりなのだそうだ。

——前は、そんなことはおありにならなかった。関白になってこのかた、人がちょっとでも批判がましいことを言うことも許さなくなって来ているのに、お茶々にそう言われて黙っているのは、どうしたことか。

——やはりお茶々どのに首ったけだからなのかな。

とすれば、この跡継問題は、ややこしいことになりそうである。

跡継と決めた秀次に対しても秀吉の態度はおかしかった。その年の十二月、秀次は内大臣に昇進したが、そのときの訓戒というのがふるっていた。

「武備を堅めよ、法度を守れ、皇室を敬え」

というのはまだいいとして、そのあとに、

「茶の湯、鷹狩、女狂いは、秀吉のまねをしてはいけない」

というのがある。もっともこれには、茶の湯はたしなみ程度ならいいとか、女も邸内においておくなら五人でも十人でもいいとか、いろいろただし書きはついているが。

——自分でさんざん楽しんでおいて、まねをするなよ、とはどういうことか。もともと手前勝手なお方ではあるが、これでは、言い渡された秀次どのも返事に困られたであろう。

長政は苦笑せざるを得ない。

どうも秀吉は、鶴松の死の衝撃から完全にぬけだしてはいないのではないか、それを感じさせるのは、小さいもの、かよわいものに対して、極端に涙もろくなったことだ。

ちょうどそのころ、秀吉はおねねとともに、聚楽第にいたのだが、ある朝、小猫が一匹まぎれこんで来た。庭の隅でピイピイと、弱々しげな声で啼きつづけるのをいちばん先に見つけたのも秀吉で、

「お目障りでございましたか」

警固の侍があわててつまみ上げて持って行こうとすると、

「よいよい、こっちへよこせ」

ひょいとつまみあげて膝の上に抱きとり、

「綿のように軽いぞ」

側にいたおねねをふりかえって、いとおしげにそう言った。

「親に棄てられたのかなあ」

武骨な手で撫でてやると、虎斑の猫は、ふるえながら、かすれた声で啼き、秀吉にしがみつくようにした。

「ひもじいのだ」

涙をうかべて彼はそう言った。

侍女が持ってきた小魚を手のひらにうけて、

「ほれ食え」

秀吉は小猫の鼻先に突き出した。

小猫はピイピイとかすれた声を一段とはりあげると、身をもがくようにして膝から転がり落ち、それから必死で秀吉の手のひらに頭を突っこんでいった。

そのまま手のひらに包みこまれてしまいそうな小さな頭である。

「ひゃっ、くすぐったいぞ、こいつ」

秀吉が片眼を閉じたのは、小さな舌が手のひらをくすぐるからであろう。食べ終えると、猫はよたよたと歩いて、また秀吉の膝に上りたそうにした。

「さあ、こい」

が、胡座をかいたその膝の上にとびあがる力もないのか、膝頭に抱きつくようにして、小猫はまたかすれた啼き声をたてるばかりであった。

「足がどうにかなっているのではありませぬか」

侍女が首をかしげてそう言った。

「いくら小さくても、猫なら、そのくらいのところは、ぴょんととびあがるものでございますもの」

「そういえば、腰がぬけたような歩き方をしてましたねえ」

おねねも、小猫の足をじっとみつめた。

「腰ぬけか？」

秀吉もちょっと眉をひそめたが、

「それならそれでいいじゃないか、なあ」

ひょいとつまみあげて小猫に語りかけた。

「ほかではとうてい飼ってはくれまい。このわしが一生めんどう見てやるぞ」

つまみ上げられた小猫は、青いガラス玉のような眼で、きょとんと秀吉をみつめていたが、膝の上にそっと置かれると、安心したのか、小さな毬のように丸くなって、やがて軽い寝息をたてはじめた。

「無欲なものよなあ」

いとおしげに秀吉は言った。

「あのくらいの餌でもう満足して寝てしまった」

側にいた長政にとって、これははじめての経験だった。何につけても、最上のいいものを手に入れなければ気のすまない秀吉が、ろくに歩けもしない小猫にこんなふうにふびんをかけるとは、思いもしないことだった。

――鶴松さまをお亡くしになられて、気が弱くなられたのだな。

人が変ったような、このやさしさの底にあるものを思うと、気の毒にもなった。おねねも、おそらく同じ思いなのであろう。

「よほどひもじかったのでしょうね」

そっと手をのばして、虎斑の小さな背中を撫でてやっている。

それから数日後――

「弥兵衛どの」

聚楽第に伺候した長政は、おねねに呼びとめられた。

「ご安心ください。あの猫、ちゃんと歩けるようになりました」

「それは、それは」

おねねの話によれば――

何のことはない、小猫は猛烈に腹を空かせていただけなのだった。

「人間だって、お腹が空いてふらふら、っていうことがあるでしょう。それで満足に歩けなかったらしいんです。餌をやっているうちに、すっかり元気になって……」

今は聚楽第のあちこちをわがもの顔に走りまわっているのだという。それよりも、おかしいのは秀吉であった。彼の姿が見えると、すばやく飛んでいってからだをこすりつける猫が大の気にいりで、

「小虎、小虎」

と名づけてかわいがるのはいいとして、

「どうだ、こんなりこうな猫はいないだろう」

挨拶にやって来る大名たちをつかまえて自慢する。

「ほれ、見ろ、誰よりも俺を敬っている。俺が関白だってことをちゃんと知っているんだ、ですって、まさかねえ」

おねねはもう一度首をすくめた。

「ここへ来て、いちばん先に餌をやったのが、あのひとだから、それでいちばんなついているんですよ」

とにかく、小虎、小虎、と眼がないのだという話を聞いて、長政はうなずいた。

「それもしかし、いいことではございませぬか。小猫一匹のことで、ちっとでも御機嫌

がよろしくなれば」

ふさぎこんで、弱気になっているよりは、ずっとましというものである。が、おねねは、なぜかこのとき、うなずくでもなく、不可解な笑顔を見せた。

「……」

——はて？

首をかしげたものの、それ以上何も言い出さないおねねに、長政はついたずねるきっかけを失った。そしてまもなく、彼は、おねねのその微笑を忘れた。というより、小猫の登場をきっかけに、みるみる元気を回復して来た秀吉の、めまぐるしい動きに心を奪われるかたちになったからだ。

いったん立直ったとなると、秀吉は、前にもまして闘志満々の忙しがりやになった。

「さあ、出直しだ」

という声にも力が入っていた。

新しく人生をやりなおすために、まず秀吉がやったことは、関白の位を秀次に譲ることであった。みずからは太閤（関白の前任者という意味）と名乗るようになった秀吉は、

「聚楽の館もくれてやろう」

ひどく気前のよいところを見せ、自分はおねねともども大坂へ戻ることにした。このとき首をひねったのは、猫の処置であった。

「猫は家につくというからな」

折から来あわせていた秀次のほうへ、小虎を押しやった。

「ほれ、新しい関白さまだぞ」

が、小虎は、知らん顔で、のこのこと秀吉の膝へ上って来てしまった。

「やっぱり畜生だなあ。関白が替ったのがわからぬらしい」

秀吉は破顔一笑した。結局小虎は大坂城へ連れてゆかれることになった。

大坂城へ帰ってからの秀吉の立直り方は、たしかに人の眼を奪うばかりのめざましさだった。いや、めざましすぎて、人は度肝をぬかれるばかりだった、といったほうがよいかもしれない。なぜなら、大坂入りして早々彼が発表したのは、日本はじまって以来の大計画だったからだ。

大明国および朝鮮出兵――当時の言葉で言う「唐入り」である。

ふつう朝鮮出兵とだけ言われているが、これは彼の本意をつかんだ言い方ではない。「唐入り」という言葉がしめすとおり、彼の狙いは明国征服にあった。そして朝鮮はその道案内をさせるべく、まず手はじめに侵攻したにすぎないのである。

もっとも、彼の大陸侵攻の夢は、今に始まったことではない。信長の在世中にも、ごますり半分に、

「私には大明国をいただきたい」

などと言ったこともあるし、海を渡って来た青い眼の宣教師から世界地理の知識を得ていたし、その宣教師たちを前にして、

「国内を統一した後には、明を征伐する」

と豪語してもいた。

ただ彼の国家意識は、今の眼で見ると、恐るべき幼稚なものであった。つねづね口にしていたのは、

「九州の次は、明、朝鮮じゃ」

ということで、薩摩と朝鮮や明国を同等に考えていたらしい。つまり島津や伊達が降伏したように、朝鮮や明国も俺サマに降伏し、貢物を持ってこい、というようなぐあいなのである。じじつ、九州平定がすんだころから、秀吉は対馬の宗義智(そうよしとし)や側近の小西行長にその交渉をさせてもいたし、肥前の名護屋に唐入りのための前進基地を作りはじめていたが、やはり鶴松の死後、再生を決意したのが、直接軍事行動のきっかけとなった。

文禄元（一五九二）年一月五日、ついに唐入りの出陣命令は発せられた。

「第一軍は宗義智、小西行長、松浦鎮信(まつらしげのぶ)……第二軍は加藤清正、鍋島直茂……第三軍は黒田長政……第四軍は森吉成、島津義弘……」

てきぱきと編制を決めて行く秀吉は、鶴松を亡くしたころにくらべて、七、八つも若くなったように見えた。

──やはり戦さをするために生れて来たようなお方なのだな。

長政はほっとした思いで、そんな秀吉をみつめ、おねねに耳打ちする。

「すっかり、もとにお戻りになりましたな。もう、これで御安心です」

が、ふしぎなことに、おねねは、あまりうれしそうな顔を見せないのである。

「そうでしょうか」

かすかに頬に浮かんだ微笑を見たとき、

──あ、いつか見たあの笑顔だ。

長政はふと聚楽第でのことを思い出したが、おねねが、どうしてはかばかしい答え方をしないのか、合点がゆかなかった。

唐入りの命令をうけた部将は、次々に九州へ向けて出発した。

秀吉自身の出発は三月一日と決められた。

「九州攻めも、小田原攻めも、三月一日に出発して勝ったから」

というのがその理由である。もっとも、言い出した本人が眼を悪くしたこともあって、実際に都を発ったのは二十六日であったが……

一日に出発できなかったことを秀吉がひどく気にしていたという噂を聞いて、

──案外、縁起をかつぐのがお好きだな。

にやりとしたのは長政である。が、顎を撫でかけたところで、彼の手はぴたりととまった。

「戦勝の佳例」には、もう一つ、残されていたことがあったからである。

そのことに気がついたとき、

——ふうむ、さすがは……

彼は舌を巻かざるを得なかったのだ。

残された戦勝の佳例とは？

すなわち、お茶々同伴である。

——縁起のいい小田原攻めの例にならって、今度もお茶々を。

これが秀吉の本音だったのだ。

——戦さのほうもみごとだが、そっちの作戦もなかなか。このほうも、もとどおりになられたとみえる。

鶴松を死なせたあと、すっかり気落ちした秀吉は、女性を抱く能力までも失ってしまったらしいとは、側近の誰もが口にしているところだ。が、こうしてお茶々を同伴してゆくところを見ると、そのほうも、どうやら元気回復というところだろうか。

——ははあ、それで、義姉（あね）さまは……

おねねが、にわかに元気を取戻して来た秀吉をよそ目に、うかぬ顔をしているのも、そのせいだったのか、とはじめて合点がいった。

——こうなっては義姉さまに残された手はただひとつ。こちらも「小田原の佳例」に準じて、京極龍子どのを、一緒に送りこむことだな。

はたせるかな、お茶々と前後して龍子も九州へ下ったところを見ると、長政の判断は、どうやらまちがってはいなかったらしい。

——なにやら、すべて、ふりだしに戻ったような……

そんな気もしないではない。

が、まだこのとき、長政は気づいてはいない。お茶々の前途に、さらに相似の歴史が待ちうけていることを……

それよりも、まもなく彼は、別の心痛に悩まされなければならなくなった。

原因は、渡海した味方の勝戦さにある。

四月十二日、小西行長の軍が釜山に着いたのを手はじめに、九つに分けられた軍団はつぎつぎと朝鮮に上陸し、破竹の進撃を続け、五月の初旬には、ほとんどが漢城（ソウル）に到着してしまったのだ。

このめざましい勝戦さに気をよくした秀吉は、ついに、とほうもないことを言いだした。

「俺も行く、高麗（朝鮮）へ、そして大明へ」

この眼でその勝戦さをたしかめるために、彼は海を渡ると宣言したのである。

それを聞いて、徳川家康や、前田利家らは、こぞって反対した。

「御大将は軽々に御渡海遊ばされぬものです」

「それに、太閤殿下がおられなければ、この国はどうなります」

が、秀吉は、なかなか、ききいれようとはしない。

「留守は秀次に委せる。俺が留守をしようと、何の心配があろうものか」

が、さらに有力な反対の声があがった。

秀吉の母、大政所である。

「親不孝者めが」

すでに八十歳、老い朽ちてはいるが、口だけはいまだにたっしゃな姑どのは、まるで目の前に鼻たれ小僧でもいるようなけんまくで、わめきちらした。

「この年寄りをおいてどこへ行くとぬかす」

この一年前、姑どのは、もう一人の息子秀長を失っている。秀吉とちがって、心やさしく穏やかな秀長は、孝行のしかたもこまやかで、大政所も、その居城郡山に行くのが唯一の楽しみだったのだが、鶴松の死に先立って、天正十九（一五九一）年正月、この世を去ってしまったのだ。

さらにその一年前には、家康のところへ嫁いだ朝日姫も死んでいる。

「わしが、ひとり残って、どんなに淋しいかも知らずに、高麗へ行くなんてなんと親不孝な子じゃろ。あれは子供んときから、餓鬼大将でな、わしが用を言いつけようとしたとき、いたためしはなかったからな」

老いた姑どのの眼には、渡海の日本軍の総大将も、幼いころの餓鬼大将も、あまり変りがなかったようだ。

これには秀吉も閉口したらしく、

からうらい（高麗）へは、三月一だんとうみのおもてよく候と申候まま、はるまでのべ申、なごやにて年を取り可申候。

三月ごろは海も穏やかだという話だから、朝鮮行きはそれまで延期し、名護屋で越年します、などと言い送っている。

しかし、本心では渡海をあきらめたわけではなかったのだが、そうしたわが子に足止めをかけるように、姑どのは、急に床につくようになった。

いわゆる老衰なのだろうか、ぴたっと食欲がとまり、二、三日すると意識もあやふやになって来た。留守を預かる秀次の心痛はなみたいていでなく、神社仏閣に病気平癒を祈ったり、あらゆる名医の薬をすすめてみたが、何の効果もない。そしてついにその年の七月二十二日、ろうそくの灯の消えるように、その命を終った。

もちろんその病状は名護屋にも報じられ、秀吉はとるものもとりあえず上洛の途についたのだが、彼が名護屋を発ったその日、すでに大政所の命は絶えていたのであった。

大坂に着いて大政所の死を聞いたとき、秀吉は気を失って、その場に倒れ伏したという。ややしばらくしてから、

「最後のお暇乞いもせんでなあ……」

ぼそりと言い、

「高麗や明を降そうと、それればかりを考えておったのでな」

言いわけとも後悔ともつかぬ呟きを洩らした。

——大政所さまが、命にかえて、渡海をとめられたのではないか。

口には出さなかったが、長政はそんな気がしてならないのだ。おそらく、秀吉も、その思いにとらわれているとみえて、それからしばらく、渡海のことは口に出さなくなった。

それに加えて、第九軍の大将として渡海した小吉秀勝が、戦陣で病死したのも、秀吉の足にブレーキをかける結果になったにちがいない。馴れぬ異郷の風土に冒されたのだろうか、小吉は、九月九日に、唐島というところで二十四歳の生涯を終った。

小吉夫人となったおごう——お茶々の妹は、今度は死別の不幸を味わったことになる。それが彼女にどんな意味をもたらすかは後のことにして、朝鮮での日本軍の様子に目をむけてみよう。

漢城に集まった諸将は、すでに北進を開始していた。宇喜多秀家が統師として漢城に

止まり、毛利輝元は慶尚道の開寧へ、小西行長は平壌へ、加藤清正は咸鏡道へ、といったぐあいである。

戦勝の報は、秀吉に大政所の死の傷手を忘れさせた。その上、名護屋に戻ってみると、征途にある諸将から続々と待望の贈物が届けられていて、

「これこそ、それよ」

と、秀吉を躍りあがらせた。

待望の贈物——それは虎の塩漬けである。当時、虎の肝は、精力回復の秘薬だと信じられていた。秀吉はだから渡海にあたって、加藤清正に言いつけたのだ。

「虎よ、かの地へ行ったら、必ず忘れるなよ」

於虎こと加藤清正が、虎退治に励んだのは、兵士や人民を守るためではなく、じつに秀吉のためだったのである。しかも、虎退治といえば、加藤清正と相場がきまっているが、このとき虎を退治したのは、彼だけではなかった。

「なになに？　加藤が虎を？」

それが秀吉のお望みの品だと知ると、諸将は競争で虎狩りを始めた。

太閤様御養生のため、参るべき御用に候。虎を御取候て、塩よく仕置（つかまつりおき）、御上げあるべきの由、（中略）皮は此方にいらず候。（中略）頭肉、腸いづれも一匹分残らず塩を御沙汰候て参らるべく候。

これは内地から戦地の武将へあてた手紙の一節である。してみると、このときばかりは、虎は死して皮よりも内臓をのこしたものらしい。

しかもごますり精神旺盛な諸将が、せっせと虎の塩漬けを送って来たので、やがて秀吉は、「もういらぬ」と悲鳴をあげるに到った。

もっとも、秀吉が悲鳴をあげるまでもなく、諸将のほうも、虎退治ばかりに精を出すことはできなくなっていた。日本とはけたちがいの冬将軍が、まもなく朝鮮全土を襲いはじめたからだ。しかも、そのころ、恐るべき敵が、彼らの前に立ちふさがった。いよいよ明軍が、朝鮮救援のためにやって来たのである。

寒さと、強敵、そして、補給線はのびるだけのびきっている。情勢は楽観を許さない状態になった。しかも朝鮮人民の抵抗は、あなどりがたい力となっていた。

そもそも、上陸以来、破竹の進撃を続けられたほうが不思議だったのである。当時朝鮮の王室では、よもや日本軍が上陸して来ようとは思ってもいなかった。しかも朝鮮政府の内部に内訌軋轢（ないこうあつれき）があって、とうてい一致して外敵に備える状態ではなかった。そこへ突然日本軍が上陸して来たのだからたまらない。国王は浮足だって、さっさと漢城を逃げだしてしまった。

日本軍はこうした政情不安につけこんだといえる。当時の朝鮮人民は、支配層のあり方に強い不満を懐いていたから、はじめは、むしろ日本軍を解放軍として歓迎したのだ。

が「解放軍」であるはずの日本軍のやったことは何だったか。

この地を日本と同じだと考え、日本の場合と同じような禁制を掲げ、納税額を定め、その上、日本語を使わせようとまでした。

人民たちは日本軍の実体を知ると失望した。と同時に、彼ら自身の義兵を組織して抵抗を始めたのである。が、こうした状態の変化に、秀吉はまだ気づいていない。それどころか、
一、北京に都を移し、天皇はそこに住んでいただく。
一、大唐の関白は秀次に、日本の関白は豊臣秀保（故秀長の養子）か宇喜多秀家に。
一、日本の帝位は若宮か八条宮に。
などと、とほうもない計画を発表していた。だから、大坂にいるおねねが、朝鮮の情勢については、せいぜい虎の塩漬けのことくらいしか知らなかったとしても、無理はないといえそうである。

ところが、その虎の塩漬けであるが——

それは予想どおりの効果を発揮したろうか。じつは、それについての情報は、まだおねねのところには届いていない。ただ翌文禄二年の正月早々、大坂の留守を預かる人々のところへ、秀吉から、一通の命令書が送られて来た。

「伏見に城を作れ」

詳細きわまる指図書がそえてあって、さらに、わからないところは一々名護屋に問いあわせるように、と書いてあった。

「まあ、またお城ですって？」

おねねは、こう言ってしまってから、ちょっときびしい眼付になった。彼がどんなとき城を作るか知りぬいているからだ。

——まあ、今度は誰を？

どんな女をその城に置こうというのだろう？

伏見城築城についての指図が届いて間もなく、おねねの耳にも、真相の伝わる日がやって来た。

淀どの御懐妊！

奇蹟ともいうべきことが起ったのだ。鶴松を失って以来、男子としての能力も萎えしぼんでしまっていたはずの秀吉は、みごとに、お茶々をみごもらせたらしい。

「うーむ、やっぱり虎の塩漬けは、効いたらしいな」

おねねから数日遅れてそのことを知った長政は、思わず唸った。

このときも、ふっと目に浮かんだのは、おねねの、どこか吹っきれない感じのあの微笑であった。

——まあ、太閤が元気を取戻したのは何よりだが、おかげで、義姉さまには、また気の毒なことになって来たぞ……

あの微笑は、してみると、今日のこの日を予感してのことだったのだろうか。

大坂城に挨拶に行くと、思いのほかにおねねは冷静だった。

「もう度々のことですもの。伏見のお城を作れという指図が来たときから、そんな気がしていたのです」

半ばあきらめたようにそう言ったあとで、

「ただ一つ、ちょっと、解せぬことがあります」

少し声を低めた。

「それは？」

「弥兵衛どのは、どう思います？　今度の伏見のお城のこと」

「は？」

「お茶々どのなら、もう淀にお城を作ってあげてあります。そこで御出産なさればよろしいのに、また伏見に城を作るというのは、いったいどういうことなのでしょう」

「さあ」

言われてみると、たしかにそうだった。お茶々には、小さいながら淀城がある。なのにどうして伏見に城を作るのか。

「それに、とても工事を急いでおいでなのですよ」

言いさして、ふっと例の微笑を見せた。

「時々、わけのわからないことをなさるようになりましたからね」

長政が、おねねのその微笑をもう一度見たのは、それから数か月後のことだった。

「名護屋からのお文が着きました」

彼女は、秀吉の手紙をひろげ、

「またまた、わからないことを書いていらっしゃるのですよ」

そう言って、彼女はまたそっとほほえんだのである。

「拝見いたします」

長政が手にとると、例の秀吉の手で、大明国から使がやって来たことなどが書いてあった。これ以前、明軍と日本軍の間に何度か戦いが行われ、その結果、やっと和議が成立して、明使の沈惟敬（しんいけい）が名護屋に来たことは長政もうすうす知っている。

「いえ、そこではありません。おかしいのはここなのです」

おねねの指が手紙のある箇所をさし示した。

たしかに――

長政も首をかしげざるを得ない文章がそこにはあった。

大明国との景気のよいやりとりに続いて、追って書きにして、さりげなく秀吉はお茶々の懐妊について書いている。

又にのまるどの身もちのようけ給(たまはり)候。めでたく候。

これはいわば秀吉の常套手段である。大事なことを本文に書かずに追伸にさらりと書く。

——ここまではわかる。こうしてさりげなく書くのは、つまり、義姉さまへの一応の挨拶のおつもりなのだ。

そのあたりのことは長政も察しがつくし、おねねもすでに心得ていることでもあろう。なお、ここで、お茶々を二の丸どのと書いているのは、みごもったお茶々が、近々大坂に引揚げ二の丸で出産する予定だったからである。が、おかしいのは、その次の文章だ。

長政といっしょにそこを原文のまま読んでみよう。

われわれは子ほしく候はず候まま、その心得候べく候。大かう子は鶴松にて候つるが、よそへこし候まま、にのまるばかりの子にてよく候はんや。

自分は子供は欲しくないのだから、そのつもりでいてもらいたい。太閤の子は鶴松だったが、あの世へいってしまった。今度の子は二の丸(お茶々)だけの子だ、というのである。

——はてふしぎな。

長政は首をかしげざるを得ない。

——あんなに子供を欲しがっておられるのに、なんで欲しくないなどと書いて来たのか。

手紙から顔をあげると、

——ね、おかしいでしょう。

というふうに、おねねはうなずいてみせた。

「わかりますか、弥兵衛どの」

「いや、どうも、合点がゆきませぬ」

いくらお茶々だけの子だと言ってみたところで、女ひとりで子供を作れるはずがない。こんど生れる子が、秀吉とお茶々の間にできた子供であることは、歴然たる事実ではないか。

——たしかにおかしい。

長政はあっさり兜をぬいだ。

「わかりませぬ。もしかすると、気が……」

変になったのでは、と言いかけて、あわてて言葉を呑みこんだ。

「いや、その、気が変られたか、もしくは、何かの拍子で、心にもないことを書かれたか」

とっさにごまかしたとき、おねねの眉がちらと動いた。

——おっと、感づかれたか。

長政は首をすくめたが、どうやら、おねねの思いは別のところにあったらしい。

「心にもないことを、ねえ」

それから、いつになく、晴れ晴れとした笑みをうかべていった。

「ありがとう。少し謎が解けて来ました」

「え？　何とおっしゃいます？」

長政はきょとんとして、おねねの顔を見守った。

「弥兵衛どのはおぼえておいででしょうか」

おねねは、長政のほうへ、ちょっと膝をにじらせるようにして言った。

「さきに鶴松の生れるとき、あの方は言ったのです。ま、いろいろ不満もあろうが、俺とお前の子として育ててくれって」

「ほう」

「だからですよ」

「は？」

長政はいぶかしげにおねねを見上げた。

「だから、何だとおっしゃるのですか」

「まあ、勘のよい弥兵衛どのにも似合わない」

おねねは、からかうようにほほえんでから、ゆっくりと謎解きをしてみせた。

おそらく、秀吉は、今度もそう言いたかったにちがいない。が、手紙を書きかけて、突然彼はあることに気がついたのだ。

――や、これでは鶴松のときと同じことだ。こいつはいかん。また死にでもしたら一大事！

ひどくかつぎやになってしまった秀吉は、慌てて言いなおす。

――いや、これは俺とそなたの子ではない。

かくて、今度生れる子は、お茶々だけの子だ、という妙な言いまわしになってしまったのである……

「ははあん」

説明を聞いた長政は、半ば腑に落ちない、という顔付をした。

――秀吉ともあろう人が、それほど縁起をかつぐものだろうか……

と、それを見すかしたように、おねねは言った。

「おかしなこととお思いでしょうけれどね」

「あ、いや」

「でもそう思ってみますとね、新しい伏見のお城作りの謎も解けるのです」

「は？」

「今まで私は、お茶々どのには淀にお城があるのに、なぜまた新たに城作りをなされるのかと思っていたのですけれど」

「………」

「あの淀のお城でお子を産むなんて、とんでもないことだったのです。鶴松のように早死でもされてはね。だから、一時大坂城へ入れるとして、別に伏見にお城を作ろうとお思いになったのです」

「なるほど」

やっと長政は大きくうなずいた。

そうかも知れない。手紙と城を結びつけて考えれば、どうやらおねねの見方は、真相をうがっているかもしれない。

「さすがは、義姉さま、弥兵衛はそこまで思いも及びませんでした」

「女の智恵——いや、勘のようなものです」

が、そう言ったときのおねねの微笑はあきらかに変っていた。このごろは時折見せる、翳(かげ)のある、ふしぎなあの微笑である。

——義姉さまは、どうしてあのような笑い方をなさるのか。

ふとそう思ったが、やがて長政は忘れるともなくそのことを忘れた。ひとつにはそのころ彼の身辺はかなり多事だったからだ。

みごもったお茶々の帰還が決ったころから、大坂城は何となく、人の出入りが慌しくなって来た。

まず、さしあたって二の丸の手入れである。これにもかなり人手がかかったが、名護屋からは相変らず、伏見城の造営について、矢のような催促がとんで来る。

「まだか、まだできぬか」

――ははあ、やっぱり義姉さまの推察どおり、お茶々どのを伏見へ入れるおつもりか。

長政はひそかにうなずいたが、そうかといって、数か月後にひかえた出産までには、どうみても城はできあがりそうになかった。

と、それと前後して、秀吉は、おねねの手許にいた秀秋に、突然呼出しをかけて来た。

「至急名護屋へ下るよう。ひきあわせたい者がいる」

秀秋は、おねねの甥で養子になっているのだが、秀吉の猶子のように扱われてもいる。名護屋出陣ともなれば、それ相当の支度もしなくてはならぬ。長政はおねねともどもかなりに気をつかって準備をしてやったつもりだったが、この傲慢な若者は、それに対してちっとも感謝の様子も見せないのだ。

――しようのないやつだな。ちっとは、義姉さまの身にもなってみるがいい。

長政も内心そう思っている。秀秋はおねねの兄、家定の息子だから、おねねの妹のおややを妻にしている長政にとっても甥になるわけだ。

どうやら秀秋の不満は、名護屋出発と決ったときから始まったようだ。それ以来ひどく言動が粗暴になり、短気になったのだ。

「まったく今の若い者の了見はわからぬ」

無口な長政も、家に戻ると、妻のおややの前では、つい愚痴が出た。

「そうねえ、あねちゃも気苦労が絶えないことねえ」

すばやく相槌を打ったあとで、おややは、さも重大そうに声を低めた。

「それにねえ」

「何だ」

「きのうから、猫がいなくなっちゃったんですって、あの小虎って猫が」

「なに、猫だと」

これだから女は相手にできない、と長政は顔をしかめた。

「猫なんかどうでもいいじゃないか。俺は金吾（秀秋）の話をしてるんだぞ」

「ええ、だから金吾も猫も、どうしてこう、あねちゃに世話をかけるのかって……」

阿呆らしい。

長政は口をきくのをあきらめた。

まもなくお茶々が大坂へ戻って来た。二の丸で子供を産んだのが八月三日。こんどもみごとに男の子であった。

秀吉は名護屋でそれを聞いてとびあがらんばかりに喜んでさっそく大坂へ上る準備を始めた。

長政が猫の話をふたたび聞いたのは、ちょうどそのころのことである。

猫のことを持ち出したのは、おねねだった。

「弥兵衛どの」

秀吉を迎える準備に追われている彼を呼びとめて、彼女は言ったのだ。

「折入ってのお願いなのですけれど」

「は？」

「小虎といったあの猫、おぼえておいででしょう」

「はあ」

「あれと同じ虎毛の猫がどこかにいないものでしょうか」

「は？」

長政は狐につままれたような顔をした。

「それをどうするので」

「あの小虎のかわりをつとめさせるのです」

「え？」

「あの猫がいなくなったことは、もうご存じですね。ですから、そのかわりに欲しいのです」

「なぜに?」

ともかく、あれは秀吉がかわいがっていたからだ、とおねねは言った。大坂帰城にあたって、あの猫がいないと困るのだという。

長政は呆れかえっておねねの顔をみつめた。

――義姉さまもえらいお人かと思うたら、やはり女じゃ。猫一匹ぐらい、いなくなろうと、どうということはないではないか。

「生きものでございますからな」

それでも、つとめておだやかに彼は言った。

「ふといなくなることもありましょう。そう申しあげれば、殿下さまも、よもや腹立ちもなさるまいと存じますが」

「いえ、それが……」

おねねは珍しく首を横に振った。

「そうではないのです。あの猫にかぎって、困るのです」

「そんなにかわいがっておられたので?」

「それもあります。が、それより、ちょっと困ったことがあるのです」

おねねは声を低めた。

「それはまたなぜに？」

つられて顔をよせた長政の耳に、思いがけない言葉が、ひそかに囁かれた。

「秀秋のことです」

「え、金吾どのが？」

「しっ」

おねねの声はさらに低くなった。

「ここだけの話です。金吾があの猫をしめ殺してしまったらしいのです」

「えっ」

これはさすがの長政も初耳だったが、城内の侍女たちの間では、とっくにそう囁かれている、とおねねは言った。

「ふうむ」

長政は思わず腕を組んだ。出発前の秀秋が、ひどく荒れていたことは知っていたが、

「それにしても――」

なぜ罪もない小虎をしめ殺すような残忍な真似をやってのけたのか……

と言いかけると、おねねはつと顔をそむけて吐息のように呟いた。

「察しはつきませぬか、弥兵衛どの」

「？」

「いかにも、あの子のやりそうなことです」

秀秋がなぜ猫を殺したか。それについて語るためには、秀秋が名護屋城に呼ばれた理由について語らねばならない、とおねねは言った。

他の諸将とちがって、彼がその地へ行ったのは、渡唐のためではなかった。名護屋で彼を待っていたのは養子の口であった。毛利の一族である小早川隆景と彼との養子縁組のいきさつにふれた物語は昔からかなり有名である。

この話を持ち出したいわゆる「言い出しっぺ」は黒田孝高と生駒親正であるという。彼らは毛利の総帥輝元に跡継のいないことを承知の上で、小早川隆景に、それとなく持ちかけたのだ。

「お手前の御本家、毛利どのはまだお子がない。この際、金吾どのを跡継になされたら、いかがなものであろうか」

「さすれば毛利家のため、いや天下の太平のためにもよろしいと存ずるが」

聞くなり隆景は二人の手をおし戴かんばかりにした。

「かたじけない。よく言うてくだされた。もし仰せのとおりに事が運べば、毛利家のためにこの上なきしあわせ」

が、涙を流さんばかりに喜んだと見せたのは実は一世一代の大芝居だった。その足で彼は秀吉の秘書格である施薬院全宗（やくいんぜんそう）のところへ飛んでゆき、孝高らの言葉が、秀吉の内意をうけているものでないことをたしかめると、すばやく逆手をとって秀吉に申し出たものである。

「この小早川隆景、太閤殿下より筑前、筑後、肥前に所領を賜わってござるが、老齢に達してすでにお役にも立ちがたくなりました。ついてはこれを金吾秀秋どのにお譲り申したいが、いかがなものでございましょうか」

何も知らぬ秀吉は喜んだ。かねて九州への押えに身内のものを置きたいと思っていたところだから一も二もなく承知し、かくて秀秋に至急呼出しがかかったのであった。

これは小早川隆景の犠牲的体あたりだ、といわれている。彼は毛利宗家に秀吉の家の血が入って、その家を乗取られることを恐れて、自分の家を提供した、というのである。が、これはもとより一面からの見方にすぎない。毛利家から見れば、たしかに豊臣家の進出であり、秀秋は十三歳の若さで一挙に九州の太守にのしあがったということになるが、当の秀秋が、これを喜んでいたかどうかということになると、全く話は別問題だ。倨傲（きょごう）な彼は、じつをいうと九州の数十万石などは、眼もくれていなかったのだ。

――俺は太閤の猶子だ。

いつも念頭を離れないのは、そのことだった。本能寺の変の年に産声（うぶごえ）をあげた彼は、物心ついてからこのかた、秀吉全盛の蜜を舐め放題に舐めつくしている。

そこへ降ってわいた縁談は、驕慢（きょうまん）な青年の自尊心をいたく傷つけた。

——何だこの俺に小早川へゆけと？

太閤の猶子から小早川の養子へ——いわば一流会社の社長候補が、突然地方の三流会社の役員に転出したようなもので、彼の目には屈辱的転落としか映らなかったのだ。

「なるほど」

おねねの説明を聞いて、やっと長政は、秀秋の荒れた理由が納得できた。

「金吾どのには願ってもない良縁と思ったのでしたが、本人は不満だったのですね」

「早くから私の手許で育てたのが、かえってよくなかったのです」

おねねは、溜息を洩らした。

「その上、困ったことに、あの子の勘は人一倍鋭いのです。どうして、小早川の養子に行くことが決ったか、それをちゃんと見通しているのですよ」

「ほほう」

「それはつまり、お茶々どのの懐妊です」

「ふうむ」

生れて来る子のために、まわりの邪魔ものはできるだけ片付けておこう——秀吉が内心そう思いはじめていたこと、そこにつけこんで、いち早く小早川隆景がごまをすったことを、ちゃんと秀秋は見ぬいているのだ、とおねねは言った。

「なあるほど」

長政は、もう一度唸るよりほかはなかった。

「おぼえておいでででしょう。あの子をだしぬいて、秀次どのが養子となり関白になったときのことを」

「左様、あのときも、おそろしく機嫌を悪くしていたようでしたな」

「そうなのです。そして、そういうときにかぎって、あの子は罪もない生き物を平気で殺したりするのです。わが甥ながら、あの子の心の動きには、ちょっと怖ろしいところがあります」

「ふうむ、してみると、今度の猫のことも、ただのいたずらではないのですね」

「だから困るのです」

おねねはこめかみを押えた。

「いま、あの子の心の中の動きを知っているのは私だけです。でも、もし、誰かがそれに気がついて、お帰りになったあの方に申しあげでもしたら……。猫がほしい、と言ったのは、そのためなのですよ」

「わかりました」

長政は深く一礼した。

「力のかぎり探してみます」

しかし、虎斑（とらふ）の猫といっても、あの小虎とそっくり同じ毛並みの、同じ感じの猫は、めったにいない。

長政が猫を眼の色を変えて探しているという噂は、まもなく大坂や京都でも持ちきりになった。

「いやはや困りました。いつからそんなに猫好きになったか、おかしいぞなどと冷かされましてな」

「それはお気の毒な。おかしい方は別にいますのにね」

「え？　何と」

心の中をはかりかねて、まじまじとその顔を見守ったとき、長政はまたもや、おねね独得の暗い微笑の翳を読みとったのであった。

一方、男子誕生の報は、名護屋の秀吉を大喜びさせた。生れた子をいったん棄ててから拾うと元気に育つというので、松浦讃岐守という男に拾わせた。それにちなんで、赤児には、「ひろい」という名がつけられた。

それにつけても、秀吉は、おねねにこんな手紙を送って来ている。

すなわちこ（子）のな（名）はひろいご（拾い子）と可申候。したじた（下々）まで、おのじ（字）もつけ候まじく候。ひろいひろいと可申候。

おねねから手紙を見せてもらった長政は、にやりとせざるを得ない。

――子供は欲しくない、などと言ったことは、すっかり忘れておいでだ。

五十七になってからのひとり息子だから、無理もないともいえるが、秀吉はすぐにも大坂に帰りたそうな様子であった。赤ん坊を見るためには、やりかけの戦争の指揮などは、どうでもよくなってしまったらしい（じじつ八月二十五日に名護屋を発って大坂に戻った秀吉は、その後とうとう九州へはゆかずじまいだった）。

——やれやれ、よく気の変るお方だな。まったく猫の眼のように……

そこまで考えて、長政はとびあがった。日頃の物静かさとは打って変って、

「おお、その猫、猫」

大きな声で叫んで、まわりの人々をびっくりさせた。

秀吉の帰城が意外に早いとなれば、大急ぎで、虎斑の猫を探さねばならない。

「猫はおらぬか、虎猫は」

もう何と言われてもかまってはいられない。誰彼となくつかまえてはきき歩く。ついに大坂では間にあわず、伏見の城にまで問いあわせてみると、幸い、野口五兵衛という侍から、

「某（それがし）のところに、虎斑がおります」

という返事が来た。さっそく連れて来させると、

「ほほう、これは！」

思わず手を打ちたくなるほど小虎そっくりだった。が、よく見ると、眼の色がちがう。

小虎は冴えた銀眼だったが、その猫は片方がわずかに金色がかっているのだ。が、ひどく人なつこいのが取柄で、長政にもすぐ馴れてからだをこすりつけて来た。

「片眼の色が気になりますが、いかがでしょう」

おねねのところへ連れてゆくと、

「むずかしいところですね」

猫を抱きあげて、彼女も首をかしげている。しかし斑といい、大きさといい、これより似たのは、まず見つかりそうもない。

「無事に小虎のかわりをつとめてくれればいいのですがねえ」

そっと背中を撫でながら、おねねは言った。

やがて秀吉が大坂へ戻って来た。

「殿下さま、御帰城！」

居ならぶ人々に、

「おう、戻ったぞ、戻ったぞ」

わめくように言うのは、彼自身の上機嫌のせいである。まずおねねのいる本丸に入って、猩猩緋（しょうじょうひ）の陣羽織をぬぎすてた。

「お疲れでございましょう」

おねねの側できょとんとしている猫を、秀吉はちらりと見たようだった。

その瞬間、後ろに従っていた長政は思わず息をとめた。

――うまくやってくれよ。

が、猫は、長政のそんな思いにはいっこう気づく様子もなく、おねねに身をよせるようにして、この闖入者をまじまじとみつめている。

「ほ、小虎、たっしゃでいたか、来い来い」

秀吉が手まねきした。

――ゆけ！　行ってくれ、頼む……

手をあわせたいような気持で彼は心の中で叫んだ。せっかく秀吉が小虎だと思いこんでいるところである。ここで御機嫌をとってもらわねば、せっかくの苦心も水の泡になってしまうではないか。

と、そのときである。

「はて」

秀吉がいぶかるように首をかしげた。

――ばれたか、眼の色が。

万事休す……

眼をつぶったそのとき、秀吉の声が長政の耳に響いて来た。

「ちょっと見ぬまに、ひとまわり大きくなったな、小虎め」

ふうっ、とからだじゅうの力がぬけてゆくような思いで、彼はその声を聞いた。

──やれ、やれ。どうやら眼の色には気づかなかったらしい。

と、そのとき、猫が落着きはらって歩みだした。尻尾をぴんと立てて、腰をゆすり、いかにも気どった足どりで、

──ふん、じゃ行ってやるか。

とでも言いたげに、おもむろに秀吉に近づくと、虎斑の横腹を、綾織の袴にこすりつけた。秀吉はもう上機嫌だった。

「よしよし、殿下さまのお帰りが、わかったとみえるな」

いつものように、抱きあげて、しつっこいかわいがり方をするのかと思ったら、それなり気が変ったのか、ろくに頭も撫でてやらずに、

「ふむ、そうそう、そうだった」

ひどく歯ぎれの悪い呟き方をしたかと思うと、もう腰をうかせかけた。

「どこへおいでになりますの」

おねねが問いただすと、

「いや、その、なに……」

ますますへどもどしてから、度胸をきめたとでもいうように、大きな声でどなった。

「赤児（やや）だ。赤児を見にゆく」

「まあ、赤児なら、元気でおりますからご安心を。まずひと休み遊ばしてからでも」

そう急ぎなさるな、というふうに、おねねは、おっとり言ったが、それを振り切って、
秀吉は立って行った。

「ま、とにかく見てくる」

待ちきれぬとでも言いたげな後姿を見送りながら、長政はおねねにそっと耳打ちした。

「うまくいきましたな」

赤ん坊のおかげで、無事に、切りぬけたようなものである。

が、このとき、なぜか、おねねはうかぬ顔をしていた。長政がその理由を知ったのは、
しばらく経ってからのことだった。

「猫のことは、ほんとうに御苦労さまでした」

長政と二人きりになったとき、おねねは、そう言ってねぎらったが、

「いや、うまくいって何よりでございました」

長政の答えに、ひどく、ものうげな微笑を見せたのだ。

「弥兵衛どの」

「は」

「阿呆らしいこととは思われませぬか」

「?……」

「苦労して猫をさがして来たことが」

そう言われれば、そんな感じもしないではない。ああまで簡単に事が運んでしまうと、なにやら拍子ぬけもする。

「私があのとき、どんな気持でいたか、おわかりですか」

「は？　いや……」

「私ね、あれが小虎でないことがわかればいい、って思いましたの」

「や、何と」

あっけにとられて、長政は、その顔を見守った。

「そりゃあ、ほんとうはわかったら困るのです。だからこそ、そなたに苦労して探してもらったのですけれど……」

ふと、おねねは口ごもった。

「でも、私、あの方が、小虎と他の猫の区別もつかないでおいでのことがたまらなくなったのです」

「……」

「それほど、もう心はほかに飛んでいるのだと思うと……」

静かに眼を伏せる姿を見たとき、長政は、はじめて、おねねが心の底に持っている淋しさに突きあたったような気がした。

「ふしぎなことですわねえ。秀秋のために、あれほど苦労していながら、大事なそのときになって、全く別のことを考えるなんて」

「……」

「でも、弥兵衛どの」

大きな眼が、じっと長政にそそがれた。

「おろかとお思いでしょうが、女というものは、そうしたものです」

長政はその瞳に耐えられず、急いで顔をそむけた。

この大坂城——黄金の城に女あるじとして君臨する人の孤独さ——日ごろおっとりとしているだけに、その心の傷が、たとえようもない深さで刻まれていることを、長政は、はじめて知ったのである。

が、秀吉は、おそらく、おねねの心のこの屈折には、気がついていないだろう。いや、子供をもうけた今は、鶴松の死後に見せた意気消沈ぶりはどこへやら、前に数倍する元気を取戻している。

——いや、元気というより、いい気になっている、と言ってもいい。

ひそかに長政はそう思っている。跡継はできたし、大明、朝鮮には勝った——少なくともこのとき秀吉はそう思っていた。まさに恐いものなしである。そしてそんなとき、人間は手がつけられないくらいいい気になるものなのである。

人間にとって、いちばんおそろしいのは、

「世の中に恐いものなし」

という状態になることだが、秀吉にとって、まさにそのときは、「恐いものなし」だった。

天下は取った。位は人臣をきわめた。天下一の金持だ。

しかも――

彼にとっての唯一の弱点だった「子なし」からもぬけだした。おまけに朝鮮では明軍と戦って大勝利、降伏の使までやって来ようとしている……

こうした人間の最後の歯どめは「神」だ。神をおそれることによって、人間は人間本来の姿を思い出すのではないか。

が、その神すらも、秀吉は恐くなくなって来ているらしい。ちょうどそのころ、かわいがっていた養女のおごう（前田利家の娘）が宇喜多秀家に嫁いだが、妊娠後のからだの不調が手つだって、一種のノイローゼになった。そのころのいわゆる「狐つき」である。それを聞いた秀吉は、

「そいつはけしからん」

大まじめな顔をして拳（こぶし）をふりまわした。

「けしからんと言ったって、かわいそうじゃありませんか」

おねねがなだめると、

「なあに、おごうのことじゃない。狐のやつだ」

それから、自信ありげにうなずくと、

「心配するな。俺にまかせておけ」

さっそく、石田三成らに命じて、伏見稲荷大社に手紙を書かせた。

「狐はお稲荷さんの使姫というからな。稲荷大明神に退治させよう」

その手紙が、ふるっている。

「日本中、オレサマに手向うものはないというのに、畜生が秀吉を恐れぬとは不届千万。早く追い出せ。それができないなら稲荷大社をぶちこわし、日本じゅうの狐を皆殺しにするぞ」

——いかにもあの方らしいやり方だ。

彼独得の稚気ともいえるが、長政はふと不安も覚えている。

——ほんとに狐がついているのは誰なのか。

そういえば、猿に似ていた顔が、瘠せて来たせいか、なにやら狐に似てきたように見えないでもない……

地獄変相

おひろいが生れた翌年、文禄三（一五九四）年に伏見城ができあがった。この地は、賑やかな現在の姿からは想像もつかない閑静な土地で、宇治川、木津川の諸流となだらかな丘陵に囲まれた、昔からの歌の名所でもあった。

秀吉はここに大坂城ほどではないが、かなりの規模の城を作った。近くの醍醐、山科、雲母（きらら）坂あたりの大石を切り出して二重三重の石垣を作り、高野山からは惜しげもなく大木を切って来て、数奇を凝らした殿舎を作りあげた。

もちろん、淀城にくらべて、数段りっぱな城である。

――お跡継おひろい君と、そのお袋さまにふさわしいお城……

人々がそう噂する声も、ちらほらおねねの耳に入って来る。城を作りはじめたときから覚悟はしていたものの、聞けばやはり心の中は穏やかではない。

――が、それでも、ひとつ城の中にいるよりは、まだましじゃないの。

むりにもわが心に言いきかせている折も折、おねねは、思いがけない秀吉の言葉を聞くことになった。

「三月になったら伏見へ移る」

それから例のしゃあしゃあした調子で彼は言ったのだ。

「そのつもりで支度をするように」

「え？」

はじめはその意味を計りかねた。

「——お茶々どのの支度を、私にととのえろとおっしゃるのですか？」

ややけしきばんだ声になったとき、

「いや」

秀吉はさらりと首を振った。

「淀のではない、おねね、そなたの支度さ」

「私の？」

「ふむ、伏見へともに引越すのだ」

「何ですって？」

思わずおねねは夫の顔を見すえた。

「じゃ、この大坂のお城は？……」

「ひろいにくれてやるつもりだ」

間髪を入れずに秀吉は言った。

おねねは眼の前の世界が、がらり、と動いたような気がした。

——この城を、あの赤ん坊にくれてやる?

これでは、おねねに出てゆけと言っているのと同じではないか。

——お茶々は私を追い出して、この大坂城の女あるじになろうっていうつもり?

そう思ったとき、言葉がしぜんと口からとびだして来た。

「いやでございます」

「何と?」

秀吉が、今度生れた赤ん坊に、なみなみならぬ期待をよせていることは、おねねも知りすぎるほど知っていた。

秀吉にしてみれば——

「この子が俺の跡継だ」

大声で天下にこう宣言したい気持はやまやまなのだが、まずいことに、すでに秀次という、れっきとした跡継を決めてしまっている。いまさら急にそれを取消すわけにもいかないから、まず一つ一つ既成事実を作って、周囲に赤ん坊の実力を認めさせるよりほかはなかったのだ。

そしてそのために、第一番にやろうとしたことが、大坂城譲りだったといっていい。すでに秀次には京都の聚楽第をくれてやっている。これに対抗し、さらに格のよい所といえば大坂城しかない。

――じゃあ、はじめから、大坂城を赤ん坊に渡すつもりで伏見のお城を作っていたのかしら。

そこまでは気づかなかった、とおねねは唇を嚙む思いでいる。いつものとおり、新しい城を恋人に与えるためだと思っていたのは、読みが浅かったのだ。

しかし考えてみれば、大坂城に住むのと、他の城に住むのとでは、赤ん坊の値打ちがまるきりちがう。他の城にいるかぎり、赤ん坊は一側室の子にすぎないが、大坂城のあるじとなれば、すなわち天下人秀吉の跡継としての地位を認められたことになる。

もっとも、今のおねねにとっては、それ以上に重要な問題はお茶々である。赤ん坊が大坂城のあるじとなれば、彼女が、どんな大きな顔をしてのさばりだすか知れたものではない。

かといって、ここで、あからさまにお茶々のことなど持ち出すことはできない。

「私はいやです。大坂に住みなれてしまいましたもの」

胸にわき立つ思いを抑えて、辛うじて、そう言うよりほかはなかった。

秀吉もおねねの心の中はすっかり読みとっているにちがいないのだが、そんなことには全く気づかぬように、さりげなく言う。

「ほう。そうか、お前がこの城をそんなに好きとは知らなかったな」

「好きではありません」

思わずおねねは口走ってしまった。

「でも、ここを動くのはいやなんです」

「ほう……」

と、秀吉は珍しく、あっさり自説を変えた。

「じゃあ、伏見には俺がゆく。ねねは大坂へ残ったがいい」

「それでは、そうさせていただきましょう」

おねねも負けてはいない。

「では、ついでのことに、ひろいもお連れください」

「む、む」

秀吉は一瞬口ごもった。

「いや、それはまずい」

「なぜでございますか」

「それが、その……」

眼をぱちぱちさせた。

「方角が悪いのじゃ」

まさに虚々実々の駆引だった。

こと赤ん坊に関するかぎり、秀吉は、ひどく縁起をかつぐようになっている。

たとえば、わざと棄て子にして拾わせてみたり、名前も「お」の字をつけずに、

「ひろい、ひろい」

と呼びすてにさせたり……

だから方角が悪いとなれば、絶対に伏見城へ彼を移そうとしないにきまっている。

どうやら、おねねの作戦は、このあたりで頭打ちになった感じだった。

ところが、それから一年も経たないうちに、形勢が急転した。

にわかに秀吉がひろいを伏見城へ連れてゆく、と言い出したのだ。自分ひとりで伏見へ移ってしまったものの、ひろいの顔が見られないのが、ひどく不安になって来たからである。

離れている間、彼はしきりにお茶々にあてて手紙を書いた。

かへすがへす、やいと、たれなりともめされ候べく候。御ひろいさまへはやいと御むやうにて候。

ひろいにだけは、灸をしてはいけない、というのである。

自分だけは「御ひろいさま」と敬語をつけた呼び方をしたり、また、字も読めない赤

ん坊あてに、めんめんたる手紙を書き、お茶々へも、

よろしくおとりなし頼み申し候。

ひろいによろしく――などと大まじめに書き送っている。

こんなことが何回か続くうちに、秀吉は愛児と離れていることが、何とも耐えられなくなって来たのだ。おねねに方角が悪いなどと言ったことはすっかり忘れて、大騒ぎをして赤ん坊を伏見に迎えとった。文禄三（一五九四）年の暮のことである。

もっとも、これに先立って、秀吉は、なかなかうまい手を打っている。

年があけるとひろいは数えで三つになる。その三つのお祝いというような形で、春には朝廷から刀と馬とが送られるように工作しておいたのだ。

太閤の子なればこそのこうした特権を見せつければ、諸大名も、思わず知らず、

「あのお子が、お跡継」

と見るようになるにきまっている。これは秀吉自身が大坂城を明渡すよりも、さらに効果的であろう。

ひろいが伏見へ移ると同時に、お茶々も、伏見へ移っていった。これを機に淀城はこわされた。なくなった鶴松の記憶につらなるものは、一切目にしたくない、という秀吉の意志によるものである。

こうなると、世の中の中心は、しぜんと伏見城に移ってしまった。秀吉自身が、

「来い来い、皆来い」

盛んに諸大名に呼びかける。大名たちも先を争って赤ん坊の御機嫌を伺いにゆく。側室たちも、秀吉のいない大坂城では張合いがないと、次々伏見に移っていった。例の京極龍子もそのひとりで、松の多い曲輪に住み、松の丸どのと呼ばれるようになった。

一方、こうした伏見の繁昌ぶりに、おねね以上に神経をとがらせはじめた人間がいる。関白秀次そのひとである。

人が変った——というのは、秀次のことを言うのであろう。

関白になって以来の秀次は、

——あの餓鬼大将の孫七が……

幼いころを知っているおねねに首をかしげさせるような変り方を見せていた。

これは、関白就任にあたって、

「女狂いするな、鷹狩、茶の湯を俺のようにやるな」

と秀吉から一本釘をさされたからであろう。

それにしても、この全く虫のいい秀吉の言葉——自分ではさんざんしたい放題をしておきながら、秀次にだけはやるなと言っているその言葉を、まにうけて、ぴたりと素行を変えたというのだから、この秀次という男も、全く単純な脳の持主ではあったようだ。

まず彼の心がけたのは、一級の文化人になることだった。

──これなら親父に文句も言われまい。

おそらくそういう気持だったのだろう。

それに彼も、養父秀吉の無学ぶりが、公家仲間では、ひそかに物笑いの種になっているのを知っていた。それで、

──親父を追いこす名関白になるには、ガクがなければならない。

と思ったのである。

そこで自分でも熱心に和歌や習字を勉強したが、それとともに、各地にある貴重な文献の蒐集、保存にあたらせた。

たとえば、『日本書紀』や『続日本紀』などを集めて朝廷に献じるとか、大和諸寺の僧十七人に『源氏物語』を写させるとか、なかなか殊勝なことをこの時期の彼はやっている。

もともと彼には蒐集狂的な傾向があった。まだ関白にならないうちは、武器のコレクションが大好きで、柴田勝家の秘蔵の金の御幣の旗印を強奪に近いやり方でもらいうけたり、天下の名物といわれていた日根野備中守の唐冠(とうかん)の兜や、木村常陸介(ひたちのすけ)の鳥毛の陣羽織などをことごとく巻きあげてしまったものだ。

もっとも、それらの名物を一着に及んで意気揚々と出かけたのはいいが、長久手(ながくて)の戦いでは大敗けに敗けて、秀吉の一喝を食ってしまう有様だったが……

関白になって以来、秀次のこの蒐集癖は文化財に向って堰を切った。おかげでとんでもないものが、とんでもない所へ移されたり、巻物がずたずたに切られたり、あるいは、そのおかげで、貴重な文化財が現在まで保存されたり、その功罪はさまざまだが、今はただ、必死で文化人になろうとしている秀次に眼をとめておけばよいだろう。

つまり、秀次は「名関白」たるべく大奮闘を重ねていたのだ。このひたむきさ、涙ぐましさ、いささか苦笑を禁じ得ない趣に、おねねは、ひそかに首をすくめていた。

おねねには、いわゆる「風流趣味」はない。生れついての庶民の血は、従一位北政所になった今でも、そのままからだの中に脈打っていて、むりに上品ぶってみせようなどという望みは、最初から持とうともしなかった。

「私にはそんなむずかしいことはわからないから」

よく彼女はそう言った。この正直さは、いわば彼女のもつ庶民性の逞しさだといってもいいかもしれない。

だから、おねねから見れば、秀次のやっていることは、なにやら滑稽でもあるし、危なくてならなかった。

「竹馬の先に高足駄をひっかけて歩いているような……」

彼が、いっぱし、『古今集』だの『万葉集』だのと言っているのを聞くと、そんな感じさえするのである。

人間はそうお誂えむきに、まるきりちがった人間に生れ変れるものではない。そしてみごとに生れ変ったと思いこんでいた人間が、

——俺はやっぱりダメだった。

と覚ったとき、それまでの自信がガラガラと音をたてて崩れ、人間崩壊までひきおこすことを、おねねはよく知っていた。

そのとき、もう人間は、もとの人間には戻れない。どっちつかずの状態になって、始末がつかなくなる。

——鳥は鳥、しょせん、鵜のまねは無理。

これがおねねの生活感覚だった。

そして秀次は、このとき、まさしく、おねねが案じていたような、人間崩壊を起しはじめたのである。

関白になってから三年あまり、公家という名の文化人にとりかこまれ、ちやほやされているうちに、彼は自分が天下第一の権力者であり優雅な文化人になりおおせた、と思いこむようになっていた。これに一撃を与えたのは、お茶々の出産である。秀吉がこの赤ん坊を抱いて伏見城へ入ると、公家も武士も、我も我もと、まるで草木がなびくように、そこへ押しかけてゆくようになった。

——ありゃ、俺は本当の権力者ではなかったのか……

ぐらりと自信が崩れかけたのは、このときである。自分の持つ権威に自信が持てなくなったとき──それは秀次が、文化人としての自分への自信を失う日でもあった。今まで、やれお眼が高いの、やれお好みがよいのとちやほやしてくれた公家たちの言葉のすべてが、おべんちゃらにすぎなかったということに、はじめて秀次は気がついたのだ。

──結局、俺は、貴族にはなれなかったんだ。

と思ったとき、秀次は、にわかに慌てだした。仮面をぬいで、もとの自分に──貴族趣味とは縁のない粗雑で乱暴な自分に戻りたいと、切に思った。

が、気がついてみると、どうだろう。もう、いつのまにか彼は、かつての乱暴者にも戻れなくなっていた。

つまり鵺でもなければ鳥でもない、何とも奇妙な、中途半端な状態におかれているのである。そしてこのことは、彼にますます自信を喪失させ、彼を一種のノイローゼ状態に追いこんでいった。

瞳の色に落着きがなくなり、動作も何となくおどおどして来たのもこのころだ。しかもすることなすことに、へまばかり多くなった。

そして心の中に、はてしなくひろがってゆくのは、

――関白の座を、あの赤ん坊に奪われはしないか。

という不安であった。

しぜん、秀吉やひろいに対するとき、秀次の態度はぎごちなくなる。

側で見ているおねねには、そうした心の動きが、手にとるようにわかるのだ。赤ん坊のことになると見さかいがなくなってしまっている秀吉には、秀次のその態度が気にくわない。

「あいつは、ひろいを見るたびにいやな眼付をしおる」

口をひらけばそう言う。秀次が他の家来たちのように、赤ん坊の御機嫌をとらないのが不満なのだ。おねねが、

「秀次どのは、生れつき器用なたちではありませんからね」

とりなしてやるのだが、秀吉はいっこうに納得しない。

「そうかな。いや、そうではあるまい。あいつは、ひろいを好かぬらしい」

それでも、秀吉は秀吉なりに、最初は秀次と平和協定を結ぼうとはした。

「ひろいと秀次の娘を夫婦にしたらどうだろう」

突然そんなことを言って、おねねをびっくりさせたこともある。

「え、ひろいと、秀次どのの子をですって？」

「ふむ、いい縁組だろうが」

おねねは危うくふきだしそうになるのをこらえた。

「ええ、悪くはないかもしれませんけれど、いかに何でも、ひろいはまだ生れたばかりじゃありませんか」

「なあに」

秀吉はすましたものだ。

「いいときまったら早いほうがいい」

さっそく、秀次のところにそのことを持ちこんだ。

世にも気の早いこの縁談が持ちあがったとき、秀次は都にいなかった。彼はからだが悪いという名目で熱海に来ていたのである。

これは、いわば、ノイローゼによる逃避だった。人々が自分をさしおいて伏見へ駈けつける姿を見るに堪えず、かくは都落ちしていたのだから、そこへ縁談を持ちこまれても、

「あの、わが娘とひろいどのを」

言ったなり絶句するよりほかはなかった。ノイローゼで、とっさの判断のできる能力がなくなっていたのである。そして、「ひろい」という言葉を聞くだけで、もう針鼠のようにからだを硬くしてしまった。一種の被害妄想であろう。

このとき、使者に立ったのは、前田利家の子の利長夫妻だったが、彼らの報告は、秀吉をひどく不快にした。

「何だと。喜びもしなかったというのか」

当然涙を流して喜ぶ、と思っていたのに、なんということか。

「よおし、それならもうこの話はやめだ」

せっかくうまくゆきそうだった秀次との仲は、かえって悪化した。

しかも秀次は、湯治からなかなか帰っては来なかった。いや、都に帰るのが恐かったのだが、秀吉は、そうは思わなかった。

「縁談にろくすっぽ返事もしないし、そしらぬふりで遊びほうけている面憎さよ」

これでは、とうていひろいの将来を託すことはできない、と眉をしかめた。

こうなると、秀次に気前よく関白を譲ってしまったことが悔まれてならなかった。

「惜しいことをしたな。あんなやつだと知っていたら、聚楽第などくれてやるのではなかったのだが……」

このぶんでは、ひろいの成長後、天下人にさせることもできないのではないか。

「俺としたことが……」

秀吉は頭をかかえこむ。

「せめて全国の五分の一ほどでも、ひろいのために残しておいてやるのだったな」

その噂が伝わると、秀次は顔色を失った。

「なに？　あの赤ん坊に五分の一を。いや、そうではあるまい。五分の四をくれてやりたいというのが太閤の本心にちがいない」

これではもう自分の命も長いことはないぞ、と恐怖心をつのらせた。

——もし太閤を敵にまわすとしたら……

秀次は改めてあたりを見回してみる。

——俺の後楯になってくれるのは誰だろう。

が、いざとなると、大名も公家も、ほとんどあてにはならない。

考えぬいたあげく、彼は、関白としての権威を守ってくれそうな唯一の避難所を思いついた。

秀次が最後の頼みとしたところ——それは朝廷である。

関白としての実力を失った秀次は、せめてその権威にすがって、秀吉を押えてもらおうとしたのだ。

必死で逃げ道をさがしているような、このノイローゼ関白の足どりには、一種のあわれさがある。

まるっきり、まともではなくなっているのだ。

が、それにしても、このときの秀次の朝廷へのすがりつき方は異常で、しかも唐突すぎた。

文禄四（一五九五）年七月三日、彼は突如として、朝廷に白銀三千枚を献じたのだ。さらに五百枚を第一皇子に、五百枚を女御（にょうご）に、というぐあいに度肝をぬくような気前のよさで金銀をばらまいた。

これではもらったほうも、あっけにとられるほかはない。しかも、この唐突な行動は、すぐさま秀吉の耳にも入ってしまった。

――さては……

秀吉も秀次以上に神経をとがらせているときのことである。相手が何を考えているかということはすぐぴんと来たらしい。すぐさま詰問の使が聚楽第にさしむけられた。

「このごろの振舞は奇怪至極。何かの意図があって、この秀吉に楯つこうというのか」

秀次は慌てて起請文を書いてその場をきりぬけたものの、秀吉の追及はきびしく、再度伏見城への出頭を命じられた。

こうなっては、もう絶体絶命だ。残された道は死か反逆か、どちらかしかない。男なら、ここで一番勝負に出るところである。昔のままの向うみずの乱暴者の秀次なら、きっとそうしたにちがいない。

が、彼はそうしなかった。中途半端な貴族修業が、向うみずをやる勇気さえも失わせてしまっていたのだ。そして、どっちつかずの、ふんぎりの悪さが、彼に最悪の道を選ばせることになった。

何度かためらったあと、彼は聚楽第を出て伏見城へ向った。が、秀吉は、

「もう、遅い」

と言って、伏見城には入れず、そのまま、高野山に追い上げてしまったのだ。そして剃髪謹慎した秀次の後を追うようにして届けられたのは、秀吉からの切腹命令だった……

思えば、彼が最上の策と思ってやった朝廷への献金が、彼の墓穴を掘る結果になったのである。

しかも、この秀次の死についで、最も残忍な地獄絵巻がくりひろげられることになった。秀次に従っていた妻妾、子供たち三十余人がみな捕えられ、三条河原にひき出されて、一様に首を斬られた。罪もない子を犬でもつまみ上げるようにして二太刀でさし殺したとか、子供の屍体がまだひくひくしていたとか、『太閤記』のこのあたりの描写はじつになまなましい。見物に出て来ていた人々も、
あはれなるかな悲しひかな、かく痛ましくあらんと兼て思ふならば、見物に出まじき物を。

と言ったと伝えている。

ふしぎなことに、秀吉は、今度の秀次一族の虐殺に、何の心の痛みも感じてはいない

らしい。

秀次のうめき声、三十数人の妻妾子女の悲鳴を、秀吉の耳は、聞きとれなくなっていたのだろうか。

人を切り申し候こと嫌いぬき候。

などという言葉にまどわされて、我々は秀吉に、とかく明るいイメージを懐きがちだが、この時期の秀吉は、むしろ信長よりずっと残虐である。

当時都の町には、さすがに秀吉の残虐を批難する声があがっていたらしい。

「関白家の罪は、関白の例によって罰せらるべきである。今日の狼籍もってのほか。行く末めでたかるべき政道にあらず」

誰ともわからぬ人の手で、こうした貼札が辻々に立てられたという。また、
世の中は不昧因果の小車やよしあしともにめぐりはてぬる
世の中の因果というものは善悪ともに必ずめぐって来るものだ、という落首も書かれていたという。

——こんなことをすれば、お前の子孫にもろくなことはないぞ。

というわけである。

が、太閤に成上ってしまっていた秀吉には、そうした庶民の声は聞えなかったらしい。いや、それどころか、

――邪魔者は片付けた。これでやっとひろいの前途は安心。

とい気になっていたようだ。

秀次にくれてやった縁起でもない聚楽第は、さっそくとりこわしにかかり、新しく内裏の東に館作りが始められた。

しかもこのとき、さらに彼をいい気にさせることが起りかけていた。

待ちに待った大明国の「降伏の使」がやって来たのである。

これに先立って、秀吉は、文禄二（一五九三）年五月、名護屋で、明からの講和の使を引見している。

これに対して彼は、かなり強引な条件を持ち出した。

一つ、明の皇女を入内させる。

一つ、勘合貿易の復活。

一つ、朝鮮の四道を割譲する。

このほか四つばかりの要求が並んでいたが、その主な狙いは、領土と貿易にあるといってよい。

そのころ、秀吉は、朝鮮に派遣していた日本軍は、圧倒的勝利をおさめたものだと思

いこんでいた。だから、

――勝ったからには、このくらいの要求を出すのは当然のことだ。

と思っていた。

明に交渉する日本側の使として明に渡ったのは、小西行長と内藤如安だった。

それがまもなく帰って来ると聞いて、

――いよいよ朝鮮も俺のものだぞ。

秀吉は鼻をうごめかした。

文禄五（一五九六）年――のちに慶長と改められるその年は、秀吉にとって、まさに最良の年になりそうだった。

「どうだ、見ろ。すべて俺の言ったとおりになったろうが」

秀吉は子供のような無邪気さでそう言い、おねねの前で胸を反らせた。

――日本を征服したら次は高麗、やがては唐天竺。

と言っていたことが、いよいよ実現しそうになって来たからだ。

「俺を大ぼら吹きだなんて思っていたやつもいたらしいが、どうだ、ちゃんとそうなって来た。俺の言うことにはまちがいないんだ」

そんなとき、おねねは、微笑をうかべて、かすかにうなずく。その微笑は、浅野長政に、

「はて？」

と首をかしげさせた、あの翳のある微笑だったのだが、秀吉はそれには気づかない。

「ま、四、五年がうちには、俺も大明国の皇帝だ」

夢はそれからそれへとふくらんで行く。

「そのときは、寧波にまず城を築く。それから先は、明国をつかみどり。そのときは、おねね、お前も大明国のお后さまだぞ」

「………」

「おい、聞いてるのか」

はかばかしい返事がないので、いささか気にいらぬらしい。

「ええ、聞いておりますとも」

「だったら、もっと陽気に喜べ。明に渡ったら、お前にも好きなものをやろう。金銀珊瑚か、綾錦か」

「いえ、そんなものはけっこうです」

「肝ったまの小さいやつだ。人間は大欲がなければ大きなことはできんぞ。今まではこの秀吉も、日本の国内が相手だったが、今年からは、明国が相手だ」

しかも、その明国の降伏の使が、いよいよこの年の正月日本へ渡ることになった。秀吉にとっては、まさに新世紀の元年、という感じであった。

もっとも、この使はなかなか秀吉の前に現われなかった。途中でごたごたがあって、使者が交替したりして、員数がそろわなかったためである。

「まだ来ないか、まだ来ないか」

秀吉は子供のように焦れ、地団駄をふみかねない有様だった。

だから明の使のひとりで、この和平交渉に活躍した沈惟敬がひと足先にやって来たと知ると、大喜びでこれを伏見城に引見した。

この沈惟敬という男、口から先に生れて来たような男である。今度の交渉も、あることないこと言いくるめ、やっとここまでこぎつけたのだが、そんな男だから、言うことにそつはなかった。

「やあ、みごとなお城でございますな。大明国にもこんなお城はありませぬ」

それから秀吉の気にいりそうな献上品をずらりと並べて、御機嫌をとった。

そのうち八月になると、明の正使が、いよいよ到着した。

秀吉は、沈惟敬の口から聞いたような伏見城への讃嘆の声を、もう一度明の使から聞くつもりだった。

が、ああ、なんたる運の悪さであろう。明の正使が訪れる直前、大地震が起って、御自慢の伏見城が、さんざんにこわれてしまったのだ。おまけに、堺まで来ていた使節団の中から地震による死者まで出るしまつ。なにやら縁起でもない雲行きになって来た。

——ちぇっ、しかたがない。大坂城へ迎えるとするか……

金にあかせて作った伏見城にくらべると、大坂の城は広さは広いが、大分見劣りがする。が、この期に及んではやむを得ない。そこで大急ぎで城内に作らせたのが、「千畳敷」だといわれている。

九月二日、明の使の足は、重々しげにその千畳敷の床を踏んだ。秀吉が待ちに待った、荘重にして華麗な儀式の幕が切って落されたのである。

きんきらきんの唐服をまとった明使が捧げる箱の中に入っているのは、

秀吉を日本国王に封じるという明の皇帝からの誥命（任命書）

明皇帝の勅諭、冕服（日本国王秀吉に与える礼装で、竜、獅子、麒麟などの模様のついた中国服と、玉冠、玉佩などのひとそろい）

日本国王の金印

などであった。つまり、これは、秀吉を日本国王に任命するという冊封の儀式だったのだ。

ところで、この日の儀式は、昔からかなり有名である。

「勤皇の志の厚い」秀吉は、中国の、「汝を日本国王とする」という申し出に烈火のごとくいきどおって、

「なにを、いうか！」

使の目の前で辞令をばりばりと引っさばき、ここに第二次朝鮮出兵が始まった、ということになっているからだ。ここで、「忠君愛国の士」秀吉は大いに点数をかせいだのだが、じつはそうではない。

残念ながら、この日、千畳敷では、そんな感激的なドラマは起りはしなかった。

明の使が、うやうやしくさしだした冊封のあかしを、彼は何のためらいもなく受取ったのだ。

何のためらいもなく？

そのとおり。

ためらうどころか、鼻の先にしわをよせて、すこぶる御満悦のていであったらしい。

このとき、対明交渉に活躍した景轍玄蘇（けいてつげんそ）という僧は、秀吉の様子をこう書いている。

太閤喜気溢眉、領金印、著衣冠、唱万歳者三次、

太閤は大喜びで金印をもらい、唐服をつけて、万歳三唱までやったというのである。

このときの冊封の内容は、およそ次のようなものであったらしい。

「秀吉を日本国王とし、妻豊臣氏を妃となし、嫡子を神童世子となす」

これによるとおねねは「おきさき」とよばれるようになったわけである。

このときの明の使の持って来た辞令は、なかなか気前のよいものだった。単に秀吉を日本国王にしただけでなく、部下の各将にも、それぞれ、中国ふうの官職が贈られた。

例えば、小西行長、宇喜多秀家、増田(ました)長盛(ながもり)、石田三成、大谷吉継、前田玄以、徳川家康……といった人々に、大都督とか、都督指揮などというふうに。そして、それに相当する冠や中国服がそれぞれ与えられた。

かくて、明使を迎えて行われる最大の儀式は終った。

あければ九月三日。

この日も、何の異変も起らなかった。いや、それどころか、おめでたムードは、さらに盛上ったといってよい。秀吉は、使の一行を、改めて大坂城に招待した。そしてこのとき、家康以下の各大名は、きのうもらったばかりの唐服、唐冠をつけて、その席に連なった。

唐服を着た家康。

唐服を着た石田三成。

考えただけでふきだしそうな光景の中で、猿楽が催され、饗応の儀式もとどこおりなく行われた。

その日は無事に暮れた。

その次の日も何事もなかった。

そして秀吉が、にわかに怒りだしたのは、むしろその無事のためだったといっていい。

彼は、期待していたのだ、この儀式に続いて起るであろう事柄を……

ところが、なんということであろう。明の使たちは言ったのである。

「コレデ全部終リマシタ。オシマイ」

――な、なんだって、オシマイだって？

秀吉はとびあがって怒りだした。

「何をぬかす。この唐人めら。まだ何ひとつ終ってはいないじゃないか」

「エ？　何デスカ。コレデ私タチノ任務終リマシタ」

「しらばくれるな。この間、俺の言ってやった条件はどうなったんだ」

「ジョウケン？」

「そうとも、明の皇女を入内させる。勘合貿易を復活させる。朝鮮の一部を俺によこす」

が、明の使たちは、全く言葉の意味もわからないというような顔つきで首をかしげるのである。

なぜなら彼らは、「秀吉の朝鮮出兵の罪を許すために」日本へやって来たつもりだったからだ。そして、その証明書を与える儀式が、ほかならぬ数日前の冊封の儀式だったのだ。

明国の見解にしたがえば、倭酋（わしゅう）――日本という野蛮国の頭（かしら）という意味だが、明国の書にはあきらかにそう書いてある――の秀吉が朝鮮への不法侵入を詫びて来たので、とにかく彼を日本国の国王として認めてやろうということだったのである。

「な、なんだと」

秀吉は激怒した。

「俺は自分の力でとっくに日本を俺のものにしている。なにもいまさら明国のおせっかいなどいるものか」

が、じつはこれは秀吉の認識不足だった。いや、認識不足などという段階ではない。全くの思いちがいをしていた、といっていい。秀吉の前にもったいぶって現われた唐人たちは、降伏の使ではなかったのだ。第一、明は日本に降伏などはしていなかったのだから……。それを、「明が負けた」と思ったところに、秀吉のそもそものまちがいがあった。

たしかに、日本の軍隊は、朝鮮上陸以来、めざましい進撃ぶりを見せた。が、さきにものべたとおり、いつの間にか戦況は変っていた。ゲリラ隊の活躍に加えて、朝鮮水軍の活躍で、日本軍は制海権を奪われ、にっちもさっちも行かなくなっていた。

そこへもって来て、優勢な明の援軍が現われた。形勢はますます非になった。もちろん日本軍の戦いぶりは、かなり勇敢で、自信満々やって来た明軍も、最初の平壌の戦いでは、日本軍の猛反撃をうけて敗走せざるを得なかったのだが、自尊心を傷つけられた明軍は、

——よおし、それなら……

と、四万の兵力をあげて、これを踏みつぶしにかかった。守っていた小西行長らはついにたまらずに平壌を棄てて敗走。が、明軍が勝ちに乗じてこれを追って行くと、小早川隆景や立花宗茂らが前途に立ちふさがってこれを追いかえす。これが有名な碧蹄館(へきていかん)の戦いである。

これらの激戦を通じて、両軍が感じたことは、お互いに、

——ふうむ、なかなかやるじゃないか。

ということだった。日本軍はもうこれ以上進めないし、明軍もしいて南下しようとすれば損害が大きくなる。

——もうこのへんで……

どちらともなく、講和を考えはじめたのは、このときだ。

両方の交渉にあたったのは、小西行長と沈惟敬だった。いや、じつをいうと、これより前から、この二人は、ひそかに講和交渉を始めていたのである。

が、こうした経緯は、あくまでも秀吉には内緒であった。

秀吉はもちろん勝ったつもりでいる。明のほうは、日本が負けたと思っている。お互い勝ったつもりをどう調和させるか。

正直な融通のきかない人間なら頭をかかえこむところだが、交渉にあたった小西行長

は、かなり要領のいい人間だった。もともと堺の商人の出身であるだけに、嘘とまことをつきまぜての交渉はお手のものである。そこで、沈惟敬と相談し、明国に対しては、

「いやいや、朝鮮を攻めようとしたのではありませぬ。明国へ挨拶に行くために、朝鮮を通ろうとしたら邪魔したのです」

と言うことにした。御挨拶といえば体裁がいいが、これは、つまり貿易交渉である。日本側のこの言い分を明が認めれば、結局、秀吉の要求している勘合貿易はできることになるではないか、というのが行長の計算だったようだ。商人の子らしく、彼は名よりも実をとったのだ。

こうして小西行長と内藤如安の二人の日本使節は、はるばる明の都北京を訪れ、皇帝に拝謁したのである。

小西行長らの相手にした明国は、想像以上にしたたかであった。秀吉の意図に反して、うんと下手に出て、「封貢を求める」という形にしたのだが、

「なに？　封貢だと？」

それさえもいい顔をしなかったのだ。「中華」という言葉がしめすとおり、彼らは自分の国だけが偉いと思っている。そして周囲の野蛮国との交渉は、もっぱらこの「封貢」という形をとっていた。

封というのは、すなわち、周囲の国の支配者を王として認めることである。そしてそ

の王から貢物を奉らせるというのが貢で、封がなければ貢が認められなかった。つまり政経分離ではだめなのである。

これだけ書くと明だけが貢物を吸いあげるように見えるが現実はそうでない。貢をうけた明政府は、それに相応するものを相手にくれてやる。ときにはこれが大変なエビ鯛だったこともあるので、まわりの国は争って貢物を捧げる、という次第なのであった。

周囲の国々は王の代替りごとに報告の使を送った。すると明側から、それを認める使が来る。これが冊封使である。また明朝で皇帝が交替すれば、そのときも周囲の国から挨拶の使が出むいた。

日本と明の交渉もこれまでこの方式で行われていた。足利幕府は明に使を出し、日本国王としての認定をうけた。これが戦争中大義名分論で問題になった足利義満の国王僭称なのだが、当時の国際意識としては、それが当然の慣習だったのだ。

そして明のほうは、今度の小西行長らの訪問をその延長として考えていた。

「足利幕府が倒れて、新しい支配者になったので挨拶に来たのだな」

と思ったのだ。が、それまで倭寇（日本の海賊の掠奪）に悩まされていた明国は、日本との貿易再開にあまり乗気ではなかった。

「それをきっかけに、変なのがのさばりかえっても困るからな」

そこで封は許すが貢は認めない、という政経分離方式を認めることにした。そして送って来たのが冊封使なのである。

秀吉はこうした事情を全く知らなかった。

「これは足利幕府時代からのしきたりだから」

と言われて、

「ふん、そんなものか」

と、何の気なしに使をうけた。いや、玉冠、玉佩などは、多分明が降伏のしるしに進呈したのだと思ったらしい。

ところが、いまや真相は暴露された。

「俺を踏みつけにする気か！」

秀吉は激怒した。

言いつたえでは、ここで秀吉が辞令を引きやぶったことになっているが、じつを言うと秀吉は、このとき、

「なんだ、こんなもの！」

いまいましげに畳の上に投げつけて席を起ってしまっただけであった。しかも、

「はて、どうなることか」

一同が思わず腰を浮かしかけたとき、その騒ぎをよそに、そろりと詰命に近づき、

「やれ、もったいなや」

呟きながら、これを懐に入れてしまった男があった。堀尾茂助吉晴という武将である。秀吉が藤吉郎といっていたころからの子飼いで、そのときはすでに浜松城十二万石の城主になっていた。よほどものを粗末にしないたちなのか、コレクション好きな性格だったのか、おかげで誥命は無傷で命をながらえることができた。その後所有者は何回か変ったが、今でも無事に大阪市立博物館にあるはずである。

それにつけても、ちょっと興味があるのは、同時に明から贈られた金印の行方である。

――残っているとすれば、このほうがお値打ちだな。

とお思いになっている方に、後日譚をお聞かせしよう。

日朝関係史の権威者中村栄孝博士の研究によれば、この金印、十数年後にもう一度使われたらしい。慶長十二（一六〇七）年に徳川家康が朝鮮に贈った国書の中にこの印が押してあったというのである。

ところがこの国書というのが、実はにせもので、対馬の宗義智らが作ったものらしいのだが、してみると、どうやら、この金印は、宗家あたりに転がりこんでいたのではあるまいか。宗氏はもともと朝鮮と関係が深く、この戦いの前には、小西行長とともに対朝鮮・対明交渉にあたっていたから、秀吉から突き返された金印が、ここに落着くことは、考えられないことではない。

その後、この金印の行方は不明である。もし誰かが探し出したとすれば、例の「漢委奴国王印」に次ぐ、第二の金印の発見となるわけだが……

ともあれ、交渉は決裂した。

「無礼ものめ、よおし、それなら実力に訴えてでも……」

秀吉は再度大名に出陣を命じる。これが慶長の役である。その勢十四万一千余。毛利秀元、宇喜多秀家を中心に、今度は小早川秀秋や、浅野幸長(よしなが)（長政の子）などの若手が加わった。

こんどの出兵では、日本軍は、最初の出陣のときのように、しゃにむに進撃はしなかった。

「割譲を求めた南部四道を、実力で確保すること」

というのが秀吉の命令だったからである。その方針に従って、彼らはじわじわと北上した。

「すべては上首尾」

秀吉は鼻高々でおねねを顧みた。

「今度こそ、明のやつらの鼻をあかせてやれるぞ」

秀吉の上機嫌は、しかし、長続きはしなかった。朝鮮に渡った日本軍が、彼の期待していたような報告を送って来なくなってしまったからである。

「なあにをしてるんだ」

老いてとみに気の短くなって来た秀吉は、現地からの報告書をビリビリッと引裂いて舌打ちする。

「どいつもこいつも腰ぬけじゃ」

旧暦七月——ちょうど秋のみのりの直前に渡海したというのに、現地部隊は、早くも食糧不足を訴えて来たのだ。

「食糧は現地調達せよ」

という秀吉の命令はどうやら、ひとつも守られていないらしい。

「阿呆め。田畑を前にして、とり入れも忘れているのか」

が、これは秀吉が現地の状態を知らなすぎるための、見当ちがいの憤慨だった。

当時朝鮮はひどい飢饉だったのだ。うちつづく戦争のおかげで、農民は田野を荒され、疫病に襲われ、ことごとく家を棄てて逃げだしていた。だから田畑は雑草だらけで、収穫するだけの秋のみのりは、どこにも見られなかった。おまけに、冬の寒さが近づいて来た。日本では経験したことのないこの寒さが、いかにおそろしいものかは、この前の戦いで、日本軍も知りすぎるほど知っている。

「危ない、危ない。とにかく冒険は禁物」

早々に軍を引揚げて、それぞれの基地に戻ってしまった。なまじ経験があるだけに、彼らはよけい臆病になった。

日本軍の中には、脱走兵も、かなり出た。たまに敵方の者が投降して来ると、これがじつはスパイだったりして、ますます将兵は動揺した。

と、そこへ、明からの強力な援軍が現われた。日本軍は、十分な食糧もないままに、彼らを相手に籠城戦をしなければならなかった。

なかでも苦戦したのは、蔚山(うるさん)城にこもった浅野幸長だった。城中に食糧の乏しいことを知っている明軍は遠巻きにして、兵糧攻めの作戦をとった。その数四万四千、城兵は手も足も出なくなったが、援軍はなかなか現われない。そのうちやっと加藤清正が助けに来たが、ともかく食べるものがないので、さすがの清正も音をあげた。

「兵糧は全くない。加勢も全くない」

翌慶長二（一五九七）年の元旦に、清正はこうした沈痛な手紙を書いている。もちろん、その中でも、毎夜城を出て明軍に斬込むのだが、そのくらいのことでは、相手はびくともしなかった。

この戦いで浅野幸長は負傷した。彼の父弥兵衛長政が、大坂城のおねねと顔をあわせたのは、ちょうどその知らせが着いてまもなくである。

「弥兵衛どの、このたびは……」

うれわしげなおねねの瞳の前で長政は首を垂れた。

「面目次第もございませぬ」

長政は知っていた。朝鮮の戦況が思わしくないので、秀吉が、ひどく苛立っていることを。

——その責任の大半は、息子の幸長にある。

そう思っているから、彼は、おねねの顔も、まともには見られないのだ。

「幸長の手傷はその後どうですか」

聞かれて、長政は、ますますからだを縮ませた。

「恐れいります。たいしたことはないようです」

「それはようございました」

「いや」

長政は、ぎこちなく首を振った。

「いっそ斬死すべきでした。覚悟が足らぬから、あんなことになったのです」

「まあ……」

「加藤主計頭(かずえのかみ)（清正）に助けてもらって、やっと命をつなぐとは、なんと情ないやつでしょう」

「でも……」

おねねは、とりなし顔で言った。

「幸長はまだ若いのですものね。はじめからうまくは行きませんよ。あの山崎の戦さのとき、まだあの子は七つか八つだったでしょう」

　幸長が大人になるまでの間に、主要な戦いはすんでしまっている。小田原攻めや島津攻めなどは勝戦さだから、窮地に追いこまれた経験などは持っていないのだ。

　と言っても、長政はきかなかった。

「そうではありませぬ。侍の家に生れたものに、そんな言いわけは許されません」

　言ってから大きな溜息をついた。

「いや、まったく、許されるものなら、私が朝鮮に渡りたい。あいつの側に飛んでいって、横面をはりとばしてやりたい。戦いはこうするものぞ――こう言って大明軍の中へ入って斬死してみせてやりたい、と思っております」

　そうでなければ浅野家の恥辱、ひいては、政所さま――あなたさまのお顔にもかかわりますからな、と彼は言った。

「若いものはだめですな、若いものは……。やはり、太閤さまの仰せのとおり、この戦さ、御自身が御出陣なさらねば、おさまらぬとみえまする」

　しきりと慨嘆しながら、そう洩らしたとき、おねねの瞳がちらと動いた。

「え？　御自身が御出陣？　あの方が海をお渡りになるとおっしゃるのですか」

「まだお聞き及びではございませんでしたか」

　長政はむしろけげんそうな顔をした。

「伏見の太閤さまの御前では、もっぱらそのような評定が行われております」

たしかに、このところ、秀吉が渡海計画にまた夢中になりはじめたことは事実である。

「俺が行けば、ひと揉みじゃ」

秀吉が、そう言っていると聞いて、おねねは、ふと、考える眼になった。

「弥兵衛どの」

「は？」

「先ほど、あなた、朝鮮で斬死したい、と言いましたね」

「いかにも」

「それなら、ひとつ、お願いがあります」

頼みというのを口にするより前に、おねねは、

「こちらへ」

長政を奥の部屋に案内した。

こぢんまりした、その部屋は、大坂城の中とも思えない簡素な造りで、小さな黒塗りの文机に手箱、質素な茶道具などのほか、めぼしい調度もない。

「さ、らくにしてください。ここには、誰も来ませんから。昔の弥兵衛どのとねねとしてお話がしたいのです」

長政の側に、おねねは膝をすすめながら、そう言った。

「何年ぶりでしょうね、こうしてお話するのは」

「左様、長い間そんなこともございませんでしたな」

二人だけのときには昔のままに、義姉さまと言いならわしている長政だが、自分も大身の大名に出世し、その上、秀吉の側近としての任務に忙しく、しんみり、おねねと話しあっていない。

「ほんとうは、もっと早くにお話すべきだったのですが……」

言いかけて、おねねが話をもとへ戻した。

「弥兵衛どの、あなたが朝鮮へ行って斬死したいと言うのは、まことですね」

「そのとおりです」

「くどいようですが、では、命はいらぬ、ということですね」

「はあ」

「では、改めてお願いいたします」

言ったとき、おねねの表情がふっと変った。今まで湛えられていた笑いが消え、瞳の中には長政が一度も見たことがなかったようなひどく思いつめた光だけがあった。

そして、その光が、じっと、長政の瞳の底へ射こまれた。

「弥兵衛どの、その命、おねねにもらえませぬか」

「や、なんと」

長政は、まじまじとおねねの顔を見た。

「それはもう、義姉さまが御用とあれば、この命など惜しみはしませぬ」

「まことに？」

「は」

「ありがとう」

おねねは能面のように表情を変えなかった。射すような視線は、まだ、長政の瞳に射こまれている。

「義姉さま」

長政は、われながら、喉の奥に声が貼りついてしまったような感じがした。

「この弥兵衛の命、何におつかいになります」

おねねはすぐには答えなかった。

しばらく黙って長政をみつめていたが、

「できるかどうかは、わかりませぬが……」

口の先だけをかすかに動かして、おねねは言った。

「あの方の、御出陣をやめさせてはくださらぬか」

「太閤さまの？」

「そうです。弥兵衛どの、できますか」

「さあ、それは……」

「命をかけてやっても、できませぬか」

——むずかしいことだ。

と長政は思った。

「太閤さまという方は、言い出したら、なかなか後に退かぬ方ですからな」

特に戦さの駆引にかけては、秀吉は絶大な自信がある。

「戦さにかけては、神さまのようなお方です。あの方の仰せのとおりにやって負けたことはないのですから……」

その秀吉が、すでに渡海を決意している。それを思いとどまらせることは、まず不可能に近い。

「それに——」

長政は、いぶかしげに、おねねの顔を見た。

「義姉さま、なぜ、あの方の御渡海をおとめになるのです？」

おねねは、それに答えず、逆に問いかえして来た。

「では、もし、太閤どのが、かの地で指揮をとられたら、勝つとお思いですか」

「まず、それにまちがいありますまい」

「まことに？」

「はあ」

「それはなぜ？」

「なにしろ、あの方は、一度も負けたことのないお方ゆえ……」

「弥兵衛どの」

かすかに、笑いに似たものが、おねねの頰をよぎって消えた。

「いつも勝っていたから勝つ——ほんとうにそうでしょうか」

「う」

長政は不意を衝かれてうろたえた。

「いや、私だけではございません。誰もがそう思っております。太閤さまが御出陣になれば、たちどころに勝利疑いなし、と」

今度は、はっきりと、おねねは笑った。声のない、冷たい笑いであった。

「嘘を言ってはなりませぬ」

「なんで嘘を申しましょう。誰もがそう言っております」

「口の先ではね」

短いが鋭い一言に、長政が思わずたじろいだとき、

「弥兵衛どの……」

おねねは静かに言った。

「私が、何も知らないとお思いですか」

「は？」

「二度の戦いで、誰もがもううんざりしています。できることなら、すぐにでも兵をまとめて帰りたい──そう思っていることは、私の耳まで入って来ているのですよ」

「……」

「なのに、誰ひとり、あの方には、そう申しあげない。あの方が海を渡ろうと言えば、それがよろしかろうと言うだけでとめる人はいないのです」

「……」

「なぜでしょう。なぜだれも、ほんとうのことを言わなくなってしまったのでしょう……」

おねねは、もの問いたげに大きく瞳を見開いた。

「弥兵衛どの、そのわけがおわかりか」

「……」

長政が口を開く前に、おねねは言った。

「答は簡単です。誰もが、あの方を恐れているからです。憎まれるのが恐くて、ほんとうのことを言わないのです」

「いや、それは」

辛うじて長政は反論した。

「ほかの者はともかく、私は、決して」

「そうです、弥兵衛どのはそうではないかもしれません。が、本当に太閤どのを信じている方だって」

おねねは、もう一度薄く笑った。

「もしかすると、太閤の幻を見ているのではありませぬか」

「まぼろし？」

「そうです、そなた、気づきませぬか？」

「は？」

「この数年来、あの方は、もうあの方ではありませぬ」

「な、なんと……」

「弥兵衛どの」

ともすればひるみそうになる自分を、必死におさえつけて長政に立ちむかわせているのだというような眼をおねねはした。

「こんなことを言うのはつらいのです。でも言わねばなりませぬ。さ、思いかえしてみてください。この数年のあの方のことを」

「………」

「ものにつかれたような城作り、秀次どののむごい殺しよう、今度の唐入り……すべて正気の沙汰とは思えませぬ」

長政はうなだれた。

そういえばそのとおりである。おねねの言うとおり、あまりに身近にいたために、自分は秀吉について、大きな見過しをして来たのかもしれない、という気がして来た。秀次事件にしろ、今度の「唐入り」さわぎにしろ、たしかに常軌を逸している。

「左様……仰せのとおりかもしれませぬな」

おねねは、静かに微笑した。が、その微笑の、なんと淋しげなことか。それを見た瞬間、長政の頭をかすめるものがあった。

——あの眼だ。

おねねが、時折不可解な翳のある微笑をうかべるときのあの眼だ。

長政は息を呑んだ。

「義姉さま……あなたさまは、もしかすると、ずっと前からそのことにお気づきでは……」

おねねは、うなずいた。

「そうです。もしやそうではないかと心配していたのですが……」

それから吐息のような呟きがその口から洩れた。

「やっぱり、狐がついておしまいになったようです」

狐つき――

いささか滑稽な響きのするこの言葉には、ちょっと注釈の要があるかもしれない。

当時、各種の症状を説明するために、これほど便利につかわれた言葉はなかった。精神分裂症、ノイローゼ、高熱による譫言(うわごと)など、すべて、この「狐つき」の一言で片付けられていたのだ。

では、おねねの言った「狐つき」は、そのどれだったのだろう。

さしずめ、そのときの秀吉の症状は、脳軟化症、または、老衰による思考能力の低下ということだろうか。

が、現代医学の知識などありようもないおねねは、それを「狐つき」という言葉で表わすよりほかはなかったのである。

が、考えてみると、この言い方は、絶妙だ。こうした症状の人を見るとき、私たちは、外見は昔どおりなのに、あのひとの精神はどこへいってしまったのか、と痛ましい気持になるものだが、それを昔の人は魂が入れかわった、と見たのだ。人の魂がぬけて、そのかわりに狐が入った、というふうに……

ところで――

「狐つき」という言葉を聞いたとき、長政は、虚を衝かれたような顔になった。

「あっ、そういえば……」

秀吉の養女、おごうが狐つきになったときのことを思い出したのだ。

──あのとき、太閤は狐を追い出せという手紙を、伏見稲荷に出した。いかにも太閤らしいやり方だとは思ったが、そのとき俺は、その顔を見て、何やら狐に似ている、という気がしたのだった……

「ふうむ、してみると、あのとき、狐がついたのは、おごうどのではなくて太閤さまだったのですかな」

と、おねねは首を振った。

「いえ、そのころではありません。あの方が変ったのは、その前からなのです」

人には言えぬことですが、と彼女は声を低くした。

「変なことを申すようですが、夜中にお小用を洩らしてしまうことも時々ありました」

排泄の自覚がなくなる──これではもう、老衰というよりほかはないのではないか。

長政は聞いているうちに、からだが総毛だって来た。

外見は全く変りのない太閤秀吉──が、その中で、かくも痛ましい人間崩壊が起っていたとは……

「そうですか、では、義姉さまは、ずっと前から……」

おねねはそれには答えず、目を伏せた。

「弥兵衛どの、年の離れた夫婦というものは、悲しいものです」

「………」

「相手が年をとって老い朽ちてゆくのが、恐いようにわかります。でも、自分は何もしてやれないのです。自分にできることは、それに気づかないふりをすることだけです」

「………」

「でも、今度は黙っているわけにはゆきません。あの人が狐につかれて、とほうもないことをすれば、多くの人が迷惑します。弥兵衛どの、頼みます。何とかあの人を思いとどまらせてはくださいませぬか」

弥兵衛は深く首を垂れた。老耄（ろうもう）に気づかぬ秀吉。その秀吉に倒された秀次。いずれ劣らぬ地獄だが、それにまさるとも劣らぬ苦しみに責めさいなまれているおねねの地獄をはじめて覗くような気がした。

175

夢のまた夢

難問である。

「あの太閤の決心を変えさせるのはなあ」

思わず声に出してそう言って浅野長政は腕を組んだ。

おねねに頼まれ、うけあってしまったものの、気負い立っている秀吉の渡海を思いとどまらせるのは至難のわざに近い。

——はあて、どうするか……

長政はあれこれ思案をめぐらした。

——今年は年回りが悪うございます。

——かの地には疫病がはやっております。

幾つかもっともらしい理由を考えてみたが、

「いや、いや……」

最後には眉をしかめて首を振ってしまう。どれもこれも、秀吉に歯止めをかけるには、迫力に欠けるものばかりだったからである。

――俺は智恵者ではないからな。それに、口のほうも、いたって不器用と来ている。

考えれば考えるほど、自信がなくなってゆく。

が、それでも長政は、伏見城へ出かけていった。いや、出かけざるを得なかった、というべきかもしれない。秀吉の出陣計画は日に日に進んでいて、日本に残っている主だった武将に呼出しがかかっていたからである。

長政が行ったとき、伏見城の大広間では、秀吉が、朝鮮の地図を目の前に、諸将を相手にして、大気炎をあげているところだった。

「や、長政」

その姿を見るなり、秀吉はわめくように言った。

「久々の出陣だ。腕が鳴るわ」

黙って一礼する長政を、さしまねき、

「今度は、そなた、先陣だぞ」

宝物でもくれてやるような、恩に着せた口調でそう命じた。

「行って幸長に、戦さのしかたを教えてやるんだな」

長政が黙っているのにも気づかぬげに、

「なあに、俺がついてる」

秀吉は自信に満ちて胸を反らせた。

「高麗がすんだら明、明がすんだら天竺まで。もうこうなったら後へは退かぬぞ。来年の正月は明の都で酒を飲むぞ。そのときは長政、お前にはどこの国をやろう。高麗か、それとも明か。恩賞は思いのままだ」

長政がゆっくりまばたきして手をつかえた。当然、

――ありがたき、しあわせ。

という言葉が出るものと秀吉は期待したらしい。

が、長政は、黙っていた。

その沈黙を秀吉はどうやら誤解したようだ。

――わが子幸長の、だらしない戦いぶりを気にしているにちがいない。

と、そのとき、長政が顔をあげた。

「殿下」

その声はかすれていたが、瞳の色は思いのほか静かだった。

「殿下。それはご本心か」

長政はしずしずと言った。

「な、なんと」

秀吉は瞬間、長政の問いの意味を理解しかねる、という表情をした。

「もう一度言ってみろ」

秀吉は唇をふるわせた。

「本気かとは何だ。人がこんなに一所懸命出陣の支度をしている折も折、弥兵衛、その言いざまは何だ」

長政は黙っている。いつも無口な彼のことだから、秀吉ががなりたてても、打てば響くように返事をするはずはないのだが、それにしても今日の態度は、いつもと少しちがっていた。

これほど秀吉が激怒しているというのに、彼は平然と首をあげているのだ。秀吉の前でしめすいつものうやうやしさは全くない。

そのことは、さらに秀吉の怒りをあおりたてたようだった。

「弥兵衛！」

つかみかからんばかりの勢いで秀吉はわめいた。

「そんな心がけでいるから、そなたの息子の幸長めは、ろくな戦いもできぬのじゃ。あの腰ぬけめ、日本の武士の面汚しをしくさった」

長政はまだ黙って秀吉の顔をみつめている。

「それとも弥兵衛、息子が傷を負うたので、血迷い、心臆したか」

「いいや臆してはおりませぬ」

そのとき、はじめて長政は答えた。

それから、もう一度穴のあくほど秀吉の顔を眺めてから、はじめて合点がいったというふうにうなずくと、

「やっぱりな……」

小声で呟くと、ぞんざいな口調になって、けろりとして言った。

「正気の沙汰でもないこの戦さ、誰がついてゆくものか」

「な、なんと」

秀吉の手が刀にかかった。

「うぬっ！」

一座の諸将は総立ちになった。いちばん早く秀吉に飛びついて、その刀を押えたのは、前田利家である。

「お静まりをっ」

秀吉を羽交いじめにしながら、急いで長政に目配せした。

「おあやまりめされ。浅野弾正（長政）とも思えぬお言葉じゃ。さ、早う……」

が、長政は端座したまま、首を振った。

「お心づかいは御無用。この弥兵衛、なにも太閤殿下に無礼を申しているのではござら

ぬ」

「な、なんと」

「太閤の心に栖みついた、古狐にものを申しているのでござる」

「狐？」

「左様」

長政は悠然と答えた。

「そのような話を聞きましたのでな。某も、よもやと思ったのでござるが、今日つくづくと、太閤の振舞を見申して、合点いたした」

それから、おもむろに一座を見回した。

「まさしく、ここにおるのは太閤にして太閤にあらず。いつのまにやらその心の中に栖みついた、古狐でござる。さ、おのおの方、とっくりと御覧あれ」

秀吉は、利家の腕の中でもがいていた。

「黙れ、だまれっ、無礼者」

利家に押えつけられたまま、秀吉は長政に迫っていった。

「古狐だと？　いつ古狐がこの俺に栖みついたというのだ。どこにその証拠がある」

長政は落着きはらっている。

「このごろの振舞が何よりの証拠。もし太閤に昔の心が残っておれば、かような無益な戦さを続けるはずがない」

「うぬ、無益な戦いだとっ」

力まかせに利家を撥ねとばすと、秀吉は腰の刀を引きぬいた。

「長政、か、覚悟」

――あっ、殿下！

声にならないどよめきとともに、一座の武将が塊になって秀吉と長政の間を押しへだてた。

このとき騒ぎたてなかったのは、むしろ、当の長政ひとりだといってもよい。根がはえたようにその場に坐ったまま、彼は言ったのである。

「命を召されるというなら、いつでもさしあげます。この長政ふぜいの命、何の惜しいことがござろう。ただ、申すことだけは申さねばなりませぬ。おのおの方もお聞きあれ」

諸将と秀吉を見比べながら言った。

「この数年にわたる唐入りの戦さ、何と御覧になられる？　この戦さのために苦しんでいるのは高麗だけではござらぬ。わがあたりを見わたしても、父が討たれ、子が討たれ、はたまた夫に別れた者どもは数知れず。その悲運を歎き、戦さをうらむ声は天下に満ち満ちているとは思われぬか」

「……」

「いや、そればかりではござらぬ。戦さのおかげで食うものは召しあげられ、軍役にはとられ、百姓、町人ことごとく疲れはてております。六十余州、田野はこれすべて荒野――。昔の太閤なら、このくらいのことは、とっくにお気づきになられているはず。それをまたもや無益の戦さを起し、わが身も海を渡ろうなどとは、無分別この上なし。古狐が太閤の胸に巣くうて、わざとおろかなまねをさせているとしか思われませぬ」

一座がしんとなった中で、

「う、う、う……」

なおも秀吉は、けものじみた唸り声をあげていた。

「狐だと、何が狐だ。いやしくも主人に対して、無礼千万。さあ言え、弥兵衛、どこのどいつだ、俺に狐がついたなどと言ったやつは」

抜き放った刀をめちゃくちゃにふりまわしながらわめき続けた。

「さ、連れてこい。そいつをたったいま連れてこい。並べて俺が手討ちにしてくれるっ」

長政は黙っている。秀吉のわめき声など耳に入らぬ、とでも言うように、石のように端座している。

「言えっ、弥兵衛言えっ、さあ言わぬかっ」

地団駄を踏み、大声でわめき続けている秀吉の口の端からは、よだれが垂れている。

長政がつと目を逸らしたのは、それを見ないためであったかもしれない。

どうやら騒ぎはおさまった。前田利家らが、やっとのことで秀吉をなだめすかし、

「長政の成敗に、わざわざお刀を汚すにも及びませぬ」

と、とりつくろって長政を退らせたからである。

が、秀吉の怒りは、まだ鎮まってはいない。いや、いても立ってもいられないくらいに、腹の中は煮えくりかえっている。彼が突然伏見の城を出て、大坂城のおねねの許にやって来たのは、そのためであった。

部屋に入って来るなり、

「ねねっ」

立ったまま秀吉は言った。

「長政は斬るぞ。けしからぬやつだ、あいつは。お前の妹の亭主だが、もうどうにも生かしてはおけぬ」

しかし、秀吉が期待したほどの驚きを、おねねは見せなかった。もう先刻その話は長政からおねねの許に報告があったからである。

「まあ、お坐りなされませ」

おねねは、秀吉に褥をすすめると、馴れた手つきで茶を点てはじめた。

「一服いかがでございますか」

「茶など飲んでおられるか」

「おや」

おねねはにっこり笑った。

「たいへんなお腹立ちですね、いったいどうなさったのでございます」

「ともかく腹が立つ。弥兵衛め、俺に狐がついたとぬかしおるのだ」

「まあ」

秀吉は、伏見城の一件を、蒼筋をたてて喋りはじめた。話しながらも、

「ちっ、あの阿呆め」

腹が立ってならぬというふうに、罵り続ける。

おねねは、しきりにうなずいていたが、

「まあ、弥兵衛どののとしたことが……」

小首をかしげて言った。

「弥兵衛どのとも思えぬことを申しましたね」

「そうだろう」

秀吉は勢いづいた。

「な、あいつにとっては、俺は主人だ。その俺に向って、無益な戦いはやめろのなんのと、不届至極なことをぬかす」

「でも……」

おねねはまた小首をかしげた。

「ちょっとお待ちください」

「なんだ」

「その弥兵衛どのの申したこと、あなたさまへの悪口雑言ではないようです」

「何を言う。げんに弥兵衛は、この俺の目の前で――」

「いえ、ですから、弥兵衛どのは、あなたではなくて、あなたの中にいる狐に向って言っているのです」

「俺の中の狐？」

おねねはしきりに秀吉をなだめた。

――弥兵衛は、秀吉に楯ついているのではない。あの男が、なんで秀吉をないがしろにするものか……

「その証拠に」

おねねは子供にものを言いきかすように言うのだった。

「昔の太閤なら、まちがったことはなさらぬ――と言っているではありませぬか」

「う、う、う」

秀吉が唸っている間に、おねねは、さらさらと言った。

「あのひとは、あなたに狐がついていると聞いたばかりに、その狐に向って言っているのです。ですから、悪いのは――」

小首をかしげて、

「あのひとの耳にそれを吹きこんだ人間でしょうね。もし、お気に召さなければ、その者をたずねてお手討ちになさいませ。弥兵衛どのを斬るのはかわいそうではありませぬか」

「う、う、う……だが、弥兵衛め、誰が言ったかを白状せぬのだ」

「まあ、それではしかたがありませんねえ」

それから、ふと、語気を変えた。

「でも、あなた」

「何だ?」

「もし弥兵衛どのに、そう言ったのが、この私だとしたら、どうなさいますか」

「な、なんと……」

「やはりお手討ちになさいますか」

秀吉は虚を衝かれて、しばらく絶句した。そして、ふたたび口を開いたとき、怒気にあふれた今までとはちがった、混乱をかくしおおせない口調に変っていた。

「よもや……よもや、そなたがそう言ったのではあるまいな」

おずおずとおねねをさぐるような眼付になった。

「これはたとえでございます。それより伺いたいのは、もし、そうだとしたら私をお手討ちになさるか、ということです」

「なんの……四十年近くつれそったそなたを、手討ちになどできるものか」

「それを聞いて安心いたしました」

はじめて、おねねはにっこりとほほえんでみせた。

「それなら申しあげたいことがございます」

「なんだ」

「おととい、亡き姑上さまの夢を見たのです」

「母者の夢を」

「はい。ありありと夢枕に立たれまして、藤吉郎が、また海を渡ろうとしているげな。あれほどとめたのに、まだわからんとみえる。そなた、きつう折檻して、必ず必ずとめてくれ——こうおっしゃいました」

「ふうむ」

文禄の役のときにも、母は秀吉の渡海をしきりにとめた。それから間もなく死んでしまったのも、いわば、その気づかいが昂じたためだといってよい。おかげで秀吉の出陣はとりやめになったといういきさつがあるので、秀吉は考えこまざるを得ないのである。

「母上がな……」

思わず溜息をついて腕を組んだ。

——大政所の夢を見た。

と言われて、秀吉が、いささか、しゅんとした瞬間を、おねねは見逃さなかった。

「そりゃただの夢だ、とおっしゃるかもしれませんが、私には気になります。あんなにあなたを思っていた姑さまですもの、亡くなられても、きっと心配しておいででしょうよ」

「ふ……む」

「弥兵衛どのの心配もそれと同じです。あなたについて不吉なことを言うものがあれば気になります。その心配が、つい口に出た、ということではないのですか」

「う、う……しかし……」

「ま、考えてもごらんください。私の妹の亭主だからといって、かばうわけではありませんが、いつ、あの弥兵衛どのが、あなたのおためにならないことをやったでしょうか」

「………」

「藤吉郎どのと呼びならわしていた昔から、あなたにとっては、よい義弟でしたよ」

それを、ちょっとした言葉を咎めだてして斬ってしまうのは、早計ではないか……

おねねがしゃべっている間、まだ秀吉は、忿懣を抑えきれないという顔をしていたが、それでも、しだいに、はじめの勢いはなくなって来た。

「ふん、ちっ！　しかしだな……」

ふきこぼれて急におろされた鍋が、まだ湯気をふきあげるように、秀吉は、口の中で、何やらぶつぶつとならべたてているが、

「仕方あるまい」

重いものでも投げだすような口調で、吐きだすように言った。

「お前がそれほど言うのなら助けてやろう。そうでなかったら、とっくに打首のところだが、今度だけはな……」

じっと彼をみつめていたおねねは、このとき、ふと複雑な、泣き笑いに似た表情をうかべた。が、言葉だけは晴れ晴れとして、

「まあ、ありがとうございます。じゃ、弥兵衛どのに、さっそく知らせてやります」

秀吉が帰るのと入れちがいに、浅野長政はやって来た。

「ありがとうございました。おかげで命びろいをいたしました」

律儀に手をつかえ、

「まことに申しわけもございませぬ」

面目のなさそうな顔をした。

「なにしろ、私は口下手のたちでございますからな。太閤さまの前に出るまでは、ああも言おう、こうも言おうと思っておりましたのが、いざとなると、その才覚をまるきり

忘れて、つい、思ったことを口にしてしまいました」

あれでは太閤が怒るのはあたりまえだ、という弥兵衛の前で、おねねは、おかしそうに口を押えた。

「弥兵衛どののらしい申され方ですこと」

「いや、まったく」

弥兵衛は大まじめな顔で言う。

「狐つきと言われれば怒るのはあたりまえです。怒らなければ、どうかしています」

「でも、弥兵衛どの」

おねねは、ふと物問いたげな瞳を見せた。

「は？……」

おねねの瞳を見たとき、長政は思わず、ぎくりとした。今まで微笑していたとみえた、その瞳の中に、彼女が時折見せる、あの淋しげな翳が、いつ見たよりも濃く深く、湛えられていたからである。

「弥兵衛どの」

もう一度、おねねは言った。

「あなた、いま、怒るのがあたりまえ、と言いましたね」

「は、いかにも」

「それでは――」

言いかけて、おねねは、ふと、ためらいを見せた。それから低い声で、そっと呟くように弥兵衛にたずねた。

「まだあの方を、あたりまえの人とごらんになるか？」

「え？」

「あの人を正気だとお思いか」

「……………」

鉛よりも重い何かに全身を押しつつまれたまま、二人は黙って向きあっていた。

それは一瞬のことだったかもしれない。

おねねの肩が、小きざみにふるえたのは、その直後である。息苦しいまでの重圧に、せいいっぱい耐えようとして、ついに耐えきれなくなったのか、おねねは、がくりと床に手をついた。

「私は見てしまったのです。今度のことで、あの方が、もう、昔のあの方ではなくなっているということを……」

「……………」

「あの方は、私の言葉に他愛なく丸めこまれてしまいました。昔のあの方だったら、考えられないことです」

自分の言ったことを納得してくれたのは、たしかにうれしいことだった。が、あまりにも簡単に説得されてしまったそのことで、かえって、おねねは夫の老耄を思い知らされることになったのである。

「もしや、と思っていたそのことが、とうとうやって来てしまったのです」

こうした異常さはいつ始まったのか。秀吉自身が天皇の子だと言いはじめたあたりだろうか。いや、まだあのときは他のことはまともだった。

では、秀頼が生れて、急に迷信深くなったころからだろうか。いや、年をとってできた子なら、あのくらいの溺愛も考えられないことではない。

こうしてみると、秀吉は、はっきり線を引けないような形で、しだいに昔の秀吉のおもかげを失い、そして、気がついてみると、秀次やその子女を殺したり、誇大妄想狂的なことを平気でやる男にすりかわっていたのだ。

「なのに……」

おねねは目を伏せた。

「私は何もできませんでした。何十年となく一緒にいたというのに……気がつくのが遅すぎたのです。いえ、気づきながら、何もできなかったのです」

長政は忙しく眼をまたたかせた。おねねが時折見せた、あの淋しげな微笑の謎が、やっと解けたような気がしたからである。

一歩——

そしてまた一歩……

秀吉の内部崩壊は続いていたのだ。

長年つれそって来て、なんでそれに気づかなかったか、というおねねの歎きは、しかし、せんのないことであったかもしれない。近くにいる肉親は、よけいに、こうした事実には気がつかないものだ。一度偉くなった夫は、いつまで経っても偉いものだと思いこみ、むしろ本人以上にその幻影に酔ってしまうのがふつうだから、むしろ、このとき、おねねが秀吉の狐つきに気がついたというだけでも、褒めてやらなければならないだろう。

これは彼女が、太閤夫人となった今も、なお、庶民の逞しい眼を持ちつづけたからにほかならない。太閤夫人のベールからはみでたものを、最後まで持ちつづけたということでもあろう。

しかし、一方では——

夫とともに、はかない夢に酔えない、醒めた眼を持っていることは、ある意味では、おねねの不幸でもあった。

誰もが気づかないでいる肉親の内部崩壊に気づく——。これは現代なら、医師から、ひそかに、夫がガンであるとか、精神に異常を来している、と宣告された妻のようなものであろう。夫にそれを告げることはできないし、うかつに他人に話すこともできない。

――何も知らずに動いている社会の歯車をどうするか……

そんな思いに苦しめられるとき、妻は、夫のためにしてやれることは、ごく小さいことしかない、ということに気づくはずだ。自分が夫の身替りになってやることもできないし、何ほどのこともできない――つまり人間はそれほど個であり、孤独なものであるという思いが、骨の髄まで痛烈に滲み通ってくるのである。

が、近代女性でないおねねは、まだその孤独には気づいていない。いや、それだけに、胸をかきむしられている、といったほうがいいかもしれない。

――一歩一歩崩れて行く夫を、なぜ支えることができなかったのか……

よけいにそんな思いに苦しめられるのである。

「ほんとに私って、おろかでした」

長政に、おねねはそう言い、

「藤吉郎どのが……」

と、久しぶりに、夫の昔の呼び名を口にした。

「藤吉郎どのが、天下を取ってからというもの、私は、自分の身のまわりのことだけに追いかけられていたのです」

「身のまわり？」

「ええ」

おねねは、ちょっと恥ずかしそうな顔をした。

「藤吉郎どのが次々に連れてくる女たちのことだけで、頭がいっぱいでした。そのことで一日も心が安まらず、追われ追われて過すうちに、いつか年をとってしまったのです」

「……」

左様でございますな、と言いかけて長政は沈黙した。

――なんと正直なお方か。

長政のそのときの思いはこれであった。

正直といえば、これくらい正直な告白はない。

――そこが義姉（あね）さまの身上じゃ。またそれゆえに、この義姉さまのためなら、俺は死んでもいい、と思ってしまうのだが……

そして、おねねも、そんないたわりを持ちつづけて来た弥兵衛には、心おきなく素顔を見せてしまうらしい。

黙っている彼の前で、

「人目には、たいそうな栄耀栄華と見えたかもしれませんけれどね」

さっきよりは少しゆとりのある苦笑をうかべて、おねねは告白した。

「いい着物を着て、おいしいものを食べ、大きなお城に住んで……。娘のころには思いもしなかった果報を得たようですけれど、でも、私の性にはあわない暮しだったのですね。一日として、しんそこ心の安まるときはなかったような気がします」

「………」

「なにしろ相手がみんな私よりきれいでお家柄の人ばかりですからねえ。藤吉郎どのが天下を取ってくれたおかげで、とんだ乱世にぶつかってしまいました」

たしかに、秀吉の戦いが終ったその時点から、おねねの戦国は始まった感じであった。

「それも分のない戦さでねえ」

気がついてみたら、年をとっていた。とおねねはくりかえした。

「なんだか、大坂の城に入る前のほうが、生きることにはりがあって楽しかったような気さえするんですよ。若かったからでしょうか？」

長政の思いもまた同じである。ぶつかりあいもあったが、あのころの義姉(あね)さまは、いのちの輝きがあった。秀吉と呼吸をあわせて、出世街道をひた走りに走っている、という感じがした。

が、一応その目的を遂げたとき、そこには楽しみよりも苦しみが待ちうけていたというのは人生の皮肉というべきだろうか。

が、そこで、

——人生における出世とは何か。

などと考えるのは近代人である。

おねねは、そんなつきつめ方はしない。もともと思索型の人間ではないのである。そして、日本語は、そういう人間のために、しごく便利な、短い、そして詩的な「ことば」を用意していてくれる。そして、そのとき、おねねにできたことといえば、その便利な、いささかありきたりな、その「ことば」を利用することだけであった。

「夢のようですねえ。何もかも……」

——夢。

なんと便利な「ことば」であろう。

おねねたちの主君織田信長も、かってそう歌った。

「人間五十年、下天のうちをくらぶれば、夢まぼろしのごとくなり」

そして、その他の多くの人々が……。いま、また、おねねも。

そして、その後まもなく、人々は、同じ「ことば」を聞くことになる。

おねねのあとで、まもなく、それを呟いたのは、秀吉だった。

しかも彼のは、

「夢のまた夢」

という念の入れ方だった。もっとも、その呟きを彼が洩らすのは、臨終のときで、そこへ辿りつくまでには、多少の説明が必要である。

唐入りを一応あきらめはしたものの、秀吉は、まだそのことに未練を持っていた。しぜん、

——俺が行けば、そんなへまはやらんのに……

と、もどかしさが先に立った。

そのあおりを、まともに食らったのは、小早川秀秋である。彼はそのころ、大将格のひとりとして朝鮮に渡って、釜山に陣どっていた。浅野幸長が蔚山で窮地に陥ったのは、そのときのことだが、知らせを聞くと秀秋は、他の諸将に先んじて救援に駈けつけた。

このときの秀秋の活躍はすばらしかった。みずから槍をふるって、敵の首をとること十三、大いに勇猛ぶりを発揮したつもりだった。

ところがである。

その年の三月、帰国してみると、秀吉は、ひとつもその働きを褒めてくれないのだ。いや、褒めないだけではない。

「そなたのようなやつに大軍を委したのを後悔している」

と言い出すしまつ。案に相違したあしらいに、秀秋は、しばしあっけにとられた。

「では、私の働きが御意に召さなかったというわけで？」

「そのとおりだ」

「は？」

「まだわからぬのか、うつけめ」

秀吉は頭ごなしに罵倒した。

「そもそも、そなたは大軍を指揮する立場にある。それが雑兵にまじって、槍先の手柄争いをするとは何事か。そんなことをしていては、大局を見誤ってしまうではないか」

「……」

秀秋は絶句した。

――槍先の手柄が何より好きなこの人が、またなんと風向きの変ったことか。

期待していた恩賞の言葉ひとつかけられないとわかると、若い秀秋は、猛然と腹を立てた。

「この私は少なくとも、太閤殿下の御名をはずかしめまいとして、力のかぎり戦ったつもりです。それが、お気に召さぬとあれば」

膝の上の拳を握りしめて、ずいと秀秋は頭をあげた。

「この秀秋の首を召されませいっ」

「な、な、何を申す……」

秀吉も拳を握りしめて唇をふるわせた。

「ぶ、無礼者っ」

一座は色めきたち、何人かが秀秋に飛びかかってその場を退らせたので、ともかくその場はおさまった。

が、あとになって事の真相を知るに及んで、秀秋は、もう一度、あらためて腹を立てずにはいられなかった。

事の真相はこうだった。

秀秋の武勲が届いたとき、その場で文句をつけた男があったのだ。

石田三成——秀吉の側近で、最も策士といわれたそのひとである。彼は言ったのだ。

「金吾秀秋様の働きは、まさに大功に似ております。が、太閤殿下の御命令によって守っておられた釜山の城を放りっぱなしで出陣いたすとはもってのほか。本来ならば、軍規違反で処罰されるところです」

秀吉は、この囁きに簡単にのせられたのだ。その直前まで、

「でかした、秀秋」

と、無条件に褒めてやろうと思っていたのに、石田の一言がころりと方角を変えてしまったのだ。

こうしたいきさつを聞いたとき、秀秋が思ったのは、

——なるほど、やっぱり狐がついている。

ということだった。

昔の秀吉なら、こんなふうに、家来の言うことを鵜呑みにはしないはずである。

——ちぇっ、なんてことだ、呆れかえる。俺たちはつまり狐に怒られたり、褒められたりしているってわけか。

忿懣やる方ないところへ、秀吉から使が来た。孝蔵主という年をとった尼で、秀吉やおねねの側にあって、手紙を書いたり、言いつけをとりついだりする人物である。

「金吾さま……」

孝蔵主は、いかにも物馴れた口調で話し出した。

「太閤さまは、大変な御立腹でございますよ」

朝鮮での振舞ももってのほかと思っているのに、ただいまの口のききようはなんたることだ。もう秀秋に筑前の国はやらぬ。越前あたりへ引っこんでおれ！

その口上を聞くや否や、秀秋は、孝蔵主を睨みつけた。

「やい、尼前。そなた何を知ってのこのこと使にやって来た」

「は？」

けんまくに恐れて、孝蔵主は、しなびたからだを一段と縮ませた。

「俺はな、国を奪われるような悪事を働いたおぼえはないわ。俺が聞きたいのは、太閤が俺の首を刎ねるつもりかどうかということだけだ。さあ言え。刎ねるのか刎ねないのか」

「そ、そのようなことは……」

孝蔵主は早くも逃げ腰になった。

「私の役目は、太閤さまのお言葉を伝えるだけでございますので……ともかく帰りまして、金吾さまの御意向を太閤さまや政所さまにお伝えいたします」

慌てふためいて帰ってしまった。

しばらくして、この問題の仲裁役に立ったのは徳川家康である。

彼はおねねともひそかに連絡をとって、秀吉の怒りをなだめ、秀秋の転封を撤回させた。

「この恩は決して忘れはいたしませぬ」

秀秋は家康の前に手をついてこう言った、とさる武将の回顧談には書いてある。この後の秀秋の動きと関連して、なかなか興味のある事件である。

若い秀秋はとにかく、世故にたけた家康などは、この事件を機に、ますます、

——秀吉も老いたな。

という思いを深くしたかもしれない。

たしかに、もう彼は昔の彼ではなかった。石田三成や数人の側近の意見で、ひょいひょいと考えの変る、まことに頼りない存在になりはてていたのだ。

が、それでいて、その日常は、あくまで豪華、絢爛たるものになっていった。有名な醍醐の花見が行われたのも、ちょうどそのころである。

慶長三（一五九八）年三月十五日、彼はおねね、お茶々、龍子、おまあ、その他の妻妾を従えて、醍醐寺の桜見物に出かけた。

この醍醐寺は上と下とに伽藍が分れている。その間五十町の間に桜を植えさせ、それを見物しようというのであった。まず太閤は下の醍醐の三宝院に入り、ここで食事をとり、女たちも化粧なおしなどをした。現在も三宝院の建築はそのまま残っているし、秀吉の手入れさせた庭園もそのままである。

山路にはところどころに茶室が設けられ、そこで人々は接待をうけた。一番は益田少将、二番は新庄雑斎、その他増田長盛、長束正家らがさまざまの趣向を凝らして一行を迎えた。前日まで降っていた長雨もあがって、「太閤殿下の御威勢はたいしたものだ」とその伝記には書いてあるが、はたしてそうだったろうか。

十一年前の北野の大茶湯を思い出していただきたい。あのときは、

「さあ来い、さあ来い、誰でも来い」

と開放的なパーティーだったが、今度は醍醐の山のまわりには柵をはりめぐらせて、一般の通行は禁止、しかも弓、槍、鉄砲を持った大勢の将兵の警固の下に行われ、いわば機動隊付きの花見だったのだ。

もう、ここには大衆のチャンピオンとしての秀吉の姿は何もない。それにしてもこれほどの警戒をしたのは、何のためだったのか。

それはもしかしたら、眼に見えない敵――迫り来る死に対するおののきのためだったかもしれない。もしそうだとしたら、彼の予感はまさに正しかったといってよい。花見のあと、とかく秀吉の健康はすぐれず、ついにその年の八月十八日、伏見城で息をひきとってしまったからだ。

その臨終まで彼の心にかかっていたのは、ひろい――慶長元（一五九六）年、四歳で元服し、秀頼と名乗っていたわが子の前途であった。徳川家康、前田利家、毛利輝元、宇喜多秀家、上杉景勝らの五大老、長束正家、石田三成、増田長盛、浅野長政、前田玄以の五奉行に、

返す返す秀頼事たのみ申し候。

阿呆のようにそればかりくりかえして六十二歳の生涯を終った。

悲しいまでの父の愛というよりも、その姿は老の妄執に近い。腕ずく、力ずくの当時のこと、実力がなければ天下は取れないことをいちばんよく知っているのは彼自身ではないか。信長の死後、一応は孫の三法師をかついでみせたりしたものの、結局自分が乗取ってしまった秀吉が、いまさら息子を頼むといってもはじまらない。

が、このときの彼はそのことがわからなくなりかけている。狐つき――いや脳軟化症状で、判断力が失われてしまったのだ。功成り名遂げた最後に似て、誰よりも老醜をさらしたのは彼の死であろう。まるきりぼけてしまえばそれでもいいのだが、半分正気が

残っているから、かえってみじめなのである。その半ば残った正気によって、彼は辞世を詠(よ)みのこしていった。

つゆとを（落）ちつゆときへにしわかみ（我身）かななにわの事もゆめの又ゆめ

おねねはじめ諸将がひそかに憂えていた朝鮮への再出兵は、秀吉の死によって終止符が打たれた。馴れない異国の寒気と暑熱に苦しめられていた将兵は、やっとこの無益な戦いから解放されたのである。

が、最終的な、終戦処理にはかなり長くかかった。捕虜として日本に送られて来ていた朝鮮人が帰国できたのはかなり後のことだ。たとえば南忠元という人物の娘たち——彼女らはかなりの家柄の子供だったらしいが、おねねは死ぬまでこれらの人々のめんどうを見てやっている。この面でも彼女は、夫のひろげすぎた大風呂敷の跡始末を引受けたかたちであった。

退却

秀吉がこの世を去ったとき、おねねは五十歳になっていた。現代ならまだ老年と呼ぶには早すぎる年頃だが、女の老けやすかったそのころのこと、すでに髪の半ばは白くなり、肌の衰えもかなり目立ちはじめていた。しかも老境に入りつつあった彼女を待ちうけていたのは、晩年の平安ではなくて、さらにきびしい修羅の世界であった。

しかも、その修羅は、秀吉の死後、ただちにおねねの身に迫って来た。

慶長四（一五九九）年正月——

伏見にいたお茶々が、秀頼を連れて、大坂城に乗りこんで来たのだ。

もっとも、これは秀吉の遺言によるものだった。

「俺の死後は、秀頼を大坂城に入れて、皆でもりたててくれるように」

死の床から、秀吉は五大老、五奉行に、くりかえし、そう頼んでいったのである。

大坂は、何といっても秀吉の本拠である。伏見もかなり堅固な城構えではあるが、城じたいの規模、風格、さらに城下の広さ、経済力などをくらべれば、大坂城の比ではない。

秀吉のただ一人の相続人である秀頼がここに入るのは、だから、しごく当然のことではあったが、彼の入城は、しぜんおねねの地位に大きな変化を生じさせずにはおかなかった。

それまでのおねねは、何といっても、秀吉の第一夫人だった。同じ城に、京極龍子とか信長の女やらがいたとしても、それら側室とは、おのずから格がちがう。彼女たちのいる曲輪と、おねねのいる本丸では、大きさや豪華さも数段の開きがあった。

が、今度改めてお茶々が乗りこんで来たとき、おねねは、この本拠を譲り渡して、西の丸に引移らねばならなくなった。

侍女たちは、あからさまにそのことをくやしがっている。

「まあ、あちらのお女中たちといったら、今日から城のあるじは、こちらです、って言うんですからね」

「何でしょう、あの威張りようといったら」

「今まではそういうなさり方かもしれませんけれど、今日からはそれでは困ります、なんて言うんですよ」

お茶々の侍女たちに肩で風を切られるのが、腹に据えかねるらしい。そんなとき、

「まあ、そんなこと言ってはいけません」

たしなめながら、おねねも、ふと淋しさを感じないではない。

――秀吉が在世しているかいないかで、これほどまでにちがうものか。

次々にふえていく側室たちのおかげで、心が安まる暇もなかったが、それでも、秀吉は自分をたててくれていたから、これほどの心細さを感じることはなかったのに……

いまさらのように、ひとりで生きて行かねばならぬというきびしさが身に迫って来る。

さらに、

――人の心というものは……

そんな思いを深くさせるのは、諸将の手の裏をかえすような態度である。昨日までおねねの許にせっせと出入りしていた連中も、秀頼が大坂入りすると、先を争ってそちらにへばりつき、おねねのほうへ顔を見せるものは、日ごとに少なくなった。

なかでも石田三成を中心とする奉行職は、お茶々べったりで、おねねのほうへは何の挨拶もせずに事を取計らってしまう。一方お茶々の侍女たちは、まるでスパイのような眼付で、

――今日は誰と誰が政所の部屋に入ったか。

と目くじらたてているという。

日ごとに大坂城は、おねねにとって住みにくい所になりつつある。表面的には彼女は

故太閤の未亡人であり、幼い秀頼の嫡母ということになっているから、何かの折には、まず第一番に敬意を表される立場にあるのだが、それが、お茶々の気にさわるらしいのだ。

「ほんとうの母親でもないくせに、あの女は何を出しゃばってくるのかしら」

「何といっても秀頼がこの城のあるじなのですからね」

お茶々は、いったんおねねの決めたことをわざとひっくりかえしたり、ひどく挑戦的な態度を見せはじめた。

そのうち、いわが、お茶々の言葉をどこからか聞きつけて来た。

「あんまりでございます、政所さま……」

頬をふるわせ、いわはおねねの前に身を投げだすようにした。

「いつまで私はあの女といっしょにいなけりゃいけないのかしら」

お茶々は三成にこう言ったという。

「私はずいぶんがまんしたんですよ。あんな女と顔つきあわせていることはごめんです……」

——ということは、この私に出てゆけということなのか……

さすがに、おねねも顔色を変えた。

——なんと手前勝手な。私だって、長い間、がまんしながら生きて来たのですよ。

誰が見てもこれはおかしい。現代でも、夫の死後、本妻が二号に本宅を乗取られるという話はめったに聞かない。が、お茶々は、秀頼の母であることを笠に着て、おねねを追い払おうというのである。

しかも、いま、おねねの力になってくれる人はほとんどいない。辛うじて五奉行のひとりとしてとどまっている浅野長政——弥兵衛が頼みの綱だが、もともと口の重い、ひかえめな彼は、三成のような才子型の能吏を向うにまわして戦える人間ではない。いや戦うどころか、北政所の親戚だというので、彼は近ごろ五奉行の会議にもしめ出しをくわされている様子なのだ。

——ああ、自分はほんとうにひとりぼっちになってしまった。

まさに満身創痍。このままこの城にいたらどうにかなってしまいそうだ。

退却だ。

残された道はそれしかない。

とうとう意を決して、おねねは自分のほうから言い出した。

「やっぱり私はこの城を出ようと思います」

「まあ、何とおっしゃいます」

いわやるんは必死になってとめた。

「政所さま、このお城は政所さまのお城ではございませんか。誰が何と言おうと、お動きになることはございません」

「そうかもしれません。でも、私は、無用の波を立てるのはいやなのです」

「そんなお気の弱いことでは……」

しかし、退却と決めると、おねねはかえって落着きが出て来た。と、同時に、ふと頭に浮かぶものがあった。かつて越前の朝倉を攻めたとき、数倍する敵と戦いながら、みごと織田軍の殿軍をつとめた、若き日の秀吉の姿である。

退却というものがいかに苦しく、また、いかに勇気を要するものかを、おねねは、いまはじめて理解できたような気がした。

——藤吉郎どの……

思わず、おねねは、呟いていた。そこにいる彼は、天下人となって以来、おねねを苦しめて来た「太閤秀吉」ではなかった。

自分の命を賭けて、せいいっぱい道を切りひらいていった若き日の、あの藤吉郎である。夫が生きている間はすっかり忘れはてていたあのころのみずみずしい思慕が、その死によって、はじめて胸によみがえって来るというのは皮肉なことでもあるが、たしかに、おねねは、その瞬間に、ふしぎにも、夫藤吉郎の姿を身辺によみがえらせることができた。

——藤吉郎どののように、みごとな殿軍をしなくてはいけない……

うらぶれて、お茶々の一党に城を叩き出されるおねねであってはいけないのだ。いや、むしろ、ここで、はっきり気持の清算をつけるべきなのである。

おねねが退却の覚悟を決めたと知ると、お茶々は勢いに乗じてさらに追打ちをかけて来た。彼女が次に狙ったのは浅野長政である。そしてついに、ある事件をでっちあげて彼を大坂城から追放してしまったのだ。

おそらく、この事件の筋書を書いたのは石田三成あたりだろうが、ちょうど九月九日、伏見にいた家康が、大坂城へ重陽(ちょうよう)の節句の挨拶にやって来たとき、五奉行の一人、増田長盛が、ひそかにその局(つぼね)に現われて、こう言ったのである。

「浅野長政ら数名が、前田利家をかついで、あなたさまを害しようとしています」

石田方にしてみれば一石二鳥の名案だったらしい。

——長政を追っぱらい、一方家康と前田をけんかさせて、両者とも疲れさせてしまおう。

という魂胆だったのだ。長政は身におぼえのないことだったが、例の口下手でろくな申し開きもできないで引退ってしまった。

——まあ、弥兵衛どのも退却だわ……

と、おねねは心中でうなずく。そういえば、あの越前の戦いのとき、弥兵衛も藤吉郎と一緒に殿軍をつとめたはずだ。くしくも三十年後に、おねねと弥兵衛は、同じく殿軍をつとめねばならない立場に立たされているのである。

　このとき、お茶々方は少し調子にのりすぎたらしい。おねねと長政の追落しに夢中になり、ほかのことまで気がまわらなかったようだ。そして、その盲点に、がっちりくらいついたのが徳川家康だった。

　彼は、このでっちあげ事件を好機として、すばやくお茶々方に刃物をつきつけた。

「こうした事件が起るのも、幼い秀頼公が大坂にいて、自分が伏見にいるので、とかく行きちがいが起るのだ」

　もっとお互いの間が親密でなくてはならない、とまくしたて、

「承れば、北政所さまは大坂城西の丸をお立退きなされる由、某（それがし）、代って、そこへ入れていただこう」

　おねねが大坂城を出たのが慶長四年の九月二十六日、そして家康は、その翌日入城するという早業をやってのけた。結果においては、お茶々方はおねねを追い出したかわりに、さらに手強い家康にとびこまれてしまったのである。

　このことにも、おねねは、歴史のふしぎさを感ぜずにはいられない。

　――あの越前の戦いのとき、藤吉郎どのに力を貸してくれたのは、徳川どのだった。

「俺がこうしてお前を抱けるのは、あの徳川のおかげだ」

　秀吉がこう言ったのをおねねは忘れていない。

「あのびっくり狸め……」

とそのとき秀吉は言ったはずだ。

「俺よりよっぽど戦さ好きかもしれぬ」

今度もまた、そのびっくり狸どのの御登場である。しかもぬかりのない家康は、大坂城入りする前に、おねねのところに、ひそかな使を送って来ている。

「あとのことは私におまかせください」

——では、びっくり狸どのは、私の殿軍をも助けてくださろうというのかしら。そういえばあの方、このごろますます太って、狸そっくりになってしまったけれど……

そう思って首を縮めて、くすりと笑った。

いつのまにか、おねねは、そんなことのできるだけ、余裕を取戻していたのである。

おねねの落着き先は京都、三本木と決った。秀吉が晩年に作った小さな家がそこにあったからである。

大坂城を出たその日、おねねは、輿の中から、その天守をもう一度ふりかえった。

——お茶々はきっと、これでせいせいした、と思っているかもしれない。

小谷落城以来、自分の城を失ったあの女は、今こそ完全に自分の城を手にしたと思っているだろう。

「どう、ごらん、おねね。勝負は、はっきりついたようね」

天守から、その驕慢な笑い声が響いて来るように、おねねには思われた。

が、おねねは崩れなかった。

――たしかに私は自分の城を失った。守ってくれるべき家臣もいない。

満身に傷をうけての退却である。

――が、見ておいで、お茶々、勝負はこれからだよ。

おねねの京都での暮しの規模は、急速に縮小された。その家は、それなりに金のかかったものではあったが、大坂城とは段がちがう。

――まあ、こんなところで暮さなければならないなんて……

いわとか、るんとか、長い間、おねねの側に仕えて来た侍女たちは、女あるじの顔を見るのも辛いような気持になるらしい。

「ほんとに、こんなお暮しをさせて……」

二言めには愚痴や不満が口を出てしまう。

「なんということでございましょう。北政所さまこそ、亡き太閤さまの御正室でいらっしゃいますのに……」

「長い間苦労をともにして来られたその方がお城から出て、側室が大きな顔をして城に残っているなんて……」

時には、その無念さが、おねねに向ってぶちまけられることさえある。

「だいたい、政所さまは、あまりにお人がよろしすぎるのです」

「おや、まあ」

おねねは、わざと明るく驚いてみせる。

「そうではございませんか。あのお茶々どのが、大坂城に入ろうとしたとき、ぴっしゃり断られたらよろしかったのです」

「そうかねえ」

「そうでございますとも。私が政所さまでしたらそういたします」

「ほう、そうかい」

「はい、もし、むりにでもお茶々どのが入ろうとしたら、大手の門の前に立ちふさがって、その胸ぐらをつかまえて、お堀の中に叩きこんでやります」

「へえ、たいそうなけんまくだこと」

笑いながら、おねねは、かえってなだめ役にまわってしまう。

「でもねえ、考えてみれば、私も昔は城には住んでいなかったのだからねえ……」

「はあ？」

「はじめてお城持ちになったのは、天正二（一五七四）年の長浜からですからね。その前に戻ったのだと思えば文句も出ませんよ。そりゃ、ここは、大坂よりは万事手軽にできているけれど、それでも、若いころの住いにくらべれば、月とすっぽんです」

「…………」

「なにしろ、私たちの祝言の夜ときたら、土間に藁を敷きつめ、その上に薄縁を敷いて……」

「ええ、ええ、存じております。そこへお坐りになったおかげで、足が痛くなっておしまいになった、というお話でございましょう」

言いながら、侍女は、そっと目頭を押えた。

おねねが皆の気持をひきたたせるために言っているのが、よくわかったからだ。

そのころ、浅野長政も正式に奉行の職から退けられた。

この長政追放によって、おねねは、当時の中央政治から、完全にしめだされたかたちになった。おねねを城から追い出し、ついで長政をほうりだしたお茶々方は、多分、

――これで邪魔ものはなくなった。

と凱歌を奏しているにちがいない。そう思っても、おねねは、どうすることもできないのである。

長政が、ひそかにおねねの屋敷を訪れたのは、それからまもなくである。

「お暇乞いにまいりました」

言葉少なに彼は言った。奉行の職を追われた以上、もう大坂に止まっているわけにはいかないのだという。

「まあ、では……」

領国である甲斐に下るのかと聞くと、長政はかぶりを振った。

「いや。なまじ領地になどおりますと、どのような言いがかりをつけられるかわかりませぬからな」

そこで、武蔵の府中の片田舎に、しばらく身をひそめるつもりだと言った。

武蔵といえば、家康の領地である。そこへほとんど供人も連れずに行くということは、つまり、自ら進んで家康の捕虜になるようなものだ。

――そうすれば、自分に異心のないことを家康も認めてくれるにちがいない。

口下手な長政が、あれこれ弁明するよりも、このほうがずっと効果がある。

「まあ、弥兵衛どのは、そこまで考えていたのですか」

おねねは長政の思慮の深さに舌を巻く思いである。

「今は、どんなに慎重にしても、慎重にすぎるということはないと存じましてな」

言いながら、ちらりと長政は微笑した。穏やかな、しかしどこかに決意を秘めたようなその微笑に、おねねは、長政もまた、乱戦の中で殿軍をつとめる心境にあることを理解した。

「がまんすることですね、何もかも……」

言うと長政は大きくうなずいた。

「そのとおりです。が、いちばん気がかりなのは、政所さまのことです」

「私のこと？」

「はい、遠く隔たってしまっては、何かの折にお役に立つことができませぬ。そう思うと、いても立ってもいられない思いなのでございますが……」

「ありがとう、弥兵衛どの」

おねねは思わず眼をしばたたいた。

「藤吉郎どのが亡くなられてからこのかた、私はずっとひとりぼっちでした。でも、そなたの言葉を聞いて、やっと、ねねは救われたような気がいたします」

長政はその武骨な頰をかすかに歪ませた。

「何事も御辛抱を。晴れてもう一度お目にかかる日のあることを祈っております」

「ほんとうに……私も」

それ以上は言葉にならなかった。

はたして無事に長政の顔を見ることができるだろうか。長政にもおねね自身にも、その保証は全くないのである。

一礼して起ちかけたとき、長政は、そっとおねねに耳打ちした。

「万一のときのお身のまわりの用心のために、と思いましてな。幸長は都においてまいることにいたしました」

幸長は若い。それだけに今のお茶々と三成が実権を握った大坂城の体制に、はげしい反撥を感じている。

――何だ、大きな面をするな。豊臣の御本家は、この北政所さまだぞ。

しかも朝鮮の蔚山(うるさん)で、籠城したことについても、三成にろくなことを言われていない。せいいっぱい戦ったのに、労(ねぎら)いの言葉どころか、

――下手な戦さをしたものだな。

といわぬばかりのあしらいをうけた。

長政は言った。

「むしろ、政所さまに手綱をとっていただかねばならないかもしれませぬが、そのかわり、いざというときには、身を棄てて政所さまのお役に立つことでございましょう」

「ありがとう、弥兵衛どの」

「では、これにて……」

おそらく長政の胸にも、さまざまの思いが去来していたにちがいない。が、口下手な彼は、それ以上、何ひとつ言わずに、おねねの許を去っていった。

長政が関東へ下ると、おねねの身辺は、ますます淋しくなった。強い者になびくのは人の常で、今では、お茶々を憚って、諸大名もおねねの屋敷には、ほとんど顔を出さない。

その中でわずかに頼りになるのは、兄の家定とその子供たちである。

家定は、そのころ姫路の城を預かっていた。もともと温厚な彼は、おねねの身に累の及ぶのを恐れて、目立った動きは見せていない。いざというときには頼りになる兄だとは思うのだが、姫路と都では離れすぎていて、何とも心もとない。

家定の息子たちもそれぞれ成人して一城のあるじである。

長男の和歌にたくみな勝俊は、若狭小浜城主、次男の利房は同じく高浜城主、そして末っ子の秀秋は小早川家に入って筑前にいる。が、今は、それぞれが鳴りをひそめていなければならない状態である。

そしてその間にも、刻々時代は動きつつあった。

天下分け目

歴史というものは、ときどき、奇妙ないたずらをするものらしい。

年表を見ていただくとすぐわかるのだが、慶長五年という年は、西暦では、ちょうど一六〇〇年にあたるのだ。

まさに世紀のわかれ目である。そしてその年が、日本の歴史にとっても、天下分け目の年になったというのはおもしろいことだ。

あとになって関ケ原の合戦の行われるその年、風雲のきざしは、新年早々、もうはっきりとおねねの眼にも感じられるようになっていた。

「今年はいよいよ、何かありそうですな」

おねねのところへ挨拶にやって来た浅野幸長は、坐るなりそう言ったのだ。

父の長政が関東の田舎に引込んでしまって以来、おねねの許に情報をもたらしてくれるのは、二十五歳のこの若者だけになってしまったが、その幸長の話によると――

「会津の上杉が、動きはじめた」

というのである。

「その動きがおかしいというので、徳川どのは上杉景勝自身が上洛して実情を報告せよと言われるのですが、いっこうに言うことをきかず、今までの会津若松城のほかに出城を築いているとかいう話です」

「というと？」

おねねがきくと、幸長は大きくうなずいた。

「もちろん、狙いは徳川どのです。こちらにおられる留守に、江戸を討とうというのでしょう」

「まあ、では、徳川どのは、そのことを？」

「とっくにご存じですよ。が、いま、ちょっと、うかつには動けないでしょうな」

「どうして」

「治部（石田三成）めが後ろから狙っていますからね」

「まあ」

上杉に兵を挙げさせておいて、家康を東国へ帰らせ、その隙にみずからも兵を挙げ、東と西から挟み撃ちにする作戦なのだという。

「容易ならないことになりましたね」

おねねは眉をひそめた。来るべきものが来たという感じはあったが、こうなると、また世の中は本能寺の変直後に逆戻りしてしまう。

——せっかく、太平になったと思ったのに。

が、若い幸長の考えは、また別らしい。

「もうその時機です。いいかげんで治部めらと決着をつけるべきです」

どうやら、事態はしだいに決戦の様相をしめして来た。

その年の五月、ついに家康は上杉征伐を宣言した。慎重な家康が、あえて二正面作戦をうけて立ったのには、それなりの理由があった。

「上杉攻めに行こうというものはついてこい」

こう宣言することによって、彼は票固めを行ったのだ。誰が自分と同行し、誰が大坂に止まるか？　天下分け目の戦いは、まさにこのとき始まったといってよい。

——いよいよ、大変なことになった。

息をひそめて事態を見守るおねねにとって、第一の心配は、幸長がどちらにつくかということであった。

家康の票固めは、なかなか巧妙であった。上杉征伐についてゆくかどうかで、その忠誠度を計るなどという単純な計算はやってはいない。

同行を申し出ても、三成方と内通しそうなものは、婉曲に断っているし、また残しておいて大坂方へついては面倒だと思うような連中——たとえば福島正則など——は強引にひっぱってゆく、というふうに、なかなか変通自在の手を打っている。

　大名側とすれば、頭の痛いところである。

「そなた、どうします？」

　おねねが、幸長の身を気づかったのも、無理からぬことであったかもしれない。ところが、幸長の答えはひどく簡単だった。

「私ですか？　こちらに残ります」

「まあ……」

「治部めらは、さては幸長は大坂方か、と気を許すでしょう。ところがさにあらず、治部めが動きだしたら、まず第一番になぐりこみをかけてやるのです」

　どうです、私の作戦は？　と、胸を反らせようとして、幸長は気がついた。おねねは、いっこうに感心したような顔をしていないのである。

「いけませんか」

　それには答えず、おねねはかすかに微笑した。

「そなたが三成を憎んでいることはよくわかりますが、でも、私だったら、そうはしないでしょうね」

「なんと……」

「私だった……」

おねねは、ふと眼を閉じた。

「むずかしいことは、わかりませぬが、この際、やはり東国へ行きます」

「しかし、東国には、すでに父が行っておりますから」

「それとこれとは別です。徳川どののお供をしたほうがよろしくはありませんか」

その声を聞きながら、ふと、幸長はふしぎな気がした。それまでとちがっているとも思われぬその声音が、ふしぎな重々しさをもって、身に迫って来たからだ。

「左様でしょうか。でも、私がお側を離れますと、万一の折には……」

「それは気づかい無用です」

おねねは眼をあけてにっこりした。

「いざとなると女は強いものですからね」

五十年を生きて来た人生の智恵というべきだろうか、平凡な女ながら、どうやらこのときの判断は、幸長よりおねねのほうがたしかだったようだ。

敵地に残って三成打倒の尖兵になる、という幸長の意図はなかなか華々しいが、そんな一個人の憎しみや英雄的行為では解決できない。もっと大きな時代の波のうねりにまかせるべきだ――はっきりそう思ったわけではないが、おねねは、何となくそんな気がしたのだ。

もしかすると、眼を閉じた瞬間、おねね自身の中にもうひとつの「眼」が——今まで夫の蔭にかくれて閉じられていた眼が開かれたのかもしれない。そして、それが幸長をふしぎがらせ、彼の決心を変えさせたのではないだろうか。

東か西か。徳川方か大坂方か。

立場を鮮明にすることを迫られていたのは、浅野幸長だけではなかった。むしろ、より微妙だったのは、おねねの兄、家定の一族である。

家康は、家定に出陣を促すことはしなかったが、それかといって、全くの大坂方とも見ていない。

しかも、この微妙な立場を利用して、家康は巧妙な手を打って来た。大坂から伏見城に移り、ついで江戸に引揚げるにあたって、家康は、この家定の長男である勝俊だけを、この城の中の松の丸に止めておいたのである。

そのほか伏見城に残ったのは、すべて家康の直臣だった。彼らはいわば決死隊である。家康が東国へ行けば、無勢になった伏見城に石田三成らが押しよせて来ることは、ほぼ確実だったといってよい。だから家康は、江戸へ発つにあたって、城を守る譜代の臣、鳥居元忠と一晩じゅう語りあかして、なごりを惜しんだという。

そしてこのとき、家康は、万一の奇蹟に賭けるつもりで、木下勝俊を城中に招いたのだ。

——北政所のゆかりの者がいるとなれば、大坂方が、それほど強烈な攻勢をかけて来ることはないだろうし、また勝俊だって、おねねの手前、我々に手向いすることはないだろう。

そんな計算をしているらしいということが、おねねの開きはじめた「眼」にはよく見えるのだ。

——徳川どのもなかなかおやりになること。

家康が東国に帰るのは退却ではないが、いわば作戦的な後退である。かつて秀吉の殿軍(しんがり)をたすけ、おねねの殿軍に手を貸した家康は、今度ちゃんと貸しを取戻そうということらしい。

ところで——

家康が江戸へ帰ると、大坂方の動きは、さらに活発になった。

——今だ!

三成らは家康の非を鳴らして、諸大名を大坂に集めはじめた。宇喜多秀家、毛利輝元、島津義弘——こうした西国筋の有力大名が、これに応じて続々集まって来た。その数九万三千というから、数においては、家康に従って東国へ下った連中をはるかにしのいでいる。

大坂への召集令状は、もちろん姫路にいる木下家定や高浜にいる利房のところにも届けられた。それまで慎重に争いの圏外にいようとした彼らも、ついに中立の立場をとることはできなくなってしまったのだ。

——家定どのはどうなさるか。

おねねも、もちろん無関心ではあり得ない。とつおいつして眠られない夜を過すことが多くなった。

そうしたある夜——

雨を含んだ風が、慌しげに戸をゆすっている、と思っていると、にわかに門前が騒がしくなった。

——風にしてはざわめきすぎる……

ふと耳をすましたとき、

「政所さまっ」

慌しげなるんの声が廊下に響いた。

「お越しになりましたっ」

おねねの部屋に入るなり、るんは息をきらして手をつかえた。

「誰が来たのです？」

むしろ、おねねはあっけにとられたかたちである。

「誰と申しまして……あの」

るんは、きょとんとして眼をみはった。

「そなた、まだ来られた方のお名前も申さぬではありませぬか」

よほどるんは慌てていたらしい。が、いまさらその名前をおねねに告げるには及ばなかったようだ。その夜、ただならぬざわめきをもたらした人物は、ついそこまで来ていた。

「政所さま、私でございます」

木下家定が、具足をつけた姿で、そこに立っていたのである。

「政所さまには、お変りもなく」

兄とはいえ、律儀な家定は、人前では、決して馴れ馴れしげな口はきかない。

「まあ、とうとう、おいでになられたのですか」

「大坂よりの度々の要請、もだしがたく」

言葉少なにそう言った家定は、るんが退ると、はじめてくつろいだ微笑を見せた。

「やれやれ、えらいことになったぞ、おねね」

「ほんとうに……」

「いつまでも知らぬ存ぜぬで通すわけにもいかぬのでな」

「そうでしょうとも、で、いつ大坂へお入りになりますか？」

聞くと、家定は、目だけでかすかに笑ってみせた。

「おねね」

「は？」

「この俺が、大坂へ入ると思っているのか？」

「え？　だって……」

家定は、ふと、表情を改めた。

「俺が守らなければならないのは、大坂の城ではない」

「……」

「今となっては、そなただけだ。そなたをおいて、この家定の守るべきものはあるはずがないではないか」

「まあ……」

おねねは、改めて家定を見直す思いであった。

日頃無口で、どちらかといえばよそよそしい態度しかしめさなかった兄が、この時期に、これほどはっきりした意志をしめそうとは、思いもかけないことだった。

「でも、それでは、木下の家が……」

「なあにかまわぬ。播磨姫路二万五千石も、もとはといえば、そなたの亭主どのからの頂きものだからな。そんなものより、俺にとっては、やはりそなたが大切だ」

「まあ、それほどまでに……」

言いかけると、家定は微笑して、穏やかに語るのであった。

「兄妹というものは、そういうものではないのか。お互いがたっしゃでしあわせなときは遠くにいてもよい。いざというときに助けあうことを忘れなければな」

家定を迎えて、京のおねねの屋敷は、にわかに賑やかになった。浅野幸長が東国に下って以来、ひどく心細げな顔をしていた侍女たちの顔には、明るさが戻って来たようだ。

家定という男は、決して大人物ではなかったが、彼の長所は、自分の力の範囲で無理をせずにものごとを行うというところにあった。だから、今度、おねねの屋敷に入るにあたっても、一身をなげうってという悲壮感はどこにもない。それが、こういうときには、かえって人の心を落着かせるのである。

そんな家定だから、無理をしておねねの許に人を集めるということはしなかった。自分の子供たちにも、それぞれの考えで行動させている。だから同じく播磨の姫路城にいた木下延俊は姫路城に止まり、兄の利房は大坂城へ行った。その結果、木下家はこのとき、全くばらばらな行き方をとることになった。

家定はおねねの許へ。勝俊は伏見城。延俊は姫路城、そして利房は大坂城。

が、あとになってから、人々は、戦国を生きぬくためには、これが最も賢明なやり方だったことに気がつくはずだ。秀吉周辺にいた連中が、次々と没落してゆく中で、家定流の木下家は細々ながらも命を保ち、ついに徳川期を生きぬいてしまったのだから……

ところで、この木下一族の中で、その時点でも、まだ去就のさだまらぬ男がいた。家定の末子で、小早川家に養子に行った秀秋そのひとである。

「あいつは、わが家の変り種だからな」

家定は、秀秋のことをそう言った。他の男の子が父に似て一様に物静かで口数も少ないのに、秀秋だけは直情径行型なのだ。しかも、家定の子に似合わず、分不相応な名誉欲も旺盛である。

「そういえば、あの子は……」

おねねは、誰にも言わなかった猫の事件を、はじめて家定に打明ける気になった。

そのころ秀吉の養子となって、わがまま放題の暮しをしていた秀秋が、突然小早川家に養子にやられると決ったときに起った、あの残忍な事件を、おねねは、決して忘れてはいないのだ。

「じつは長い間、気にかかっていたのですが」

秀吉がかわいがっていた虎猫が、ひそかにしめ殺されていたのは、秀秋のしわざではなかったか。お茶々がみごもったことによって、養子の座を追われると知った秀秋ならやりそうなことではないか……。

聞きおえると、家定は、

「ふうむ」

太い息を洩らして腕を組んだ。おねねの一族の中では珍しく、暗い屈折した心を持った秀秋が、今度はどういう態度に出るか、家定にも想像がつかないらしい。

「そういえば、秀秋は、なかなか参りませぬな」

当然大坂への呼出しはいっているはずなのに、秀秋はいっこうに姿を現わさない。

「いったい、どうしたことやら……」

こうした心配をよそに、秀秋が悠々と鷹狩などをやっているという噂が、そのうちおねねの耳にも伝わって来た。

――いつもあの子には苦労させられる。

おねねは、秀秋の噂に、つい、溜息を洩らしてしまう。

そもそも誕生のときからそうだった。本能寺で信長が討たれた大騒ぎのさなか、おねね一族が近江の大吉寺に身をよせている折も折、母親の腹中からとびだして来て、まわりを慌てさせた。

以来、彼のことでは、何かと気を揉むことが多いのだが、それでいて、おねねは、彼を見棄てることができない。

――危なくて、見ていられない。

という思いが先に立ってしまうのだ。

正直いって、彼らの兄弟の中で、おねねが、いちばん好感を持っているのは、長男の勝俊である。子供のころから、一人だけ物静かだった彼は、このごろは和歌作りに凝っていて、なかなかの風流大名だし、おねねに対しても、やさしい気づかいを見せてくれる。

が、秀秋はちがう。やることなすこと、まことに心の平均がとれておらず、はらはらさせられる。人間もひとまわり下だ。が、それだけに、世話の焼き甲斐があるというのか、何となく、気にかかってならない。

と、その間にも、世間の情勢は、いよいよ急迫して来ていた。家康と、お茶々・三成の間には、どうにも一戦は避けられない気配である。

——これでは秀秋も、鷹狩ばかりはしておられまい。

おねねはしきりに気を揉むが、兄の家定は、

「なあに、それぞれの才覚にまかせてしまうがいいさ」

と平気なものだ。

「そう言われると、かえって心配になります。何をやるかわからない子ですからね」

おねねが眉をひそめているところに、やっと、秀秋は姿を見せた。しかも、彼は、おねねが予想していたよりも、むずかしい問題をかかえてやって来たのである。

「叔母上、いよいよですぞ」

挨拶もせずに彼はそう言った。

「まあ、お茶でも点てててあげよう。それからゆっくり話を聞きましょう」

「いや、そうしてもおられぬ、じつは……」

秀秋は声をひそめた。

「毛利一族は、いずれも大坂方につくことになりました」

「まあ、やっぱり」

どうやら、三成方の抱きこみ作戦はうまくいったらしい。

「そのうえ……」

秀秋は、ふっと顔をこわばらせた。

「私のほうへも、治部め、わざわざ申しいれてまいりました」

「なんと」

「早く大坂城方へお味方あるべし。まず手始めに、伏見城へ向われよ。武者ぶりのほど、拝見つかまつりたし」

「まあ」

伏見城には、兄の勝俊がいる。

「それで、そなた、どうするつもりか？」

おねねの問いも気ぜわしげになった。

「私だって、治部めの魂胆ぐらいはわかります」

秀秋は肩をそびやかして、せせら笑った。

「徳川どのが、伏見に兄を入れたでしょう。それを、私に攻めさせようというのです。治部めの言うとおり攻めるかどうか、それによって、この秀秋の本心を試そうというのでしょう」

「そうでしょうね」

おねねも深くうなずく。攻めればよし、攻めなければ、大坂方に逆心を懐くものとして、まず緒戦の血祭に、というくらいなことを考えているにちがいない。

「で、秀秋、そなた、どうするのか」

ふたたび、おねねがたずねかけると、秀秋は、即座に答えた。

「申すまでもありませぬ」

「え？」

「誰が治部めの言うとおりになど動くものですか」

「………」

「もし、あいつの言うとおりに、伏見城を攻めたらどうなります。勝俊兄と私と、いわば、叔母上の一族が、治部めと徳川どののために戦うことになる」

「………」

「いや、それが治部めのつけめなのかもしれませんがね。それにおめおめ乗ぜられる秀秋ではありませぬ」

「伏見城へ向けて鉄砲を放つのだったら、むしろ、大坂へ向けてぶっぱなしてやりたい」

「……」

秀秋はまだ忘れてはいないのだ。お茶々が秀頼をみごもったそのために、自分が豊臣の家の養子の座をすべり降りなければならなくなったくやしさを……

——俺を小早川家に追いはらったのは、三成あたりの筋書ではないか。

そう考えている秀秋は、今度はその仕返しをする好機だと思っているらしい。

「なあに、あの治部めらが……」

さかんに気焔をあげる秀秋を、おねねは、しばらく見守っていたが、やがて口を開いた。

「そなたの気持は、わからぬでもありませぬがね」

案に相違した物静かな声音に、秀秋は、

「は？……」

いぶかしげな顔をした。

——この俺よりも、叔母御のほうが、ずっとお茶々や三成を憎んでいるにちがいない。

そう思いこんでいる彼は、

「しっかりおやり」

励ましの言葉をかけてくれるものと信じて疑わなかったのだ。が、おねねは、まじまじと秀秋の顔をみつめるばかりである。

「好機ですぞ、叔母上。ひと思いにあいつらをやっつけてやりましょう」

と、おねねは、意外にも首を振ったのである。

「その思案、上々とは思えませぬ」

「は？」

秀秋は、きょとんとしておねねの顔を見守った。

「そなた、目先のことばかり考えすぎます」

おねねはさらりと言った。

「……」

秀秋が、ふと、いらだたしげな表情を見せるのもかまわず、彼女は続けた。

「いま、ここで、大坂へ向って鉄砲を撃つ――それでそなたの意趣は晴れましょうが、そなた一人であの城を相手には戦えぬ。亡き太閤は、それほどもろい城は築いてはおらぬ」

「では、叔母上」

いささか不満を見せて、秀秋は、つっかかるように言った。

「この秀秋にどうしろとおっしゃるのです」

「そうね、もし私がそなただったら……」

ふと、おねねは遠くを見るような眼付になった。

「多分、別の思案をしているでしょうよ」

「ど、どのような」

何かを言いかけて、おねねは気を変えたようである。

「秀秋」

「は」

秀秋は、叔母の眼に、ある輝きが宿ったのに気がついた。

「もし私だったらこうする、というよりも、秀秋、この際、そなた私に命を預けてはくれぬか」

「は……」

「悪いようにはせぬ」

「叔母上がそう仰せられるなら、秀秋いかようにもいたしますが」

おねねは、軽くうなずき、

「それなら……」

ちらと微笑をうかべた。

「治部の申すとおり、伏見城を攻めなさい」

「えっ、伏見城を？」

秀秋は、きょとんとした顔をした。

「叔母上、伏見城には、勝俊兄がおりますぞ」

「そうです」

「その勝俊兄を、秀秋に攻めろと仰せられるのですか」

「ええ」

「これは、叔母上の言葉とも思われぬ。それでは、みすみす、治部めの手に乗るようなものではありませぬか」

「治部めはそう思うかもしれませぬ。が、思いたい人には、そう思わせるのがいいのです」

「………」

「私は、ちと別のことを考えています。それで、そなたに手を貸してもらいたいのです」

「は……」

その計画というのを聞いているうちに、秀秋は、何とも気ぬけした表情になって来た。

——お茶々打倒の好機だと思っていたのに……

おねねの考えていることは、全く次元のちがうことだったのだ。

「無理なことかもしれませぬが……」

物静かな声で、おねねは言ったのである。

「ともかく、事を穏便におさめることができたなら、と思うのです」

そして、この際何かができるとするなら、私をおいてほかにはいないのではないか、
というのが、その意見なのであった。

「叔母上」

秀秋は、呆れておねねの顔を見守った。

――なんという、人のいいお方か。

まず、その思いが先に立った。お茶々と三成にのさばられ、大坂の城を追われながら、
この際、事を穏便にとは、なんたることか。

「いいですか、叔母上、あの治部めと淀どのは、あなたをさしおいて、わがもの顔に大坂城で大きい面をしているのですぞ。そして、叔母上は、こうして、つましい暮しをしておられる。その身のほど知らずのやつらのために、手を貸してやろうというのですか」

これでは、叔母御の分まで腹を立てねばなるまい、と秀秋はいきりたった。

「むしろ、今が好機ではござらぬか。徳川どのもやる気は十分だ。この際、あいつらをとっちめてやるべきですよ」

と、おねねは、頬にかすかな微笑をうかべた。

「若いそなたはそう思うかもしれませんけどね」

「若いも何もありません。けしからんのはあいつらです。太閤殿下の御恩をうけたものならそう思うにきまっています。あいつらをのさばらせておく手はない」

「そう。私だって、あのひとたちが、豊臣の正統を受けついでいるとは思いません」

静かにおねねはうなずいた。

「子供こそありませんが、豊臣の家の命は、私の血の中にこそ生きている——そう思っています。でも……、それだからこそ、豊臣秀吉の妻として、私はしなければならないことがあると思うのです」

秀秋は黙ってまばたきをくりかえしている。

「豊臣家が天下を保つようになってから、しだいに世の中は太平になって来ました。あの唐入りさえなかったなら、国の中は、もっともっと豊かに、そして静かになっていたことでしょう」

「………」

「が、その太平が、太閤が亡くなるやいなや、またたくまに崩れてしまったということでは、あまりにも無念ではありませんか。ですから、この際、何とか戦さの起きるのを防ぎたいのです」

「でも、しかし……」

「むずかしいことは百も承知です。でも、やらないで腕をこまぬいているよりは、ましではありませんか」

今まで、ごく平凡な女と見えていたおねねが、ずっしりと、ある重みと威厳をもって
そこにいるのが秀秋にも感じられた。

——なるほど、豊臣家の正統を受けついでいるのは、やはりこの叔母御だな。

そう思いながら秀秋はたずねた。

「わかりました。そういうことなら、叔母上にすべてをおまかせしましょう」

「ありがとうよ、秀秋」

おねねは軽く頭をさげた。

「で、さしあたって、私にどうせよとおっしゃるのですか」

「何ほどのこともありませぬ」

秀秋に問われて、おねねはさらりと答えた。

「伏見城の攻め手に加わるのです」

「でも、城の中には、勝俊兄が」

ためらいを見せたとき、おねねは、ゆったりとした微笑を見せた。

「だからこそ攻めるのですよ」

「え？　何と仰せられる」

けげんそうな顔をした秀秋に、やっとおねねは自分の計画を打ちあけた。

勝俊、秀秋が戦うとなれば、自分は黙っているわけにはいかない。兄弟の仲を調停するという名目で城の中に入って、和睦の交渉をしてみよう。今となっては、こうするよりほかに和平の道はなさそうだから……

聞き終って、秀秋は、眉をよせた。

「しかし、叔母上、女性の身として、矢弾丸の飛ぶ中をおいでになることは」

「心配はいりません。どうせ太閤の亡きあとは、余りの命です。惜しいとも何とも思っておりませぬ」

事もなげにおねねは首を振った。

「しかし、城に入られたら、徳川方は、得たりと、叔母上を人質にするでしょう」

「それでいいのです」

「は？」

「人質としてでも何でも、私が城にいるかぎり、よもや大坂方も、しゃにむに攻めて来ることはありますまい。形の上だけでも、私は秀頼の母なのですからね」

「………」

「そうすれば、いくらかでも時をかせげます。その間に、徳川どののことです。きっと兵をまとめて駈けつけるでありましょう。その上で正式に和議に及んでも遅くはないのです」

「なるほど」

「それよりほかに、このせっぱつまった情勢を、切りぬける手があろうとは思われませぬ」

秀秋が何よりも感動したのは、この叔母がからだを張ってものを言おうとしていることだった。

「わかりました。仰せのとおりやってみましょう」

「ありがとう、よろしく頼みます」

「叔母上も、くれぐれもお大事に」

老年に近づこうとしているこの女性の決意には、何を措いても従わねばならない、という気がした。

まもなく秀秋は伏見へ向けて出陣した。

が、じつは情勢は大きく変化しつつあった。このとき、秀秋も、おねねもまだそのことに気づいてはいなかった。

情勢の変化——。すなわち、かんじんの勝俊が、伏見城を出てしまったのだ。おねねのせっかくの計画も、これでは全く水の泡となるよりほかはなかった。

——せめてしばしの和平を。

そう願ったおねねの思いもむなしく、周知のごとく、伏見城では、徳川方と大坂方の血みどろな戦いが始まってしまうのである。

伏見城の凄惨な戦いを物語るものに、「血染の天井」というのがある。京都のいくつかの寺院に行くと、多分案内人が説明してくれるはずである。

「この天井は伏見城から移築したものでありまして、当時伏見城を守った鳥居元忠以下は城を枕に討死、あれは、元忠の流した血の跡であります」

真偽のほどはとにかく、この戦いが壮絶きわまるものであったことは事実である。それを予感して、この戦いをとめようとしたおねねは、なかなか先見の明があったことになる。

おねねは、このとき、秀秋を説得する一方、勝俊の許に、ひそかに使者を送りこんでいた。

ところが、どうしたわけか、使者は勝俊の許に達しなかったのだ。それがおねねの計画を挫折させた大きな理由だったが、それに加えて、勝俊の日頃の心のやさしさが、かえって裏目の結果を招いたともいえるようである。

木下一族の中ではちょっと毛色の変った勝俊は、和歌をたしなむ風流武将だったが、それだけに無益な戦いを好まないたちだった。もちろん家康が彼を伏見城に入れたのは、大坂方への思惑があってのことだということは承知もしていたし、城中にあっては鳥居元忠とも連絡をとって、それなりの和平工作はしたのだが、大坂方の攻撃が必至だとわかると、見切りをつけるのも早かった。

――ここにいては、ますます俺の立場は変なものになってしまう。豊臣秀頼と直接の血のつながりはないにしても、もっとも近い家柄にある勝俊としては、どうしても大坂方に対して矢を放つ気にはなれなかった。かといって、ここでにわかに態度を変えて鳥居元忠を討つ気にはとうていなれない。思いなやんだ末に、とうとう兵をまとめて城を出てしまった。

戦国武将にしてはやさしすぎる彼の心情を、おねねは日頃愛していたのだが、今度はそのやさしさに、おねねは裏切られたことになる。皮肉にも、日頃手のつけられない乱暴者と思われていた秀秋が、かんたんに丸めこまれたのと全く対照的な結果が出てしまった。

「まあ、勝俊は城を出てしまったのですか」

知らせを聞いた瞬間、さすがにおねねは絶句した。生涯の最後を賭けた和平工作は、ついに不発のままに終ってしまったのだ。

――万事休す。

である。

もし、おねねがこの和平工作に成功していたら？　こうした仮定のせんさくをすることは無意味なことではあるが、もしそれが実現していたら、多分おねねの政治力は、かなり高く評価されたろうし、大坂、徳川双方の運命も大分ちがったものになっていたかもしれない。が、運命の神はついに彼女に歴史の表舞台に登場する機会を与えなかった。

――平凡な女は、平凡な道を歩め。

あるいは神はそう言いたかったのであろうか？

ところで、勝俊が城を出たおかげで微妙な立場におかれる人間が出て来た。いわずと知れた小早川秀秋である。

勝俊が退城したとき、秀秋はすでに陣中にあった。つまり彼は、おねねの計画が挫折したことも知らずに出陣してしまったのである。

それだけに、彼の伏見城攻撃ぶりは、めざましかった。

――秀秋が攻めているぞ、ということが、勝俊兄にわからなくては駄目だからな。

そう思いこんでいる彼は、馬印を押したて、部下の将兵にも、派手におめき声をあげさせた。彼の陣から射る火箭は、しばしば城内の柱に突きささって、あちこちに火の手をあげた。

――うまいぞ、うまいぞ。

どっちかといえば、彼は、その場の雰囲気に酔って興奮するたちの人間である。どうせ芝居だと思うと心も軽く、

「もっとやれ、もっとやれ」

公然と火遊びを許された子供のように浮き浮きした調子で部下を叱咤した。じじつ、伏見城が火に包まれ、落城のやむなきにいたったのは、秀秋の陣から射こまれた火箭に負うところがいちばん多かった。

もちろん城内からも猛然と反撃の火箭が射こまれて、秀秋の先陣のしつらえた仕寄せの竹束は、またたくまに焼失した。

「退け、退け、そこは危ないぞ」

旗本から伝令が飛ぶが、

「なにをっ、誰が、くそ!」

秀秋の計画など知るはずもない末端は、すでに戦場の異常な興奮状態に巻きこまれてしまっていて、耳をかすものは誰ひとりいない。

このとき秀秋の先陣をつとめていたのは、松野主馬という部将だったが、その配下の村上三右衛門という侍が進み出た。

「このまま仕寄せも作らずに退陣いたすのは、あまりにも無念でござるによって……」

竹束に急造の壁下地をくりつけ、そこに、これも大急ぎで土をこねて塗り、即席の防火壁を作りあげた。

「さあ来い、もう一度射てみろ!」

大見得を切って豪語したのも無理はない、以後飛んで来る火箭は、いずれもこの防火壁に突きささって消えてしまった。

　こんなはでな攻めあいをしたから、この日、両軍の視線は、残らず秀秋の陣にそそがれたかたちになった。何事につけ、注目をあびたい秀秋は、すこぶる上機嫌である。

　――さあて、これでよし。それにしても、遅いな。叔母御も、もうそろそろ来てもいい時分なのに……

　何といっても女性の身、馴れぬ軍陣でうろうろしているのではなかろうか、といらいらしたそのとき。

「殿っ」

　側近が一通の書状をさしだした。

「北政所さまよりの急使でございます」

　とりあげて見るなり、秀秋は、即座に、

「何だとっ！」

　書状を床に叩きつけた。まだその場にいたその侍は、自分が怒られたのかと思って腰をぬかした。

「阿呆めが！」

　勝俊退城の知らせが届いたのだ。

　いまさらどうにもなるものではなかった。

——ふん。どうしてくれるんだ。兄貴の大阿呆めが！

罵ってみても仕方がない。すでに戦いは手のつけられない速度でひろがってしまっているではないか……。そして秀秋が、その場を退くに退かれずもたもたしている間に、伏見城は落ちてしまったのである。

都へ入るなり、彼は、不満をおねねの前でぶちまけた。

「なんということです、これは」

さらに呆れかえったのは、おねね自身が、この計画の齟齬に、あまりへこたれていないことであった。

「ほんとうに、戦さというものは、思うようにいかないものですねえ」

そのゆったりと微笑をうかべた頰を見て、秀秋は、ますます腹を立てた。

「思うようにいかぬのなんのではありませぬ。勝俊兄が腰ぬけなのです。伏見城に入った以上、自分がどんな立場にあるのかぐらいは、わかりそうなものではありませぬか」

「ま、それはそうだけれど、かんじんの使が着かなかったというから……」

この場におよんで、まだ勝俊をかばう口ぶりを見せるおねねに、秀秋は苛立った。

「叔母上、叔母上は兄貴が小さいときからごひいきでしたがね、あんなやつは、武士ではありませせぬ。日頃、歌だかヌタだか知らんが、つまらんものをひねくりまわしているから、性根がすわらんのです」

「でも、人はそれぞれ好みもあることだから」

「好みもへったくれもありません。おかげで私は、とんだ目にあいました。むざむざ、あの治部めの手先になって、働いてしまったではありませんか」

できれば鉄砲一発でぶち殺してやりたいと思っていた相手のために手を貸してやってしまったとは……

「それというのも、あの腰ぬけ兄貴のせいと思えば」

「まあ、そう怒りなさるな」

「だから叔母上は、兄貴に甘いというのです」

食ってかかると、おねねは、もう一度、やんわりと微笑をうかべた。

「甘いのではありませぬ」

「え？」

「過ぎてしまったことはどうにもならない、と言っているのです」

「…………」

「いまさら勝俊を怒りつけても、伏見城がもとに戻るものでもありませんからね」

どうやらこのとき、腹を据え、先を見通していたのは、秀秋よりもおねねのほうであったらしい。

「かといって、叔母上、私の立場が……」

なおも不満げな秀秋に、おねねは言ったのだ。

「そなたも不服をならべるよりも、まず、あとの才覚を考えることですね」

「え?」

「そなたのしたそのことが、思いのほかのめぐりあわせをもたらすかもしれぬ」

「は?」

「いや、もたらすようにするのがそなたの才覚ではないか?」

秀秋は、しばらくおねねの顔をみつめていた。

才覚?

どんな才覚をしろと、この叔母は言うのだろうか。もうここまで来てしまっては、いまさらどうなるものでもない。こんな大事なときに事志とちがって、憎いと思ったやつに手を貸してしまったではないか。いま秀秋は、先へ進もうとあせりながら、巨大な人の流れに巻きこまれて、後へ後へと押し流され、もがき続ける自分を感じているのだ。

と、彼のそうした心の中を見すかすように、おねねは言った。

「子供のころだったら、あたりのものを手あたりしだいに投げつけて、わめきちらしているところでしょうね。そなたは小さいときから、ひどい駄々っ子だったから」

「……」

「でも、そなたもすでに十八。地団駄ふんでわめく年ではないはず。それに物事というものはね、すべて終ってしまったようにみえても、人間が死なないかぎり終りはしないものなのだよ」

「……」

「いま、そなた物事がくいちがって、万事終ったとお思いだろうけれど、どうしてどうして」

にっこりそう言うおねねに、秀秋は突っかかった。

「叔母上はそうおっしゃいますがね、もう私は渦に巻きこまれてしまいました。ちっとやそっとではぬけられませぬ」

「それなら……」

ゆったりとおねねは言った。

「しばらく巻きこまれているがいいではないか。巻きこまれていて、渦の流れを変えてしまうことだってできるのですからね」

「え？　それはどういうことで？」

「いま、そなたは、大坂方の渦の中にいるわけです。誰も彼も——大坂方も徳川どのもそう思っています」

「はあ」

「それは、見方によっては、そなたのつけ目ではありませぬか」

「は?」

きょとんとした顔をしている秀秋に、おねねは一語一語区切るように言った。

「それと、そなたが心の中で思っていることと、どう結びつけるか……。それから先は、そなたの智恵の見せどころ、そうは思いませぬか」

それ以上、おねねは言わなかった。決して俊秀ではないが、かなり山気もあるこの若者には、これ以上に手をとり足をとって、身のふり方を教えてやる必要はないようであった。

いや、それより、その時点でおねねの心にかかることは、ほかにあった。

伏見落城で、戦火の拡大が避けられないとなれば、さしあたって、家康に従って東下した連中はどうするのか。その中には、おねねがすすめて従軍させた浅野幸長らもまじっているのである。しかも大坂方は彼らの許に密使を送り、「太閤の御恩を忘れない者は大急ぎで大坂に集まれ」などと言っているらしかった。

「太閤さまの御恩」

当時の諸将にとって、このくらいききめのある殺し文句はなかった。大坂城にいるお茶々や三成は、だから、ことあるごとにこれをふりかざして、味方をふやそうとした。

が、おねねにとって、彼らのこうしたやり方ぐらい心外なものはなかった。

——私のことを大坂城から追い出しておきながら、何が太閤さまの御恩なものか……

「本家はこっち！」

と大声でどなりたいところである。いや、おねねがもう少し権勢欲の強い女だったら、浅野、木下らの親戚をかき集めて、とっくに一戦に及んでいたはずだ。

が、おねねはそれができるようなたちではない。しかも都にいると、見渡すかぎり日本じゅうが西軍になってしまったようにさえみえるのだ。

――幸長を徳川につけてやってしまったけれど……

はたしてそれでよかったのか、とふと迷いも起きてくる。

「秀頼さまへの忠義はすなわち、太閤殿下への御恩報じ」

というかけ声は、さすがにかなりの動員力を持っている。心ならずも、その威力を見せつけられて、おねねの胸の中は複雑だった。

しかも、この言葉は、秀吉子飼いの武将に対しては、最も効果があった。

於虎や市松――加藤清正、福島正則などという連中が、「太閤」という言葉を聞けば、一も二もなく、大坂方へつくのではないか。東国へ赴いた福島正則の許に、盛んに密使が飛ばされているということも、ちらちらおねねの耳に入って来る。秀秋には、時機を待て、と言ったおねねであったが、こうなってくると、はたして巻きおこった渦がどの方向へ流れてゆくか、すぐには見当がつきかねた。

「こちらからも使を出してみましょうかな」

おねねの周囲の警固にあたっている兄の家定も気を揉みはじめている。が、勝俊のとき同様、その使が行方不明にでもなったらと思うと、うかつな手紙も書けない。

その間にも、西軍は前進を開始し、反大坂方の京極高次の居城、大津を攻略した。と、ちょうど、そのころである。

「来ましたぞ、来ましたぞ！」

家定が白いものをちらつかせてとびこんで来た。

見れば熊本の加藤清正からの手紙だった。

「ま、なんと……」

開くのももどかしげに眼を走らせてゆくおねねの表情がぱっと明るくなった。

「大坂方では、太閤の御恩をふりかざして同調を求めて来ておりますが、私は断りました。もし太閤の御恩に報いるとならば、北政所さま、あなたさまの身をお守りすること以外はないはずでございます」

——於虎……

思わず眼をしばたたかせた折も折、福島からも同じような手紙が来た。

——ああ、私はひとりぼっちではない。

於虎、市松と呼んでいたころと同じように、彼らは私を支えていてくれる——

「手紙を……」

おねねは小さく呟いた。

「手紙を秀秋のところにやりましょう」

このとき、おねねが秀秋に書いた手紙がどんなものだったか、今は伝わってはいない。しかし、その後の彼の行動を見れば、その内容は、ほぼ見当はつく。

慶長五年九月十五日、いわゆる関ケ原の合戦の際、彼は、西軍の一部として松尾山に陣した。

このときの戦闘は辰の刻（午前八時）から未の刻（午後二時）まで、ほとんどぶっ続けに行われたという。その時代でも例のない壮絶なものであった。西軍は東軍に対して数的にはかなり劣っていたが、その戦いぶりはなかなか勇敢で、一時はさすがの戦さ上手の家康も、たじたじとなり、勝負はなかなかつきそうになかった。

その間、秀秋の率いる一万三千の将兵は、鳴りをひそめて、松尾山で静観を続けていた。西軍の総帥、石田三成からは、出陣を促す伝令がひっきりなしにやって来るが、それでも彼は動かない。

「早く起て！　なぜ動かぬ！」

西軍の諸将の苛立ちがきわまったとき、東軍の陣営から秀秋軍の前線に、一斉射撃が加えられた。

それを機に、秀秋は、起った。

にわかに松尾山を下り、喚声をあげた。

が、彼らがおめき叫んで突っこんでいったのは一斉射撃をしかけて来た東軍の陣ではなくて、隣りあわせに布陣していた、大谷吉継の陣なのであった。

押しつ、押されつ、五分(ぶ)の戦いをくりかえして来た両軍の均衡が破れたのは、このときである。松尾山を秀秋の旌旗(せいき)が下って来るのを見たとき、家康は、

「それっ」

と、全軍一時に喚声をあげさせた。こういうところが彼の戦陣心理学のみごとさでもあるのだが、東軍はこれに勢いを得て渾身の反撃に出て、たちまち西軍を混乱に陥れた。

それを見た脇坂、小川らの諸将が続いて寝返りを打ち、西軍の敗北は決定的になった。

まさにこれ以上は考えられないタイミングのよさで秀秋の裏切りは行われた。この日、十八歳の少年は、望みどおりに歴史を動かし、一世一代の主役を演じきったのである。

じつは、この日、この時刻まで、いちばんいらいらしていたのは、徳川家康だった。

かねて秀秋の内応は通じてあったから、彼は朝から松尾山ばかりを気にしていたのだ。

ところが、秀秋は静観を続けるばかりで、いっこうに動きださない。

「秀秋め、変心いたしたかもしれませぬな」

側近からもそういう声が囁かれるにいたって、家康は爪を嚙んだ。

「小僧め、俺を欺いたか」

総帥にもあるまじき取乱し方だが、この爪を噛むというのは、家康が生涯の危機に陥ったとき、思わずやらかしてしまう癖なのである。

「もうがまんならぬ、一発くらわせてやれ！」

半ばやけっぱちでぶっ放したのが、そのときの銃火なのだが、それが秀秋を促すきっかけになった。

もしも、こうまで追いつめられていなかったら、家康は秀秋の裏切りをそれほど感謝はしなかったろう。

が、このときの秀秋の出撃は、家康方に起死回生の機会を与えた。家康と秀秋——二人の戦術家としての才能は、問題にならないほどのひらきがあるにもかかわらず、徳川方の命運を決したこの戦いにおいて、家康は完全にこの十八歳の若僧にひきずられたかたちになった。このあたりが歴史というもののおもしろさなのであろう。

戦いが終ったあと、家康は関ケ原の一角、天満山の西南にある藤川の高地で首実検をし、諸将を引見した。第一番にやって来たのは黒田長政だった。家康はその手をとって労(ねぎら)い、佩(は)いていた吉光作の太刀を脱いで彼に与えた。

以下諸将が相ついで戦勝の祝いをのべにやって来た。

ところが、秀秋は、なかなか姿を現わさない。

「金吾はどうした、金吾は？」

むしろそれを気にしたのは家康のほうである。さっそく使を走らせて彼を招き、その姿を見ると、床几から起ちあがって彼を迎えた――というより、その顔を見たとたん、しぜん家康の腰が浮き上ってしまった、というところなのであろう。

が、ここでも秀秋は、家康より一枚上手の芝居をやってのけた。迎えに起った家康の視線をわざと避けるようにして地にひざまずき、

「伏見城におきましては、心ならずもお手向い申しあげまして……」

家康はみなまでは言わさず、

「うん、もうよいよい……」

すこぶる上機嫌に言うと、ますます秀秋は謙虚になった。

「せめて今後の石田攻めには先陣を仰せつけられますよう」

十八にしてはできすぎた応対である。日頃の考えなしの秀秋にしては、この一日の行動は、まさに別人の趣がある。

してみると、これは、かなり誰かの入智恵があったと見てまちがいない。そしてそれだけのことを彼に教えこみ、みごとに彼を操れるのは、おねねを措いてほかにはないはずである。読みの深い家康は、とっくにそのことを見ぬいていたにちがいない。だから、彼が床几を起って秀秋を迎えたのも、目の前の若僧に対するよりも、その後ろにひかえたおねねへの敬意のためだったのかもしれない。

いや、秀秋だけではない。福島正則、浅野幸長はじめ、東軍のために働いた諸将は、言わず語らずのうちに反お茶々勢力として、おねねのために この戦いに加わったといってもよい。そのあたりの計算を忘れておねねを抱きこまなかったことが、西軍の大きな敗因だともいえよう。

見方によっては、関ケ原の合戦は、お茶々とおねねの合戦でもあった。おねねはみずからは指ひとつ汚さず、まずお茶々に一撃を加えたのである。

もし、関ケ原の合戦以前に、西軍が、おねねを抱きこんでいたら？

終ってしまったことについて、こうした仮定は意味のないことであるが、もしそうなっていたら、歴史は大分変っているのではないか。

第一、福島、加藤、浅野などのおねね子飼いの諸大名は、残らず西軍に馳せ参じるであろう。

それよりも大きいのは、小早川秀秋の動向である。あのとき、彼が西軍を裏切らなかったら、勝敗は逆転していたかもしれないからだ。

関ケ原で手痛い敗北を喫したあとで、はじめて西軍の諸将はそのことに気がつく。なかには、あからさまに、おねね側にあてこすってゆく者もいる。一本気の憤慨居士、立花宗茂が、その例だ。

関ケ原で敗れた西軍が退いて来るとき、京都にあった木下家定をつかまえて、彼は言ったのである。

「かくなる上は、いざ大坂城へ籠って一戦をつかまつろう」

——お前の息子の裏切りで味方は敗れた。さあ、お前は大坂城へいって、そのつぐないをつけろ。

立花宗茂の胸のうちは、そんなところであったろう。

が、このとき、家定は、この宗茂の申し出を、はっきり断った。

「木下一族の一人として、もし敵が攻めて来たら、まず守らねばならぬのは、北政所そのひとでござる。大坂へ参るかどうかは、そのあとでゆっくり思案いたしたい」

俺はむざむざお茶々のために手を貸すようなことはしないぞ、というわけである。三成が捕えられて殺され、孤立感を深めていったお茶々は、

——なにを、小癪な。

と思う一方、おねねの持つ影響力の強さに、内心舌を巻く思いだったのではないか。

ふつう関ケ原の戦いといえば、徳川と豊臣の戦いだ、というふうに見られているが、その裏には、微妙なおねねの立場が一枚嚙んでいることを見逃してはならないのである。

これが単なる徳川、豊臣の戦いだとすれば、徳川についた福島、加藤、浅野らの秀吉に最も縁の深い諸大名の動きは、全く忘恩の徒の振舞といわねばならなくなる。

が、彼らは彼らなりの理由——おねね派であるという理由があった。だからこそ、何

のためらいもなく、徳川方に味方する道を選んだのだ。そして、

「私こそ、豊臣の正統」

という、おねねの誇りがその支えになっていたのである。

表面的に見れば、いかにも勝負をおりてしまった感じのおねねだが、彼女の存在の重みを、無言のうちにしめしたのが関ケ原の戦いなのであった。

東山夕景

家康は智将である。

それが一面には「狸じじい」という評を生むゆえんなのだが、この彼の智略、いいかえれば、すぐれて狸的（?）なる一面が、最もよく発揮されたのが、この関ケ原合戦のあとであった。

あの大合戦のあと、息もつかせずに石田三成の佐和山城を攻略する一方、三成、小西行長ら今度の戦いの張本人を捕虜にしたあと、ただちに大坂城との取引を始めたのだ。

すでに誰の眼にも勝負はあきらかである。が、ここで手をぬかずに念を入れるのが家康一流のやり方だ。まず彼は大坂城の西の丸――すなわち、関ケ原以前に彼の本拠とした所に代って入城している毛利輝元に、他意はないと言って安心させ、城を退去させた。

と同時に、お茶々の側近の大野治長に言ってやった。

「三成らは、今度の挙兵について、すべて秀頼公の御命令だといって諸侯を動かしたが、まだ公は幼年である。しかもその母君は婦人の身、多分何もご存じないのであろう。いわばお二人は三成に利用されたにすぎない。だから某（それがし）としては、お二人には何のうらみもいだいておらぬ」

これほど筋の通らない話はないではないか。秀頼はともかく、お茶々が今度の合戦に一役も二役も買っていることはまちがいない。それを、お茶々のほうから弁解するならともかく、家康が、わざわざその言いわけまで考えて言ってやったのだから、呆れるほど親切だというよりほかはない。

もちろんお茶々は、これ幸いとばかり、家康の申し出にとびついた。

「そうですとも、そうですとも。私はちっともそんなことを考えてはおりませんでしたわ」

こうして、みごとに家康を丸めこんだつもりになったところが思慮の足りなさである。家康は無理をしないたちなのだ。時にはこんな見えすいた手をつかって、じっくり時を待つのだ。それとも知らず、お茶々は家康への憎悪をひっこめる。そして、そのかわり、お茶々の心は微妙な屈折を見せて、家康にむけるべき憎悪を、まとめて、おねねへとぶっつけていった。

とにかく、大坂城の女あるじは自分だという自負があるから、別行動をとっているおねねが、どうにも気にいらない。

──あの女のいるおかげで、何でも話が面倒になるのだ。加藤や福島、小早川などをそそのかして小細工をやったけれど、ごらん、徳川はやっぱり、私と秀頼には頭が上らないのだよ。

そうしたお茶々の心の動きは、離れていてもおねねにはよくわかる。

──あのひとには、時勢というものがまだ何もわかっていない。

関ケ原の合戦ではあきらかに勝っていながらも、おねねの心の中はなぜか淋しい。

ともあれ、関ケ原合戦は大名の分布図を大きく塗りかえたが、木下一族は、おねねの働きによって、無事安泰を保っている。

出世頭は小早川秀秋で、戦後、備前・美作五十万石の大身に出世した。

兄の家定は、大坂方の誘いにのらなかったという理由で、直接戦争に参加はしなかったが、播州姫路二万五千石はそのまま安堵──もっともこのあとまもなく、所領を備中国の足守(あしもり)に移されたが禄高には変りがなかった。

その子延俊は、父に代って姫路城を守り、さらに大坂方に与(くみ)した福知山城の小野木公郷を攻めてこれを陥落させた功によって、新たに豊後速見三万石の領主となった。彼はすぐさま領内の日出(ひじ)に城を築いた。これが日出木下氏の祖である。

が、何といっても、おねねのおかげをこうむったのは延俊の兄の利房であったろう。大坂方の誘いに応じて家康側を敵としたので、本来なら死罪となるところであったが、

「北政所ゆかりの者であるから」

という理由で、所領没収だけで事がすんだ。

兄弟の中で、いちばん損をしたのは、長男の勝俊である。生れつき気のやさしい彼は、伏見城の守りを委されていながら、さっさと城を出てしまったおかげで所領は没収されてしまった。

おねねは、いちばんかわいがっていた甥だけに、何とかしてやりたいと気を揉んだが、

「ええ、いいんです、これで」

本人は、しごくあっさりしたものであった。

「私自身どちらの味方に立って戦う気にもなれなかったのですから。それに、私は生れついて、どうも領主という器量ではないらしい」

静かに微笑をしてみせる。

「じれったい人ですね、そなた」

これにはおねねも呆れるほかはなかった。

「はあ、国を治めるとか、年貢をとりたてるとか、家来を操ってゆくなどは、めんどうくさいのです。それより私は、やはり風月を友としてゆきたい」

「そういえば、そなた、小さいときから庭を眺めたり、和歌を作ったりするのが好きでしたね」

ちなみにこの勝俊、のちに長嘯子と号して『挙白集』という歌集をのこしている。当代きっての文化人ではあったようだ。

が、おねねにしてみれば、そんな勝俊がふびんでならない。京都の屋敷に顔を見せれば、

「小袖はいりませぬか、勝俊」

「おお、今日はおいしい魚が手に入ったゆえ」

何でもくれてやろうとする。

「へえ、叔母上はよほど人にものをくれるのがお好きとみえますな」

夏の初め、例によって勝俊がやって来ると、おねねは、忙しそうに大きな籠の中を覗いたり紙をひろげたりしていた。

「叔母上、何ですか、それは」

「おや、よく来ましたね」

おねねは大きな籠に突っこむようにしていた顔をあげて勝俊のほうをふりむいた。

「いま、瓜が着いたのですよ、西山の初瓜が」

ほれ、というように、手のひらにのせて、その一つをさしだした。

青い未熟な肌が、いかにもみずみずしく初夏の食欲をそそる。

「ほう、うまそうですね」

手にとろうとすると、

「あ、だめだめ、ちょっと待ちなさい」

「どうしてです」

「禁裡さまへさしあげてから」

「ほ、これをですか？」

「ええ、あの方が生きておいでのころは、時々さしあげていたのを思い出したのです」

それからおねねは、

「あ、これは、ちょっと傷がある」

「これは熟れすぎのようね」

いかにも昔の世話女房に戻った感じで、いそいそと瓜を選びだした。こうして献じられた瓜に対して、朝廷からは香袋の下賜があった。

以来、おねねは、年数回にわたって、季節の香りのする蜜柑とか柿とかをせっせと献上するようになった。こうしたものを献上するのは別に珍しいことではなく、家康やその子秀忠、そのほか各公家の家からも、たえず、行われていたことであったが、おねねのそれは、特に几帳面であった。

今のこる『御湯殿上日記（おゆどののうえのにっき）』というのは、宮中の女官のつけた宮廷記録であるが、そこにしばしばおねねの記事が登場する。

閏四月十日　まん所よりうり一折りまいる
八月一日　まん所よりかき一折まいる
九月五日　あり（梨）御まな（魚）
十一月一日　みつかんまいる

どこやら、おかみさんじみた義理堅さで献上を続けるおねねに、勝俊は呆れかえった。

「まったく、叔母上は、人にものをくれるのがお好きですなあ」

「ほ、そうかしら、そなたもおあがり」

が、お気に入りの勝俊も、おねねが、どんな気持でいるかは気がつかない。

朝廷に献じられた以外のものは、気前よく一族やら昔なじみに分けあたえられる。

「政所さまのお気前のいいことよ」

感に堪えたように言う彼らも、おねねが、こんなふうにするときは、ひどく淋しいときなのだということには気づいていない。

昔秀吉が浮気している最中、信長のところへ挨拶にゆくにあたって人目を驚かせるほどの献上品を積んでいったのもその表われなのだが、今のおねねは、それと同じ心境なのである。

表面はあくまで陽気に、その淋しさに耐えながら、おねねは、しだいにこの世の中から退場する準備をすすめていった。

——もう私の仕事はすんだのだから。

そんな思いを強くしたのは、慶長八（一六〇三）年七月に行われた秀頼と家康の孫娘——秀忠と例のおごうとの間に生れた、千姫との祝言であった。おごうは、小吉秀勝と死別した後、秀吉によって、秀忠と結婚させられていたのである。

秀頼は十一歳、千姫は七歳、形だけの夫婦ではあったが、ともかく、これで秀吉の遺言は履行されたわけだった。

——これでいい。

もう二度と両家の仲がこじれることもあるまい、とおねねは思った。と同時に、かねての望みを遂げる日がやっと来た、という気がした。

かねての望み——

それは夫秀吉の冥福を祈って仏門に入ることであった。

ところで——いよいよおねねが、その覚悟を決めたとき、朝廷から、思いがけない沙汰があった。

「おねねに、高台院という院号を賜わる」

故関白秀吉夫人・従一位という地位に対する遇し方といってしまえばそれまでだが、一介の下級武士の娘に生れ、生涯の終りに朝廷から院号をもらったのは、けだしおねねが最初であろう。

——もったいない。
おねねは、また持ち前の気前のよさを発揮して、手厚い返礼をする。
天皇には　銀　五十枚
　　　　　緞子　十巻
女院には　銀　二十枚
　　　　　緞子　五巻
女御にもおなじく
使に来た長橋局や、その他の女官にも、それぞれ細かな気づかいを見せた。
「まあ、高台院さまは、何と気のつくお方か」
物をもらって悪口を言う人間はいない。ましてそのころの宮中の女官は、こうしたもらいものをあてにして生きているような連中だったから、おねねの豪勢な贈物には相好をくずして喜んだ。
「今までも、瓜や蜜柑やらを、ずいぶんいただきましたけれど、ほんとうにやさしいお方ですこと」
おねねの評判は、さらによくなったらしい。
が、そんな噂を聞きつけて、ひどく機嫌を損じている女性があった。
大坂城の女あるじ、お茶々そのひとである。

「まあ、あの女が、御所から院号をですって！」

まわりがはっとするほど形相が変った。

もともと、気位だけを生甲斐にして生きて来たようなお茶々である。

――私は浅井長政の娘、織田信長の姪、秀吉なんかはその草履とりにすぎない。

その秀吉の妻となってからも、心の底からは、そうした意識は消えていない。まして

おねねは下臈の娘である、と思いこんでいる。

が、今度の院号は、はしなくも、おねねが、従一位であることを思い出させた。それ

にくらべて、ああ何たることか、自分は何ひとつ位を持ってはいないのだ。

――ふん、なにさ、成上り者のくせに。

唇を曲げてお茶々は言う。

「やたらに禁裡へいろいろ物を運ぶと思ったら、やっぱり院号をもらおうっていう下心

があったのですね」

おねねが高台院と名乗るようになったあと、歴史書を開いてみると、面白い現象が目

につく。秀頼とならんで、お茶々から朝廷への献上品が時々目につくようになるのだ。

――なんでおねねふぜいに負けるものか。

というお茶々の勝気さの表われであろうか。

さらにお茶々は、院号によって傷つけられた自尊心を、秀頼の存在によっていやそう

とした。

——私には秀頼という子がいるのよ。これだけは、あんたがいかに逆立ちしようったって、及びもつかないわね……

一にも二にも秀頼。

このころのお茶々は、まさにそれしかなかったといっていい。

——この子を、夫秀吉以上の名関白に仕立てあげねば……

おねねの鼻をあかすには、これ以外の道はないのである。

家康の孫娘千姫との婚儀の終ったころから、お茶々は、秀頼に対して、本格的な帝王学教育を始めている。

「もう、そなたも子供ではないのですからね」

公家の中でも学のあることで知られている舟橋秀賢に、『貞永式目仮名抄』を書かせたのもこのころだ。「貞永式目」というのは、鎌倉幕府が作った幕府側の憲法のようなものだったから、武家の棟梁たるものは心得ておかねばならぬとお茶々は思ったようだ。

さらに『樵談治要』という本もとりよせている。これは室町時代に、一条兼良という学者が、将軍足利義政の夫人、日野富子に頼まれて、その子義尚のために書いた本である。

このほかお茶々は、『古今集』に始まる代々の和歌集もさがさせた。むずかしい学問以外に広く教養をというのだろうか。このあたり、まさに現代の教育ママそっくりである。

そして秀頼は、お茶々の望みどおりに成長した――と書きたいところなのだが、育ったのはからだばかりで、十一歳のころすでに十五、六くらいにみえたという。その後もこの過保護息子はむくむくと育って、大変な大兵肥満（だいひょうひまん）になり、馬の乗り降りも自分一人では大儀なくらいになったらしいが、頭のほうはさっぱりだった。

まして、真綿ぐるみで大事にされているから、精神の鍛錬は全くされていない。こらえること、人に気をつかうことなど、人間として、さらに政治家として、最も必要な修業は皆無であった。

が、お茶々はそれに気づかない。昔のしきたりに従って、大の男たちが少年秀頼の前に膝を屈して挨拶するのを見て、そのまま秀頼の偉さだと錯覚している。子供のないおねねには、それがわかりすぎるほどわかるのだが……

お茶々の秀頼に対する度はずれたこの溺愛ぶりと、しだいに豊臣家の渦からはずれてゆくおねねの姿に心を痛めている人間もないではない。

少年時代からかわいがられていた加藤清正などもそのひとりである。今は肥後の大名になっているが、大坂へやって来れば、必ずおねねのところに立寄っていく。

その清正が久しぶりに顔を見せたのは、慶長九（一六〇四）年の六月のことである。

これはこの年の三月末に江戸から出て来ていた家康に挨拶をするためであった。

この前の年、家康は征夷大将軍に任じられている。今度は将軍としての最初の上洛だったから、諸大名は続々と挨拶にやって来た。清正もその一人で、今度は海路大船に乗ってやって来た。朝鮮戦役での経験を生かして作られたらしいその船の大きさは、すでに都でも話題になっていたから、顔を見るなり、おねねは清正にたずねた。

「今度の船の乗り心地は如何でしたか」

「おや、もうご存じで」

「たいそうな船だと、都ではその話で持ちきりですよ」

「いや、たいしたことではありませぬ。故太閤殿下のころでしたら、人の噂にもならんところでしょう。が、家康公は万事質素だから、私の船でも目立って話の種になるのです」

「おや、徳川どのはそんなにお地味ですか」

「はあ、今年の春の上洛を出迎えた連中はそう申しております。ちょうど伏見城に入られるというその日、折悪しく雨が降って来ましたのでな、家康公のお通りまで、というので思い思いの松の木蔭に休んでおられたそうで」

「………」

「するとそこに、槍二筋、長刀一本、挟箱(はさみばこ)二つに徒士(かち)が二十人ばかり、乗物には質素な雨具をかけて、馬上のお供が十騎ほどの行列が、前触れもなく通ってゆかれたそうにございます」

「ほう」

「おおかた先触れの本多上野(ほんだこうずけ)あたりの行列かと思ってやりすごしたところ、これがなんと家康公の御行列でありましたそうな」

「まあ」

万事はでごのみだった夫、秀吉とはなんとちがうことか、とおねねは、半ば呆れる思いでそんな話を聞いた。

「が、それかといって、しわいばかりの方でもありませぬ。去年、将軍になられたあと、二条城で催された能の宴などは、なかなかみごとなもので——」

と、言いかけてから、ふと思い出したように清正は言った。

「そう申せば、その能のことでございますが——」

ひと膝すすめて、おねねを見上げた。

「今度の催しには、高台院もお連れ申しあげぬか——と、こう家康公が申しておられましたが」

「え？　この私に」

おねねは眼を丸くした。

「はい。たまには気分が変っておよろしいのではないかと……」

慶長九年六月二十四日は、朝からよく晴れた暑い日であった。

おねねは加藤清正の介添で家康の主催する能を見物するために二条城に出かけた。

関東武士の気骨がしみこんでいるからであろうか、二条城には聚楽第や伏見城のような絢爛さはない。そのかわり雄勁(ゆうけい)で剛毅、さして広くはないが、なかなか風格のある城であった。

「これはこれは高台院どの、よくぞ渡らせられた」

家康は、下へもおかぬもてなし方をした。

「あいにく、たいへん暑い日になりましたが、まあごゆるりとおくつろぎください」

相客は、冷泉(れいぜい)、四条など数人の公家たちばかりであった。

観世大夫(かんぜだゆう)がつとめる「二人静」、「舟弁慶」などを見物しながら、おねねは、少し妙な気持がしないでもない。

——大坂城の豊臣一族は、何もしてくれないで、他人の徳川家康が心づかいを見せてくれる。

「故太閤も、能がお好きであられましたな」

家康は、舞台を眺めながらそう言った。

「はい、名護屋におりますころに、病みつきになったらしゅうございます。毎日能を習うた、習うたと手紙をよこしましたが、帰って来て舞って見せてくれたところでは、あまり形にもなっておりませんでしたようで」

「ははは……」

家康はおかしそうに笑った。

「形にならぬのは、某の能も同じことでござる」

能がすんで、酒宴になってから、さらに言った。

「能の好きであられた太閤にちなんで、今年の豊国神社の祭礼は、七周忌でもあり、ぐっとはでに、能の趣向など凝らしましょうかの」

家康に言われるまでもなく、その年の八月、亡き夫の七回忌がめぐって来ることを、おねねは、心待ちにしていた。死んでから「豊国大明神」として祭られている秀吉のために、どんな形で祭礼を催すか、じつはその御相談もあって、今日は能にお招きしたのだ、と家康は言う。

「ま、関ケ原の合戦もすみ、無事太平が続いております。大坂とも打合わせて、できるだけ、華やかにいたしたい」

その意向をうけてか、その年の豊国神社の祭礼は、今までにない豪華なものになった。まず諸大名から、金覆輪（きんぷくりん）の鞍をおき、紅の鞦（しりがい）をかけた飾馬が二百匹献じられ、きんきらきんの御幣を押したて、その後ろには、京の町人たちが、風流笠（ふりゅうがさ）や鉾（ほこ）を作って従った。

もちろん秀吉ごのみの能も行われたし、町人たちはその笠鉾を持って踊りまわった。

——まあ、あの方の生きておいでのときのような……

おねねは思わずそのきらびやかさに涙ぐむ。

こんな祭のとき、おねねは、必ず主役であった。祭礼に先立っての神社参拝も、おねねがまず行ったが、お茶々はやって来ない。おねねについで参拝したのは松の丸どの京極龍子であった。

このときの豊国神社の祭礼の豪華さを、家康が豊臣一族を油断させるために行った狡猾なる計画だと見る見方もある。クラッセの『日本西教史』もその一つだし、バジェーの『日本耶蘇教史』も、

「人心を収攬せんがために」

すばらしい祭礼を行った、と書いている。

後に起る大坂の役と思いあわせれば、たしかにそうかもしれない。しかし、この時点では、彼が大坂の武力制圧をめざしていたという、はっきりした証拠をつかむことはできない。

もちろん、政権掌握はめざしていたかもしれないが、それよりも、彼の意向は、関ケ原合戦でとげとげしくなっている諸大名の心を、この際融和させようというところにあったのではないか。そして彼が何かにつけておねねをひっぱり出し、彼女を立てるように

したのも、その一つの表われであったかもしれないのだ。

おねねにしても、戦国を生きぬいて来た女性である。家康の行為に、ある下心を感じないわけではない。

しかし、こうした和平策は、また、彼女の望むところであったから、ことさら異をたてて、家康に対立する必要はどこにも感じなかったのだ。

――私がこうしていることが、世の太平に少しでも役に立つなら……豊臣の旧臣と徳川方の架け橋になれれば、それでいいではないか。

それをとやかく変な眼で見る者があるとすれば、その人の見方がおかしいのである。

とはいうものの、おねねは、あまり晴れがましい席は好まなかった。もともと庶民のおかみさん的なところを保ち続けて来た上に、もう仏門に入ったからには、それ以上公的な社会に顔を出すのは、いささかおっくうでもある。

祭礼のあと、そうした思いをこめて、おねねは、家康にさりげなくその意を伝えた。

「このたびの豊国神社の祭礼については、ひとかたならぬお骨折り、かたじけなく存じます。あたかも秀吉在世中を思わせる故人ごのみの賑やかな祭は、きっと、私の生涯の思い出になることでございましょう」

――生涯の思い出、というのは、もう二度三度と、こうした席に出たくない、という思いをこめてであった。

「今は心安らかに、夫や両親の冥福を祈って過しとうございます」

すでにこのときまでに、おねねは、京都寺町に、康徳寺という寺を作っていた。亡父杉原助左衛門と母のためのお寺で、寺領百石を寄付してある。

おねねは出家した以上は、京都の屋敷を出て、康徳寺に隠栖（いんせい）するつもりであった。

と、それから数日後、家康から使が来た。

土井利勝と名乗る男は、きびきびした口調でその口上をのべた。

「先日のお手厚い御挨拶、まことに痛みいりました。高台院さまには、いよいよお寺に御入室の御意向のように拝しますが」

それについて、と彼は膝をすすめた。

「康徳寺は高台院さまのお住いとしてはいかにも手狭、かねてそういう御意向もあるかと存じまして……」

おねねが呆れたのは、土井利勝の次の言葉を聞いたときであった。

「いずれ、高台院さまが寺を営むために、もう、ちゃんと地所を見つけておきました」

――家康という人、なんと手回しのよいお方か。

眼をぱちぱちさせているおねねを前に、土井利勝は、さらに具体的な話をすすめた。

「場所は、東山――都を眺めおろす一段の勝地でございます。もと、大徳寺開祖、宗峯（しゅうほう）妙超（みょうちょう）が修行をされた雲居院（うんごいん）という寺の跡で、ただいまは、岩栖院（がんせいいん）という寺になっております」

「でも、せっかく、そのお寺があるところに、私が入って行きましては……」

おねねがためらうと、利勝は事もなげに首を振った。

「いやなに、岩栖院のほうには、康徳寺の跡をやるからと、もう話をつけてあります」

「まあ」

「以後の伽藍創建については、私と酒井忠世に何事も仰せつけられますよう。普請奉行には板倉勝重を、さらに細かいことについては堀直政に、御用を承るよう命じておきました」

「それはそれは……」

そこまで話が進んでいては、もうおねねが口を出すところはないではないか。

さらに家康はこの新しい寺に四百石を寄進した。計五百石、寺号も、おねねの院号にちなんで高台寺と決った。

このときは、秀吉とおねねのゆかりの深い伏見の城からも建物を移して、眼を奪うばかりの絢爛たるものになった。また、この造営にあたっては、家康の家臣たちばかりでなく、福島正則や加藤清正も、もちろん合力を惜しまなかったようである。

残念ながらこのときの高台寺はおねねの歿後、寛政元（一七八九）年に焼失し、再興後は、当時のおもかげには及ばなかったといわれている。しかもこの建物も幕末になって火災に遇い、今は一部を残すばかりである。その一部というのは開山堂と豊公廟だが、いずれも極彩色の桃山ふうのもの。なかでも室内を飾る豪華な黒漆の金蒔絵は、高台寺蒔絵と呼ばれている。

この高台寺が作られはじめたころ、家康は都を発って江戸へ帰っていった。そのころの家康は、正月は江戸で迎えるが、三月ごろまでには上洛し、半ば以上を伏見か二条城で過し、秋の半ばすぎに帰ってゆくというのが例になっていた。

が、翌慶長十年の正月には、家康は、早くも九日には江戸を発した。翌二月には、その子秀忠も江戸を発って都へ向った。しかもこのときの行列のものものしさは、はるかに家康のそれをしのいでいた。一番榊原康政、二番伊達政宗、三番堀秀治……鉄砲千挺、弓五百張、その行粧は、その昔、頼朝が上洛したときの例にならったというからものものしい。

地味ごのみの家康にしては珍しいこの豪華ショーは何のためか？

ふと首をかしげたくなるが、その謎解きはまもなく行われた。

上洛して来た家康が、まず最初に行ったのは、征夷大将軍をやめることであった。この征夷大将軍という職は、慎重居士の家康が、あれこれ考えに考え、さまざまの工作を行った末に手に入れたものである。

関ケ原以前に、すでに内大臣に任じられていた家康だったが、いざ天下の権を手に入れてみると、摂政、関白のコースを選ぶのでは、いかにも豊臣秀吉のまねをするようでおもしろくない。

とすれば、残された道は、征夷大将軍になることである。が、当時は将軍になるのは、頼朝以来、源氏の血を享けたものにかぎるというような考え方があったらしい。それまで将軍だった足利氏が源氏の出だったせいもあるのだろう。だから秀吉も、一時は将軍になるべく、足利義昭の養子になろうとしたことさえあった。

が、家康は秀吉のような単純なやり方はしなかった。彼の手口はもっと知能犯的で、系図をでっちあげて、

「われこそは源氏の流れを汲むもの」

と主張したのだ。彼の旧姓は松平で、三河の土豪にすぎないのだが、これをまんまと源氏の一族、新田と結びつけてしまったのである。

こんなにまでして手に入れてからまだ数年しか経っていないというのに、なぜ家康は、あっさり将軍をやめてしまうのか？

答は簡単である。

わが子秀忠にその職を継がせるためだったのである。万事しまつやの家康が、秀忠の行列に張りこんだ謎も、これで解けようというものだ。そのものものしさを、

「頼朝の旧例にならった」

というキャッチ・フレーズをつけて宣伝したあたり、なかなか現代人そこのけのセンスではないか。

こうして、言わず語らずのうちに、「将軍職は徳川家のもの」という既成事実を作りあげてしまうところも、家康ならではのぬけめのなさであろう。

秀忠が征夷大将軍に任じられたのは四月十六日、その同日付で、内大臣になり、当時内大臣だった秀頼は右大臣に格上げされた。

さて、秀忠が将軍に任じられると、諸大名は、争って二条城に祝いにやって来た。

「このたびは誠に大慶至極に存じ奉ります」

誰も彼も既成事実の前には弱い。乱世を生きぬいて来た彼らは、人一倍、時の流れには敏感なのだ。

ところが――

この既成事実を、どうしても認めたがらない人間がいた。

大坂城のお茶々である。

――ふん、何が将軍家さ。

しぜん、家康はおもしろくない。

――さて、これをどう料理するか？

そのとき彼の頭に浮かんだのは、おねねの顔であった。

土井利勝が家康の命をうけておねねの許にやって来たのはその翌日だった。表向きは、高台寺の造作についての打合わせということでやって来た利勝は、席を起ちかけてさりげなく言ったのだ。

「秀頼公は、能はお好きでいらっしゃいましょうか。もし、お好みとあらば、新将軍家が、御一緒に御覧になりたいと申しておられますが」

「能を、ですか」

おねねが問いかえすと、

「左様」

利勝は大きくうなずいた。

「ひとつ高台院さまから、大坂の御内意を伺ってみていただくわけにはまいりませぬか」

「……」

おねねは、利勝の——いや利勝にそう言わせて来た家康の心のうちを、即座に見ぬいていた。

——能にことよせて、秀頼を呼ぼうというのだな。

が、おそらく、お茶々がうんと言わないであろうこともまた、すぐさま想像ができた。

——祝いに来るぐらいだったら、とっくに顔は見せている。

今まで何の沙汰もないということは、つまり、秀忠が将軍になったことがおもしろくないのである。
そこへ、祝いにやって来いなどと言おうものなら、どんなことが起るか。
しかも、秀頼はこのとき、名前だけではあるが、すでに右大臣になっている。という
ことは、つまり、位から言えば、内大臣の秀忠よりも上席にあるということである。
——それが、なんで、私のほうから出向かなければならないのです。
そう言われてしまえば、しいて言うことはできなくなる。
「なかなか、むずかしゅうございますね」
おねねは、やんわりと利勝に言った。
「左様かもしれませぬ。が、じつは……」
ここだけの話だが、と彼は声をひそめた。
「新将軍家御就任以来、とやかく申すものがございます。いや、噂かもしれませぬが、
事を荒だてようというものがおるとかおらぬとか……」
そうかもしれない。
関ケ原以来、世の中は小康を保っているとはいえ、決して楽観は許されない状態にあ
る。ここでお茶々が感情的になったり、それに付和雷同するものがいるとしたら？……
——とすれば、この際、両者の間に立って調停の役をひきうけられるのは、自分しか
ないのではないか。

ともかく何としてでも戦いになることは食いとめねばならない。

「それでは、私が使を出してみましょうか」

言うと、利勝は、肩の荷がおりた、というように笑顔を見せた。

「そうしていただけますならば……。いや、このような際、おすがりするのは、高台院さまよりほかはございませぬ」

お世辞ではない、真剣さがその口調にはこもっていた。

大坂への使者には、いわとるんをたてた。

「よろしいですか。あくまでも穏やかに言うのですよ。気性の強い方ですからね」

出発にあたって、おねねは何度もくりかえして言ってきかせた。

「大御所が能を御覧に入れたい——こう申しておられます、とね。それを本筋に話をすすめてください」

秀忠の祝いになどといえば、たちまちお茶々は、目をつりあげるであろう。この際事を荒だてる必要はないのである。そういうことは言わなくてもわかることだし、またそれを口に出さないのが政治というものではないか。

「かしこまりました」

そう言ういわもるんも何十年となくおねねの側で過して来た侍女たちだ。胸の中はわかりすぎるくらいわかっていてくれるだろう。

が、それでいて、いわとるんを出してやった夜、おねねはなぜか眠れなかった。
——あのひとたち、うまくやってくれるかしら。
なろうことなら、あの二人が行きたいところだった。自分なら、何とでもお茶々を説得する
ことができるが、あの二人では……
が、おねねが直接出向くのは、かえって事を表面化させる懸念があった。第一、従一
位高台院の大坂入りとなれば、すべてがものものしくなり、そうでなくとも、微妙な空
気の流れている折柄、悪質な流説が行われて、どんな事態をひき起すかもわからない。
——でも、今から考えれば、やっぱり私が行けばよかった。
悔いに似た思いが胸にひろがってゆく。
——いや、今からなら、まだ間にあうかもしれない。
いわやるんがてこずっていたとしても、ここで自分が飛んでゆけば？……
そうだ。闇にまぎれて行けば、誰にもわかりっこないわ。
決心すると実行に移すまで何ほどの時間もかからなかった。おねねは娘時代の身軽さ
に立戻って、宙を飛んで行く自分を感じた。
大坂城は、すっかりもとのままだった。が、自分のいた奥の局は、まるきり変ってい
た。おねねの好みにあわせて、すっきり簡素に作られていた、襖、障子類はすべて取り
はらわれ、きんきらきんの金ずくめ、そこにどぎつい蒔絵の机に蒔絵の硯、そして金屛

風を背に、自分のいつも坐っていた位置に、お茶々が、ひとり、胸を反らせて、驕慢な表情で座を占めていた。

しかも驚いたことに、そのお茶々もまた、きんきらきんの裲襠(うちかけ)を羽織っているのだ。

——まあ、呆れた人だこと。

内心そう思ったが、それよりおねねの気がかりなのは、いわやるんもいないことだった。

「あの女中たちは、ここに来ませんでしたか」

きくと、お茶々は冷然と答えた。

「ええ来ませんとも、そんな人たちは」

それから意地悪い眼付でおねねを睨みつけた。

「それより、あなたはなんで来たの？　ここは私のお城よ」

これ以上の侮辱があるだろうか。

——かりにも、秀吉の正室である私に、この大坂城に何しに来た、とは……

くやしくて声も出ないでいると、お茶々は、冷たい微笑をうかべた。

「何も言えないの？　そうでしょうとも。でも、私は、ちゃんと知っているのよ」

「……何を？」

辛うじて言うと、お茶々はまた冷たく笑った。

「あんたが、徳川の犬になって来たってことを」

「犬ですって？」

「そう。そのとおりじゃありませんか。あの狸めに尾を振って、秀頼を呼出しに来たんでしょう。ええ、それにきまってますとも」

「………」

「でもね、おあいにくさま。あんたがいくらくどこうと、秀頼は、秀忠のところへ祝いになんか行きませんからね。あの子が行くといっても、この私が許しません」

「どうして？」

「考えてもごらん。秀頼は右大臣ですよ。それなら、内大臣の秀忠が、自分のほうから挨拶に来るべきです」

「でも」

まくしたてるお茶々の前で、やっとおねねは口をはさんだ。

「秀忠どのは、お茶々どのの妹、おごうどののおつれあいでもあり、秀頼にとっては舅でもあるはず。なら婿が舅のところへ出かけるのは、あたりまえではありませんか」

「公のこととそれとは別です」

ぴしゃりとお茶々は言った。

「そう堅苦しく考えなくてもよいでしょう」

「何ですって」

お茶々の眼がつり上った。

「何が堅苦しいんです。私は、あたりまえのことを言ってるだけです。いいですか、秀頼が秀忠の前にひざまずいたら、一生頭が上らなくなります。そんなことになるなら死んだほうがましです。あの子を殺して私も死にます」

「まあ、なんということを……」

いよいよお茶々の眼はつり上った。

「豊臣家の人のくせに、あなたは、これがわからないのですねっ」

「いえ、私は、そんな体裁よりも、世の中の和平を——」

「和平。ふん、なんてそらぞらしい。たかが寺ひとつ作ってもらったからといって、家康におべっかつかうやつなんて、こうしてやる！」

お茶々の顔が、みるみる夜叉になった。

と、思うと、白い腕がするりとのびて、おねねの首筋をつかもうとした。

あっ、やめて！

白い指先の爪が魔性のように長い。

あの指を首に突きたてられたら？

ああっ！

叫び声をあげたところで目がさめた。

夢を見ていたのである。

おねねのからだは、ぐっしょり濡れていた。

──ああ、いやな夢を見た。

いわたちの大坂行きを気にしていたあまり、そんな夢まで見てしまったのではないだろうか。

夏の夜はあけやすい。

いつか闇は薄墨色に変って、朝が近づいていた。

「──御台（みだい）さま」

そのとき、部屋の外で、遠慮がちな侍女の声がした。

「お目ざめでございますか」

「何か用か」

「あの……たいそうお寝苦しそうで、うなされておいででございましたから。それに
──」

「え？」

「いま、使がまいりまして」

「大坂からか?」

「いえ。高野山からでございます」

「高野山?」

「はい。御隠栖中の織田秀信さま、御病状改まり、御逝去なされた由でございます」

「なに、秀信さまが……」

秀信とは織田信長の嫡孫——つまり本能寺の変で父に殉じた信忠の子で、かつての三法師である。

世が世なら、織田信長の跡を継ぎ、右大臣にでも何にでもなっていたはずの彼は、結局、岐阜城主どまりで終った。しかも関ケ原で西軍に味方したために、城を奪われ、髪をおろして高野山に入っていたのだが、その後からだを悪くし、二十六歳の若さでこの世を去ったのである。

ひとたびは、織田家の跡継として、秀吉にかつぎあげられたこの人物の死について、おねねも感慨なきを得ない。

——お家柄を思えば、お気の毒な。

が、乱世とはそうしたものであろう。いくら家柄がよくても名将の子でも、必ず父と同じ道を辿れるとは限らない。それぞれが自分自身の実力で生きぬいて行かねばならないのだ。

——とすれば、いくら、お茶々がやきもきしても、秀頼に天下を取れるかどうか。それに固執することは、かえって危うい。

——乱世を生きて来たお茶々なのに、それがわからないのだろうか……

やがて、いわとるんが帰って来た。

「ただいま戻りました」

くたびれはてて、げっそりした顔を見ただけで、おねねはすべてを了解した。

「御苦労さまでした」

「まことに申しわけございませんが……」

「もうよいよい。それより、お茶々どのが何と言われたか、あててみましょうか」

おねねは微笑した。

「は？」

「たってと言うなら、秀頼を殺して私も死ぬ、と言ったのではありませぬか」

「ど、どうしてそれをご存じで……」

二人は、きょとんとしておねねを見守った。

「私の眼は千里眼ですからね」

もう一度、おねねは微笑しながら、夢の中の、夜叉に変じたお茶々の顔を思い出していた。

大坂との交渉が不調だったことは、ただちに家康に報告された。

——私って、あまり物事をまとめるのは、うまくないのかしらねえ……

おねねはやや自信をなくしている。

関ケ原の前夜に、甥の勝俊と秀秋を使って和平工作をしようとしたときも、くいちがいが起ってみごとに失敗した。

そして今度も……

——それにしても、お茶々という人も、なんと了見の狭い人か。

年齢からいっても、経験、器量からいっても、家康、秀忠と秀頼では、誰の眼から見ても数段のひらきがある。頭を下げたところで、決しておかしくはない相手だ。いやむしろ、無理に肩肘いからして祝いにも出て来ないほうがかえって、人間が小さく見られるのではないか。

それに、一度ぐらい頭を下げたところで、それがその人間を決定的に位置づけることにはならないのだ。昨日までの主従の位置が今日は逆転するということも、知らないお茶々ではないはずである。

——が、あのひとにはそれができない。あれじゃあ、まるで棒を呑んだように、しゃっちょこばって一生を送らなければならなくなる。

なまじ小谷城主の娘として生れ、落城を経験したことが、お茶々を片意地な女にしてしまったのかもしれない。城を失った彼女を支えているのは、過ぎし日の栄光への誇りだけなのだ。

——昔はよかったのよ、私の家は。

辛うじてその思いにすがって生きている女にとって、誇りは一つの怨念でもある。その怨念の青い焔を燃やし続けて、お茶々はここまで生きぬいて来たといってもいい。だから、ちょっとでも、その誇りにふれるようなことが起これば、形相を変えて取り乱すのだ。

——たかが挨拶に行くか行かないかのことなのに、秀頼を殺すの、自分も死ぬのと。呆れるほかはない、とおねねは思う。

——そこへ行くと私なんかは気が軽い。どうせ昔はしがない武士の娘なんだから。どこまで陥ちこんでも、もともとだ。

誇りというものは、時によっては人間の重荷になるもののようである。そこへいくと、家康はさすがである。お茶々と同じ幼時から敗戦の苦労をなめて来ているが、そのことが、かえって彼の考え方に苦労人らしい柔軟さをもたらしている。

今度の秀頼上洛に関しても、

「不首尾でございました。申しわけありませぬ」

というおねねの報告を聞いても、いやな顔ひとつ見せなかった。

「なんの、なんの、お心づかい御苦労でござった」

おねねをねぎらうとともに、すらりと変り身を見せた。

「おいでにならぬとあれば、いたし方もない。では、一応こちらから、秀忠の将軍就任の挨拶をさせておきますかな」

だめとなったら、深追いはしないし、くるりと方針を変えるあたりが、家康の柔軟性であろうか。秀頼上洛案をひっこめると、すぐさま彼は、大坂へ使者をたてることにした。使を命じられたのは、家康の末子、上総介（かずさのすけ）忠輝である。晴れの舞台での使者といえば、いかにもものものしいが、このとき忠輝はたったの十四歳にすぎなかった。

——家康公もなかなか味なことをなさる。

おねねの思いはそれであった。

そのとき、秀頼は十三歳だから、同じぐらいの年頃の子供をさしむけたといえばそれまでだが、

——大坂への使など、子供でちょうどいい。

と言っているともとれるし、

——ほれ見ろ。忠輝だって、ちゃんと大坂城へ乗りこんで行くじゃないか。それができない秀頼は、よほど臆病だな。

と皮肉っているともとれる。

忠輝はなかなかきかぬ気の少年である。折目正しく家康の口上をのべ、その日のうちに伏見へ帰って来た。秀頼は、同じ年頃の少年の来訪を、大喜びしたという。

「ゆっくりしていかないか」

子供っぽい口調でそう言ったのは、まんざら口先だけではなかったようだ。

――してみると、今度のいきさつは、御母公のみのお取計らいで、秀頼公は何もご存じないのではないか、という気もいたしました。

悧発な忠輝は、帰って来てそう家康に報告したという。

が、お茶々は、忠輝がそんな眼の注ぎ方をしていたのにも気づかなかったようだ。全体が小造りで、あまり見ばえのしないこの少年を見て、

「一つ下でも、秀頼のほうが、ずっとからだも大きくて」

と、そんなことだけで優越感にひたっていたらしい。何かにつけて、この事件は、おねねに、大坂方と徳川方の差を、いやというほど感じさせる結果になった。

――もしも、私が秀頼の生母だったら？

ふと、そんなことを考えてしまう。

――おそらく、これほどはっきりとその差を意識することはできなかったろう。

お茶々は決しておろかな女ではない。が、母であることの妄執が、その眼をくもらせてしまっているとはいえないだろうか。そしてもし、自分がその立場にあったら、やは

り同じ妄執の谷に陥ちこんでいたかもしれない。

——してみると子供があったほうがよいのか、ないほうがよいのか……どっちともいえないような気がして来る。

この事件のあった数日後、新将軍秀忠は、何事もなかったような顔をして、江戸へ下っていった。秀忠に従って来た諸大名も、思い思いに領地へ帰ってゆき、都は、急に人影が少なくなって来た。

土井利勝が久しぶりにおねねのところへやって来たのは、そのころである。

「お待たせ申しあげましたが、新しいお寺がやっと落成いたしました」

おねねが新築の高台寺に移ったのは、その年の六月二十八日のことである。ぬけるように晴れたその日、風ひとつない京の町は、耐えがたいほどの暑さだった。未の刻（午後二時）、おねねの輿は、高台寺の山門をくぐって、車寄せに横づけされた。

「お待ち申しあげておりました」

輿の外から声をかけたのは、土井利勝であった。

「お迎え大儀に存じます」

挨拶して降りたってみると、すでにあたりは、清々しく打水がしてあって、しばし夏の暑さを忘れさせた。

「いざ、これへ」

利勝に導かれて、奥へと歩みを進めながら、おねねは、ふとふしぎな気がした。はじめて移って来たその寺なのに、どうしてか、そんな気がしないのである。

——なにやら長い旅をして、戻って来たような……

そのはずである。真新しいまでに手入れはほどこされているが、それらの建物のほとんどが、かつておねねが秀吉とともに住んだ館から移したものだったのだ。

「新しいもので造るのはたやすうございますが、それより、高台院さまゆかりのものをつかいましたほうが、昔をしのぶよすがにもなろうかと心得まして」

利勝は早くも、おねねの胸の中を読みとったか、そつのない言い方をした。

「ほんとうにありがとうございました。一つ一つに昔の思い出が、こもっているような気がいたします」

もちろん、その昔夫とともに住んだころの広大さはしのぶべくもないが、それでも、何となく、造作の一つ一つが、夫との生活を思い出させるのだ。

——やはり移ってよかった。

と思った。出家を果たした今、こうして夫との思い出を身近に感じながら、残りのいのちを過すということは、しあわせと言えよう。

「いかがでございましょう。万事東国者が奉行いたしましたゆえに、行届かぬこともあると存じますが」

利勝の鄭重な問いにおねねは首を振った。

「いえいえ、たいへんみごとです。みごとすぎて、世捨て人の私などには、ふさわしくないくらいです」

「なんのなんの、高台院さまは、かりにも従一位のお方、どのようにみごとにいたしましても、過ぎるということはございません。ただ、はでをお好みにならぬお人柄を推察申しあげて万事簡素にはいたしましたが……」

それから利勝は、おねねを広縁の勾欄(こうらん)の際(きわ)に案内した。

「さ、御覧遊ばしませ。ここからは都がひと目で見わたせます。あれが北野、御所はそれ、あそこに……」

つられておねねも身を乗り出した。

あれは？　これは？　物珍しげに聞いていくうちに、おねねの指は、なにげなく、ささやかな木立の中に甍(いらか)をのぞかせている寺の上にとまった。

「あれは？」

そのときである。利勝の頬に、なにやら意味ありげな微笑の浮かんだのは……

「あれでございますか」

念を押すようにたずねて、利勝は、また微笑した。

「高台院さまは、ご存じではございませんでしたか？」

「いいえ、なんにも」

「あれは、淀の方がお作りになられた寺でございます」

「淀の方が？」

「はい、父君、浅井長政公はじめ縁辺の菩提をとむらうために作られましたもの。養源院と申す寺号は長政公の院号でございまして」

お茶々が浅井一族のために寺を作ったことは聞き及んでいたが、それが眼の下のこの寺であろうとは、想像もしないことだった。

と、同時に、おねねは、家康がしきりに高台寺をこの地に営むことをすすめた意味が、はじめてわかったような気がした。

いまここから見える養源院の森は、高台寺にくらべれば、はるかに小さい。おそらく寺の規模も、ここには及ぶべくもないであろう。

いや、何よりも、かんじんなのはその位置である。東山の中腹にそびえる高台寺は、眼の下に養源院を見おろすことになる。秀吉の正室、従一位のおねねは、あきらかに、お茶々を踏みつけにしているかたちなのである。

——家康どのもなかなかお人の悪い……

内心苦笑をうかべざるを得ない。もちろん、豊臣家の正統であるはずのおねねとしては、何の遠慮もいらないわけだし、この逆になっていたら、かえっておかしい。が、いかにも家康らしいこのやり方は、今のおねねにとっては、やや迷惑なような気もする。

しかも、土井利勝は、はっきりと、

「淀の方」

と言いきった。お茶々がすでに大坂城に住んでいる今も、そこのあるじとは認めない、というつもりなのであろう。

――お茶々が聞いたら何と思うことか。

眼をつりあげるくらいでは追っつくまい、とおねねは思った。

勝気なお茶々は誇りを傷つけられたと知ったら、どんなにくやしがることだろう。

が、家康とお茶々の、しいて波風を立てるやり方は、どちらも、おねねにとってはわずらわしい。

気がついてみると、いつか日は落ちて、夕暮が近づきはじめていた。町をとりかこむ山なみの蒼味がまし、その下にうずくまる屋並みは、さらに濃い夏靄に包まれかけている。

――なんと静かな夕暮であろう。

あの屋根の下の一つ一つにも血みどろの愛憎は渦まいていようのに……

静かな京の町のひろがりが、おねねの気持をしんとさせた。

家康も、お茶々も、目の前の土井利勝も、おねねにとっては、何か遠い存在のように思われるのであった。

魔の跫音（あしおと）

高台寺に移り住んだおねねに対し、その後も、家康は、しつっこいまでの親切を尽くした。

たとえば、一つの安堵状がのこっている。

山城国葛野郡太秦之内市川村　百石

この村が前々どおり高台寺領であることをしめす書状がそれだが、これには、家康の花押（かおう）（書き判）がある。このほか高台寺領内に対する年貢を免除するなど、かなり寺の維持に力を尽くしている。

「あまりお心づかいは、かえって気づまりでございます」

おねねはしばしば言ってやるのだが、

「いや、なんの、なんの」

と受けつけず、その後も都に来るごとに、二条城へ呼びよせては能の見物などさせてくれる。

「そりゃ、高台院さまは、豊臣家の正統でいらっしゃいますもの。このくらいの御処遇をおうけになるのは、あたりまえでございます」

いわやるんはそう言うのだが、おねねは、微笑するばかりで、うなずく気配は見せない。

一歩身をひいた現在の立場からは、家康の意図が、わかりすぎるほどわかるのだ。決してその好意に甘えるわけにはいかないのである。

が、ともあれ、おねねの晩年は、かなり華やかであったといえるだろう。

と、そのころ、秀吉の側室のひとり、おまあが、この世を去った。享年三十四歳――娘といってもいい年頃のおまあの死は、おねねにある衝撃を与えずにはおかなかった。

――まあ、あのおまあが……

もっとも前から病弱で実家へ戻っていることの多いおまあだった。それが秀吉の死後はかえって元気になり、あっというまに、万里小路充房という公家に嫁いでしまった。そのころ、まだ三十になるやならずだったから、やむを得ないといえばそれまでだが、こんな思いきりのよいことをやってのけたのは、数多い側室の中で、おまあだけであった。再縁した夫の充房との間には、男の子も生れたという。

そんな噂を耳にしていたところへ、突然、死の知らせが入ったのだ。お茶々、龍子などにくらべれば、年も若いだけに、やはりおまあがいちばんすなおだったような気もする。秀吉の在世中、何となく病がちだったのも、すさまじい女の争いに耐えられなかったからかもしれない。

してみれば、健康を取戻して、つかのま二度目の夫としあわせな日々を過せたことは、せめてものことであろう。

夫の充房は、すっかり落胆して、出家入道してしまったという。

――やすらかにお眠り、おまあ……

今は心からそう言える、とおねねは思った。前田家には、鄭重な悔みの使を送ってやった。

が、あとになって思えば、それは死の季節の前奏曲であった。

おまあが死んで二、三年経つと、おねねの兄、家定が死んだ。備中足守二万五千石の城主だが、数年前に出家して、家康の計らいで従二位法印の位をもらっていた。

彼が発病したのは慶長十三（一六〇八）年八月の半ばで、ちょうど都の屋敷に来ているときだった。

知らせは、もちろん、ただちに高台寺へも届けられた。

「法印さまが、たいそうなお熱でお苦しみでございます」

昼間だと「従一位高台院」のお出ましというので、事が大げさになる。そこで、夕暮を待ち、供の女を一人だけ連れて、おねねは家定の屋敷へ駈けつけた。

「お、これは、これは……」

家定は、おねねの顔を見るなり、床の上に起き上ろうとした。律儀な彼は、おねねが北政所と呼ばれるようになって以来、たとえ子供たちしかいないときでも、兄ぶった態度をとろうとはしないのである。

熱に苦しんでいる今も、そのしきたりを改めようとしない兄を、おねねは慌てて制した。

「兄さま、どうぞ、そのまま。おやすみになっていてください」

「いや、やはり、高台院さまのお越しとあっては」

「いえいえ、いま、ここにおりますのは高台院ではありませぬ。兄さまの妹のおねねでございます。それが証拠に、輿にも乗らず、町を駈けぬけてまいりました」

言いながら、おねねは侍女に持たせて来た瓜を家定の前に押しやった。

「さ、いかがでございます。井戸につるして冷しておきました。お熱のあるときは、お口の中がさっぱりしましょう」

「それは、かたじけない」

手にとってうまそうに食べてから、枕許の人を退らせると、やっと家定は、表情をくずした。

「なんと、おねね、俺は果報者かの」

「は?」

「こうして病に臥せば、そなたがすぐ飛んで来てくれる。これが足守であってみろ、そなたの顔も見ずに死なねばならなかった」

「まあ、何をおっしゃいます」

おねねは慌ててさえぎった。いや、じじつそのときの彼女は、兄がそれから間もなくこの世を去ろうとは、思ってもみなかったのだ。

が、家定は静かに首を振った。

「いや、人の命はわからぬというからな」

言葉は穏やかだったが、何か意を決した響きがその中にはあった。

「それに、ものも言えんようになってから会うのでは何にもならぬ」

「まあ、縁起でもない」

言いながら、おねねは、ふと思った。

この口数少ない兄が言いたいこと?

それは、あるいは子供たちのことではあるまいかと思った。勝俊、利房の二人は関ケ原の合戦以来、禄を失っている。それについての話なら、おねねもいつか話をしたいと思っていたところなのであった。

「兄さま」

　おねねは膝をすすめた。

「もしや、そのことは、勝俊や利房のことではありませぬか」

　すると、家定は微笑した。

「さすが、おねねだの。俺の言おうとしたことを見ぬいたわ」

「まあ、それなら私も前から気にかかっておりました。二人の赦免やら領地のことなど、大御所に私から願ってもいいと思っております」

　すると意外にも家定は首を横に振った。

「いやいや、俺が言いたいのはそうではない。いや、むしろその逆じゃ」

「その逆？」

「そうよ。二人のことについては無理をせず、なりゆきにまかせてほしいのだ」

　なぜなら、と彼は、苦しげな息の下から切れ切れに言った。

「いま、俺は自分を果報者と言った」

「はい」

「その果報は、いわば、なりゆきにまかせて来たからこそ得たともいえるからだ」

　おねねの兄でありながら、彼は全く権力欲も物欲も持たなかった。もし彼が野心家だったら、秀吉の片腕として、もっと権力をふるっていたろうし、領土も数十倍になっていたかもしれない。

「しかし、俺はそうしなかった。昔の俺にくらべれば、二万五千石も多すぎると思ったからだ。が、いまこうして、静かな老後を迎えることのできたのは、そのおかげかもしれない。そして、このことを、そなたにも、子供たちにも言っておきたいのだ」

たしかに――

彼の一生は、無色透明だった。秀吉の義兄という立場にありながら、彼は平凡人としてその生涯を送ったともいえる。

が、その死にのぞんで、彼は平凡人としてのみごとさを発揮した。

まわりは、かりそめの病だと思っていたのに、彼は期するところがあったらしく、おねねをはじめ肉親に別れをのべ、身のまわりの書類など、死後に残ってはわずらわしいようなものは、すべて目の前の炉辺で焼かせ、それを見届けて、十三日めにこの世を去った。

口にしたものといえば、おねねの持って来た瓜が最後で、それ以後は、すすめられても、重湯ひとつとろうとはしなかったが、意識だけは、最後までしっかりしていて、まわりの人々に一々別れを告げてから、静かに眠りに就いた。

最後まで、くどくどと子供のことを頼んでいった秀吉とは、まさに対照的な死に方だといってよいかもしれない。

──兄さま……

生きている間は、かたくななまでに遠慮深い兄だと思うこともあったが、いま、おねねは兄の生き方が、はじめてわかったような気がした。

それは遠慮ではなかった。たとえ親しい人間にでも狎れ親しまず、一定の距離をおいて、兄はわが道を生きたのである。

しかも、まもなく、おねねは、亡き兄の生き方のみごとさを、もう一度思い知るような事件に出あうのである。

家定の死後、所領の配分については、家康から「おねねの意志にまかす」という内意が伝えられた。

──兄さまは何ひとつ言いおいてはゆかれなかったけれど……

おねねは、この際、家定の長男、勝俊が木下家を相続することが、いちばんふさわしいのではないかと考えた。長男であるだけでなく、名利を求めない態度が、いかにも家定の子としてふさわしいと思ったからだ。

歌詠みとしてもすぐれた才能を持つ勝俊の神経のこまやかさを、前からおねねは愛している。関ケ原前夜に、伏見城を出て戦線を離脱したのも、いわば、その神経のこまやかさのなせるわざであったし、しかもそのために領地を失ったことをひとつも悔いていない態度がさわやかだった。

――が、父が死に、自分が死んだあとのことを考えれば……

やはりちゃんとした領地を持たせてやりたい、と思うのは人の心の常であろう。

これにくらべて弟の利房のほうは、神経がやや粗雑で、物欲も強かった。大坂方に味方して領地を没収されたあと、危うく首を斬られるところを、おねねの甥だというので特に命だけは許されたのだが、それを感謝するよりも、領地を失ったことばかりを後悔している様子なのも、おねねの気にはいらなかった。

――だから、今度の跡目は勝俊に……

そう思って、家康の懐刀である本多正信に意向を伝え、翌年の四月には、勝俊を駿河にいる家康のところに挨拶にゆかせた。

ところがどうだろう。

勝俊が駿河に着いてみると、すでにひと足先に利房が来ていて、

「亡き父の領地は、なにとぞ私に」

と哀訴に及んでいたのである。

ここにいたって話はめんどうになった。

「跡目については、すでに高台院より本多佐渡守（正信）さまにお話がいっているはずでございますが……」

勝俊はそう言ったが、そのかんじんの本多正信が、いっこうに要領を得ないのだ。

「さあて、左様でござったかな。二位法印どのの御跡目は、勝俊、利房二人に分け与えよというのが、大御所さまの御意向と承っておったが……」

正信はくるりと豹変したのである。

それから約半年間、事は紛糾に紛糾をかさねた。京都と駿河の間に度々使が往復したが、九月になって、家康から思いがけない裁定が下った。

「木下家定の遺領は、本来、勝俊、利房に分賜すべきところ、勝俊だけに与えようという高台院の意向は、はなはだ不当である」

家康もまた、おねねの意向にまかせると言った前言を、事もなげに取消したのだ。では、その遺領は利房に与えられたのか?

いや、そうではない。家康は、さらに、勝俊が独りじめにしようとしたのは、もってのほかだという理由で、すべての領地を没収してしまったのだ。

結局利房は騒ぎたてただけで、何ひとつ得られなかったことになる。

木下家の相続問題ほど、おねねに、家康の手のうちを見せつけてくれたものはなかった。

もともと、おねねとて、家康を、さほど好人物だと思っているわけではない。いや、このごろの度をこえた好意のしめし方は、

——何か下心のありそうな……

何とはなし、心の許せない感じであった。今度の問題は、はからずもそうした「下心」をはっきり浮かび上らせてくれたようなものだ。いったんは、

「高台院の処分にまかせる」

と言っておきながら、

「はじめから勝俊と利房に分けるつもりだった」

などと手の裏をかえすあたり、所領問題について必ず一言口をはさんでおかねば気がすまなくなっている家康の本性が露骨にむき出しになっているとはいえないだろうか。関ケ原で勝って以来、家康は、大名の転封や増減封は、自分の意のままに行っている。

――家定の遺領たりともその例外ではない、というところを天下に見せつけようというのかしら。

おねねは、ややほろ苦い気持でそれをみつめている。

が、より超然としているのは当の勝俊だ。

「いや、何かと御心配をおかけしましたな、叔母上」

二万五千石を棒に振って、いちばん損をしたはずなのに、かえっておねねを慰める口調である。

「勝俊、そなたには、すまないことをしましたね」

おねねが言うと、ゆったりと手を振った。

「なんのなんの。また大名になればなったで厄介なことも多うございますからな。このほうがよいかもしれませぬ。何事もなりゆきにまかせましょう」

「ほんとうに、今になって、そなたの父御(ててご)、家定どのの生き方のみごとさがよくわかります。なにごともなりゆきに、とおっしゃってお亡くなりになったけれど、無欲というのが、人生の大達人の生き方かもしれませんね」

それなり、おねねもこの所領問題からは手をひいてしまった。

すると、おねねのその冷静な態度に、かえって家康側は薄気味が悪くなったらしい。

——くどくどと哀願して来るかと思ったら案外だな。さては、よほど腹を立てているのか。

いま、ここで、おねねを敵にまわしては損だと思ったのだろう。家康はここでちょっと小細工をした。おねねの義弟である浅野長政の次男長晟(ながあきら)——二十四歳になった若者にその地を与えたのだ。

——勝俊も甥なら、長晟も甥。それなら腹も立ちますまい。

というのだろうが、そんなことが透けて見えると、かえっておねねはわずらわしくなる。

今のおねねは苦笑するよりほかはない。

——お茶々どのなら、勝ったの負けたのと気を揉むところだろうけれど。

――人には言えないことだけれど……

苦笑の蔭で、おねねは、ある予感を抑えることができない。

――藤吉郎どのが天下人になられたあとのような……

何かに追いかけられるような焦りを、家康のこのごろに見出すのだ。家定の遺領問題に対する小細工もそれだ。征夷大将軍を秀忠に譲り、得意の絶頂にあるはずの彼が、かえって昔の鷹揚さを失って来ている。

人間は危機に陥ったとき、その真価を問われるものだとはよく言われる言葉である。が、むしろおねねは、得意の絶頂にあるときに、より本性を暴露するものだ、と思っている。夫の主君、織田信長は、その本性を暴露するいとまもなく早死したが、夫はいやというほど、その本性のくだらなさをさらけ出して死んでいった。

もっとも彼のくだらなさは陽性で大ぶろしきだった。いい気になって、とほうもないことを思いたつ。文禄、慶長の朝鮮侵攻などがそのよい例である。おかげでどんなに人が迷惑をしたかわからない。

これにくらべて、家康の本性は陰性である。計画的で小心翼々ぶりがむき出しになる。いわば、彼は山の頂点に立ったとたん、双手をあげて歓喜するより先に、いつ足を踏みはずしはしないか、とびくびくするたちなのだ。

――しかも、その焦りが毎年ひどくなって来るということは、とりもなおさず、その死が近づきつつある、ということだけれど……

関ケ原以来、安心よりも不安が、しだいに彼の胸にはひろがっているのではないか。そしてそれにますます速度が加わって来たら、どんなことになるのか。魔の跫音はどうやら、彼のほうへも近づきつつあるような気がしてならないのだ。

それにつけても思い出すのは、兄家定である。

——ああいう静かな心を持った人が、側にいてくれたなら。

身辺の淋しさを、おねねはひしひしと感じざるを得ない。

しかも——

それから二年後、彼女を蔭になり日向になり支えてくれた義弟の浅野長政がこの世を去った。秀吉の死後、奉行の職を追われて以来、第一線を退き、常陸国真壁郡に五万石の隠居料をもらって自適の生活に入った彼は、関ケ原の合戦以後、一家をあげて江戸へ移ってしまっていた。

——近ければ、おややを見舞ってやることもできるのだけれど。

遠く離れてしまった今は、嘆き悲しんでいるであろう妹を慰めることさえできなくなってしまった。

長政の病気は瘂瘡であったという。そういえば、彼の後を追うようにして、加藤清正も同じ病気で亡くなっている。しかも、長政は六十五だったが、清正はまだ五十歳だった。

「於虎、於虎」

と呼んで息子なみに扱っていた清正が先に死ぬとは思ってもみなかっただけに、おねねは、いよいよ、魔の跫音が身辺に近づいて来たような気がした。

たしかに──

魔の跫音は近づくのをやめなかった。が、このとき、死神が狙ったのは、おねねではなく、もっと若い生命だった。

浅野幸長──。ついこの間、父を失ったばかりの彼が、三十八歳で死んだのだ。

「父亡きあと、御用はすべてこの幸長にお申しつけくだされませ」

こう頼もしげに言った彼が、そんな若さで死んでしまおうとは……。おねねは、身辺の支えを一つ一つはずされて行く自分を感じていた。

幸長には、子供がいなかったので、弟の長晟が兄の所領和歌山三十七万石を継ぐことになった。したがってさきに下賜された備中足守の所領は、家康の手許に収められることになった。ちなみに──結局この地は、大坂の陣のあと、家康方に参加して働いた木下利房に与えられた。利房は、ひどい回り道をして、父の遺領を手に入れたことになる。

次々と肉親や旧知の死を迎えて、おねねが身辺の淋しさを身にしみて味わっているころ、家康は、どうやら淋しさよりも、恐れを感じはじめていたらしい。

──俺の眼の黒いうちに、気になるやつを何とかしなくては……

気になるやつとは大坂城の淀どのと秀頼だ。しかも、揃いも揃って、彼らは家康にくらべて若すぎた。

──あいつらが死ぬまで俺は待ってはいられない。

家康は急にせっかちになり強引になる。さきの関ケ原の合戦は、いわば石田三成のしかけた罠を逆手にとったのだが、今度はこちらから、罠をしかけようとした。

ちょうど長政や清正が死ぬ直前に、秀頼を強引に二条城に招いたのもその一つである。

「わが孫娘千姫を嫁がせてからもう大分経つのに、その後一度も秀頼どのと対面してはおらぬ。わしの命ももう長いことはないから、生前一度だけ会っておきたい」

それが口実だった。先年、秀忠の将軍就任のとき、挨拶に出て来い、と言ったのとくらべると、かなり低姿勢である。が、かえって人情にからんだ言い方には執拗さがあった。

今度使に立ったのは、織田長益（有楽斎）であった。彼は信長の弟で、お茶々には伯父にあたる。まず、彼女を説得するには最適の人物であった。

大坂方では、この家康の申入れを受けるべきか拒むべきかで、毎日のように論議をかさねたらしい。が、この前は、おねねからの使をにべもなくしりぞけたお茶々も、今度はそれだけの勇気はなかったようだ。この数年の間に、家康は、押しも押されもせぬ天下第一の権力者にのしあがっていたし、いま、うかつにその申し出を断ったら、どんな言いがかりをつけられるかわからないからだ。

——さりとて、秀頼を都へやることは、みすみす死地に赴かせることではないか。

さんざん気を揉んだあげく、やっとお茶々は秀頼の上洛を承諾した。

秀頼が家康に会うために二条城にやって来たのは慶長十六年三月二十八日のことであった。この日彼は織田有楽斎、片桐且元(かつもと)、大野治長らにつきそわれて大坂城を出て、淀川を溯(さかのぼ)って淀に着いた。

家康のほうからは、彼の息子で十二になる義利（後の義直）と十歳になる頼将（後の頼宣）が出迎えた。十やそこらの少年ではあるが、彼らはついこの間、近衛中将、参議に任じられている——というよりも、この日に備えて、家康が急遽格づけしたのかもしれないが、ともかく一応礼を尽くした出迎えというべきであろう。

少年たちの後ろには、浅野幸長、加藤清正の二人がひかえていた。それから秀頼が翌日二条城で家康に対面して帰るまで、彼ら二人は、ぴったりとその脇に従っていた。

このことから、彼ら二人は、後世、豊臣家の遺児をひそかに守った大忠臣ということになっているが、これには大きな見落しがある。じつをいうと、彼らの娘たちは、家康のお声がかりで、それぞれ義利、頼将に嫁いでいたのである。お互いの息子と娘も事実上の結婚が行われるほどの年齢には達していなかったが、形式上は、ともかくも彼らは、二少年の岳父として、介添役をつとめたのだ。その意味で、幸長も清正も、豊臣の旧臣としてではなく、完全に徳川方の人間としての行動をしているのである。

何から何まで、すべて家康のペースで事が運ばれたといっていい。

秀頼が二条城を訪れたその日、おねねも家康からその席に招かれ、久しぶりに成人した秀頼と対面した。

十九歳という彼は、父秀吉に似ぬ大兵肥満の青年に成長していた。子供のころ、回らぬ舌でおねねを、

「まんかかさま」

と呼んでいたころのおもかげは全くなかった。が、その大兵肥満ぶりは、どうにもしまりがない。ぼんやりしている間に、勝手にからだが大きくなってしまったという趣である。

太りすぎの人間によくあるように、秀頼の動作はひどく緩慢だった。しかもその緩慢さが、優雅というよりも、むしろ間のぬけた印象を与えることに、おねねは、あるいたましささえ感じた。

──かわいそうに。お茶々にあんまり大事にされるから、こんなことになってしまった。

秀吉の跡を継ぐだけの器量は、どこにも見あたらない。これなら傍らに従っている家

康の子供たち——年歯もゆかない義利や頼将のほうが、ずっと見どころがある。

——これでは家康どのも張合いぬけしたのではないか。

おねねは、ちらりと家康のほうを見やった。

今度秀頼の上洛を促したのは、一つには、自分の権威のほどを見せつけるためでもあったが、さらには秀頼という人間を値ぶみしてみようという意図があってのことだと、おねねは見ぬいている。

——それなら多分、御満足?

たしかに、家康は上機嫌だった。が、そのうちおねねは、意外なことに気がついた。秀頼を迎えてにこにこしている家康だが、口許には笑みが湛えられているにもかかわらず、その眼はひとつも笑っていないのである。

——はて、面妖な……

おねねは内心首をかしげた。

——万事意のままに動いていることが、なぜお気に召さぬ。

自分の見誤りか、とひそかに眼をこすっても見た。が、家康の眼は、たしかに笑っていないのである。いや、笑うどころか、内心の苛立ちを、辛うじて抑えている、という感じなのだ。

——何が気に入らぬとて?……

あれこれ考えているうちに、ふいに、頭の中にひらめくものがあった。と同時に、思わずおねねは、苦笑いせずにはいられなかった。

――まあ、家康どのも欲のお深い。

つまり、家康は、秀頼がここへ来たことじたいが気に入らなかったのだ。

もし、秀頼が上洛を拒んだら？

即座に家康は言いがかりを作って、秀頼打倒にとりかかれたろう。が、その意図に反して、秀頼は、のこのこと大坂城から出て来たではないか……

――なんたる損、なんたる損。

しまりや家康は、この日のためにさまざまの費用が出てしまったことを悔いているのにちがいない。

――いっそ談合がまとまらなかったら、今ごろは大坂城へ攻め入っているところなんだが。

いや、何よりも惜しい無駄づかいは、家康の命であろう。

――残りわずかの俺の命、むざむざこんなことにつかおうとは。

しぜん眼許もいらいらしようというものである。

おそらく誰も家康の眼には気づかなかったろう。が、家康とお茶々のすさまじい葛藤の圏外にあるおねねには、そんなことまで、ついつい見えてしまうのだ。

そのことは、しかも、ただ笑ってすまされることではなかった。

――ここまでいらいらなさるようでは、早晩何かが起るのではないか。

二条城に招かれるまでは、今度のことが契機になって、両者の間に和平が成立するのではないかと思ったりしたが、どうやらとんでもない見当ちがいだったらしい、という気がした。

おねねのそうした考え方は、どうやら正しかったようだ。

――俺の眼の黒いうちに、何とかしなくては。

ますます焦りはじめてひき起したのが、例の鐘銘事件である。

問題の「鐘」は、秀頼が父の志を継いで造った方広寺（ほうこうじ）の新鐘だ。この方広寺に、秀吉は大仏を造ろうとして果たさずに死んだので、秀頼はその遺志を受けついで、大仏を鋳造し、つづいて鐘を作ったのである。

その鐘の銘の中に「国家安康」という言葉があったのを、家康は、

「これではわが名、家康が分断される。それでは、わしのからだを両断するおつもりか」

と文句をつけた。そして、これを契機に、大坂方と家康の間には、ただならぬ戦雲が巻きおこるのである。

遠い炎

外のざわめきは、高台寺の中までも手にとるように聞えて来た。

「なんとかしましい」

侍女たちは眉をひそめている。

「もうちょっと何とかならぬものでございましょうかね」

まったく、この連日の町の騒ぎはやりきれない。

そのころ、都には、「伊勢おどり」が猛烈な勢いで流行しはじめていた。

慶長十九（一六一四）年八月。

「お伊勢さまが同じ伊勢の国内の野上山に飛び移った」

という噂が流れたのは、それより少し以前のことだ。

と、同時に、

「お伊勢さまのお帰りは二十八日。その日は、まちがいなく、大風と雷鳴があるだろう」

という、まことしやかな御託宣なるものが、口伝えでひろまった。

しかも、ふしぎなことに――

八月二十八日という日に、まちがいなく暴風雨は吹きあれた。

それを機に「伊勢おどり」は爆発したともいうし、いや、その前からあちこちで行われていたともいうが、ともかく、その事件を契機に、全国が、踊りの渦に巻きこまれていったことはまちがいない。

「今日は四条の通りで」

「今日は御所の近くで」

そんな噂がおねねの耳にも流れて来たが、今日外出したるんは、呆れた顔をして帰って来た。

「まあ、なんと、驚いたではありませぬか。伊勢おどりは、禁裡さまの中まで押しかけたそうにござります」

「まあ」

侍女たちは眼を丸くした。踊りの興奮にかられて、民衆たちは、「木戸御免」をやってのけたものらしい。

「もう、町じゅうがうかれております。あそこでも踊り、ここでも踊り、それが皆、金銀、錦で飾った衣裳に花笠をかぶり、山鉾をふりたてたはでなもので。私など危うく押しつぶされそうでございました」

　そんな噂を聞きながら、おねねは遠い所をみつめるような眼をした。しだいにからだも老いがまって来た彼女は、もう人々の興奮にもついていけなくなったのか、と侍女たちがそっとその顔を窺ったとき、おねねは、ふと笑顔を見せた。

「いえ、ちょっと、思い出したことがあるのでね」

「は？」

「十年前のことを」

「……………」

「十年前は亡き太閤さまの七回忌で、臨時の御祭礼が行われました。そのときのはでな山鉾、花笠……」

　が、今年は、それにとって代った、えたいの知れぬ「伊勢おどり」。この前の豊国神社の臨時祭礼は、関ケ原後の世直しだったが、今度はいったい何なのか。

　その異常さを、おねねが無意味なものに感じるには理由があった。

　おねねは、例の「鐘銘事件」が、「伊勢おどり」の蔭にかくれて、いよいよ破局に近づきつつあることを知っていた。

　お茶々の使として、大蔵卿局（おおくらきょうのつぼね）が、駿河の家康の許へいったのは八月二十九日、ちょうど、「伊勢おどり」が都で爆発したときだった。家康は弁解につとめる彼女に、

「なんのわしが秀頼に悪意を持とうぞ」

と言っておきながら、それより以前に来ていた大坂方の正使、片桐且元には会おうともしなかった。

こんな家康の二枚舌が、どんな意図から出るものか、おねねには、わかりすぎるほどわかるのだ。大蔵卿局は、多分、

「家康公のお怒りは、たいしたことはございませんでした」

と報告するだろうし、且元は、

「いやいや、徳川方の態度は、かなり硬化していますぞ。今のうちに何かの手を打っておかなくては……」

と言うにきまっている。

もし、お茶々が賢明な女性だったら、

——ははあ、二人をうまく操るつもりなのだな。

と察しがつこうが、そこまで見通せる眼を持ちあわせているとは思われない。大坂城の女あるじになって以来、ますます鼻っぱしの強くなっているあの女のことだ。且元の報告を聞けば、

「なんでそんなに徳川におびえることがあるの」

と、いきりたつにちがいない。

聞けば、大坂方は、鐘銘問題が起ってからというもの、ひそかに浪人者たちを城中に集めているという。

——もしこのまま行けば……

おねねには不吉な予感がしてならないのだ。

華やかな「伊勢おどり」の流行の蔭に、恐るべき危機が刻々迫っている。いや、事が重大であればあるだけ、それから目を逸らそうとして、人々は踊りまわっているのだろうか……

渦の外にあるおねねには、くわしいことは何もわからない。が、若いときから、戦乱の世を生きぬいて来たおねねには、戦いの臭いがわかるのだ。

且元と大蔵卿局は、駿河からの帰途、都入りを前に、九月十六日に近江の土山で会って対策を協議した。

「大御所さまは、ちっとも怒っておられなかったのですから、それでいいじゃございませんか」

きわめて楽観的な大蔵卿局に対して、且元が全く正反対な意見をのべたのはこのときである。

「大御所の真意はよくつかめないが、事態はきわめて重大な段階にある。なぜなら、彼の意向は、秀頼公を大坂城から他に移したい、ということらしい」

そしてこれに対する策は三つしかない、と彼は言った。
一、秀頼が大坂城を明渡す。
一、明渡さないまでも、自分だけは江戸へ行く。
一、秀頼のかわりに、お茶々が江戸へ行く。
且元は言っている。

大坂は天下一の名城である。これを手放す第一策は下策である。それにくらべれば、城を保持したまま、秀頼と千姫が江戸へゆくのはまだしもである。中策というべきであろう。

が、最上の策は、お茶々が江戸へ移ることである。お茶々さえその気になれば、ともかくも、城も秀頼もそのままにしておくことができる。

ところが、家康の態度を楽観している大蔵卿局は、

――とんでもない。

という顔をした。そして、これは且元が家康に媚びて、お茶々を売りつけたのにちがいない、と思いこみ、且元には内緒で、その夜のうちに大坂城に飛んで帰って、お茶々に告げ口した。

「市正(いちのかみ)(且元)は、家康側についてしまいました。どうやら、御後室さまを大御所さまの側室にして、御機嫌をとりむすぼうというのでは……」

聞いたお茶々は、逆上した。

「な、何ですって。この私を、あの狸じじいめに……」

――市正め！　なんということを。

それまで彼に寄せていた信頼は、瞬時に憎悪に変った。

――そんなやつは殺してしまえ。

はっきりそこまで思わなかったにしても、漠然と、そうした感情を持つようになったのは、多分そのころからではあるまいか。

もとより、且元は、そんなふうに疑いの眼で見られているとは気がつかない。だから、数日後、大坂に帰って秀頼に挨拶したとき、秀頼の側近の大野治長、木村重成らの問いに答えて、さっきの上中下策を、率直にのべた。

が、周囲は、

――ははあ、なるほど。

と思ったようだ。

――こいつ、大蔵卿局の言ったとおり、すっかり家康方になってしまいおった。

それでも、その日は、事なくすんだ。が、それからまもなく、お茶々から改めて使が来た。

「今度のことは、豊臣家の一大事。私もゆっくり話を聞きたいから、登城するように」

どうやらお茶々は、且元殺害の決意を固めたようだ。それとも知らず大坂城へ出かけてゆけば、むごたらしい惨劇が行われるところだったが、いざ家の門を出ようとしたそのとき、間一髪で、情報が且元のところへ伝えられた。

——そうか、そうだったのか……

且元はにわかに病気と偽って登城をとりやめた。とはいうものの、徳川方との融和策としては、さきの三つ以外はない、という信念には変りはない。だから数日後、事情を聞きにやって来た速水守久に彼は言っている。

「あの三策は、決して大御所の意向の受売りではない。大坂方安泰のために、これ以外何の道があろう。しかも、御後室さまが江戸へお下りになるのが上策だというわしの胸のうち、其許(そこもと)はおわかりか？」

まず、お茶々の江戸下りを承諾したら、江戸の邸宅は、わざわざけわしい高台か、あるいは低い沼地のようなところを選ぶ。そうしておいて、整地に時間をかけるのだ。丘を切りくずすとか盛り土をするとか、手をかけていれば、時はどんどん経ってしまう。次は邸宅である。これもわざと念入りに、豪壮なものを建てれば、まず数年はかかるであろう。

しかもできあがったからといって、すぐに行くには及ばない。出発ときまった矢先に、急病にでもなったことにすれば、時間はまだまだかせげる。

「こうしておけば」

と彼は言った。

「なにしろ大御所は老人だ。まずわしが見たところでも、あと数年の命だと思う。もし大御所が死ねば、すべてはふりだしに戻る。だから、御後室さまは、江戸にお下りにならなくてもすむかもしれない。もしお下りになるとしても、ほんの二、三年の御辛抱だ。わしが上策と言ったのは、そのことだ」

それを家康に心を寄せている、などと言われることは心外千万、と言われて、速水守久は、且元の胸中を少し理解したようだ。

且元は、さらに言った。

「この三策、決して、わしの胸元三寸からの思いつきではない」

「ほほう」

「今は亡き加藤主計頭（清正）どのも同じようなお考えであられたことを承っておる」

「ふうむ」

「いや、主計頭だけではない。そう思っている者は多いと思うが」

これは且元の出まかせではなかった。げんに加藤清正がそういう意見であったという史料も残っているし、より徹底した意見を持っている大名もいた。奥州の独眼竜、伊達政宗がそれで、慶長六（一六〇一）年——関ケ原の合戦の直後、すでに、今井宗薫という商人にあてて、こんな手紙を書き送っている。

「秀頼が子供の間は、江戸か伏見か、とにかく家康の側においておくのがいい。そして成人した暁、太閤の子でも天下人の器量がないということだったら、二、三か国ぐらいを与えてやればいい。今のように大坂にぶらりとおいておくと、世のいたずら者が秀頼をかつぎあげて、どんなことをしでかすかわからない。そうなれば秀頼も腹を切らねばならないだろうし、太閤の霊のためにもよろしくない」

まるで十数年後を見通したような文句である。清正といい、政宗といい、乱世を泳ぎ渡って来ただけあって、その眼は非情なまでに客観的かつドライである。

そしてその眼は、同時におねねの眼でもあった。女に珍しい冷静さと客観的な眼を持ち得たのは、やはり彼女が秀吉の妻として、戦国を生きぬいて来たからであろう。

——世の中は、そんなものだ。

あきらめといってもよいかもしれないし、栄耀栄華というもののむなしさを知っているからかもしれない。

おねねはしかし女である。清正や政宗のドライな目では掬いきれない女の心を知っている。

だから、いま、いかに誰が説得しても、お茶々が江戸に行くことを承諾しないであろうということは、すぐ想像がつく。あの激しい性格のお茶々のことだ。そんな屈辱をうけるなら死んだほうがましだと思うだろう。

——むずかしいこと……

ちらほら噂が入って来るにつけても、おねねは、溜息をつかざるを得ない。

はたせるかな、大坂の形勢はますます急迫してくるようだった。側近の何人かは且元の誠意を認めたらしいが、お茶々は、決して且元を許そうとはしなかった。

——裏切り者め！

信頼が深かっただけに、その憎悪もすさまじかった。

——あんなやつの顔、二度と見とうもない。

そう言われて、側近もさじを投げたかたちになったという話が、おねねの耳に届いたのは、「伊勢おどり」がますます熱をおびて来た九月も末に近づいてからである。

その日一日、おねねはひどく無口になっていた。いわやるんが何を話しかけても、はかばかしい返事がかえって来ない。

「もしや、おからだのぐあいでも」

とうとうこらえかねて、いわがそっと声をかけたとき、はじめて、おねねは、微笑を見せた。

「いえね、私、ずいぶん長生きをした、と思っていたところなの」

「……」

「もういつ死んでも悔いはないはずだと」

「まあ、何をおっしゃいます」

「で、死ぬときまったとしてね、いま、やろうか、どうしようかと思っていることがあったとしたら……」

「……」

「したほうがいいか、しないほうがいいか」

侍女たちはおねねの胸のうちを計りかねて、いぶかしげな顔をした。

「やってもしかたがないかも知れない。でも、やらないで死んだら悔いがのこる――。あれこれ考えていたらねえ、私も大事なことを忘れていたのに気がついたのですよ」

「は？」

「このまま死んだら、冥土へいって、合わせる顔のないお方がいるってこと」

「それはどなたで」

「誰だと思う？」

「太閤さまでしょうか」

「いいえ」

おねねは微笑して首を振った。

「申しわけないことだけれど、私は、冥土に行ったら、そのお方にお目にかかるってことをついつい忘れていたのです」

「………」

「そして、そのお方のことを思い出したら、決心がつきました」

それからふと、おねねは、表情をひきしめた。

「いわ、るん」

「はい」

「乗物を用意しておくれ」

「お出かけでございますか」

いったいどこへ行こうというのか。


その日も、あちこちに踊りの輪は揺れていた。開いてはつぼみ、つぼんでは開き、ぐるぐる回ったりする輪は、もう止めようもない勢いで、町から町へ、村から村へと、大きなうねりを見せながら伝わっていった。

――このすさまじい騒ぎは、かえって幸いだ。

とおねねは思った。

一台の乗物が人知れず高台寺の門を出ようと、どこへ行こうと、踊りに気をとられている人々は眼をとめもしないであろう。

乗物の中がおねねであることを気づかせないために、わざと供廻りは、一、二人にした。おかげで、おねねたち一行は、時折踊りの渦に前途をさえぎられながらも、誰にも怪しまれることなく、都大路を通りすぎることができた。

久しぶりに外に出たおねねが、肌に感じた「伊勢おどり」は、噂に聞くよりもすさまじいものであった。

「やぁれ、ほいほい」

「よいよいよい」

はでなかけ声にまじって、

「むくりと合戦……」

とか、

「神風烈しく……」

などという声が聞えて来る。

「ちょっと」

おねねは、乗物をとめて外の侍に声をかけた。

「みんなは何と言っているのですか」

「よくわかりませぬが——」

侍は答えた。

「むくりと合戦及ばるる由にて、神風烈しく吹く……と申しておるようで」

「まあ」

むくりとは蒙古のことだ。蒙古襲来のとき、神風がはげしく吹いたということを、唄いはやしているのだが、その中に、おねねは、庶民たちの鋭い嗅覚を感じないではいられなかった。

もちろん、彼らは、いま大坂と駿河の間で取りかわされている息づまるような折衝などは、何も知らないはずである。

そして一人一人の庶民たちは、ただ、太平楽に踊りうかれているにすぎないかもしれない。が、彼らは、その陶酔の中で、期せずして、近づきつつある不穏な情勢を予言しているのだ。

「むくりと合戦……」

事は数百年も昔のことを唄っているのだが、その歌の中に流れているのは、

——何かが起るぞ。

という庶民の予感にほかならない。

——ほんとうにおそろしいこと。

おねねは思った。徳川と大坂方のやりとりを、ちらほら耳にして、ひそかに憂えていることを、ずばりと彼らに言いあてられたような気がした。

高台寺の中では感じとれなかった民衆の熱気を肌に感じたそのとき、

——やっぱり出て来てよかった。

とおねねは思った。

「急いでおくれ」

供の侍を促すと、おねねは息をひそめた。

そのまま乗物は西をめざした。

都から西へゆけば、いわずと知れた大坂への道を辿ることになる。

大坂へ？

いまさら、おねねは何をしようというのか。

いや、第三者がそう思うまでもなく、おねね自身の胸にも、ひとかけらのためらいがある。

——私を追い出したお茶々のいる城に、いまさら、のこのこ出かけていっても、はたして、城内に入れてくれるかどうかもおぼつかない。

あるいは門前でけんもほろろに入城を拒まれ、従一位高台院ともあろうものが、天下に恥をさらすことになるかもしれない。

が、それでも、やはり、おねねは行くよりほかはない、と思い定めている。

そう決心がついたのは、おねねの眼の底にひとつのおもかげを浮かべたからだ。

それは大政所――秀吉の生母のおもかげだ。

文禄の役のさなかに、名護屋にいる秀吉の帰りも待たずに死んだ大政所は、最後まで気の強い、尾張の農婦根性をまる出しにした老婆だったが、おねねにとっては、頼り甲斐のある姑どのでもあった。

――もし冥土で行きあって、私が大坂の城を出たと言ったら、即座に「なんと、おねねは腰ぬけか！」と一喝されそうな、お姑さまだけれど……

時折苦笑まじりにそんなことを思ってみることもあったが、そのひとのおもかげが、今日また、はっきりと、おねねの眼の底に浮かんだのだ。

しかも、そのとき、姑どのは、眼をぎろりとして、おねねに語りかけた。

「ねねよ、そなた、ちいっと忘れていることはないかな」

「え、何でございましょう」

「なにやらまた徳川との間が騒がしゅうなったようだが、そなた、何か思い出すことはないかい」

おもかげは、たしかに、そんなふうに言っていた。

そして、その声を耳底に聞いたように思ったとき、にわかに昔の記憶がよみがえって来たのだ。

――そうだ。あのとき、姑さまも、わざわざ、人質になって、徳川方の岡崎の城に出向かれたのだった……

そのときのことを、ふと、おねねは思い出したのだ。

——姑どのが、忘れていると言われたのは、このことだったのか……

岡崎の城へ下ると決ったときも、

「ああ、いいとも。ちょっと行ってくるわな」

まるで隣の家へでも出かけるように、気軽く言った姑であった。

「まさか徳川も、鬼でも蛇でもあるまい。取って食われることもないだろうよ」

という言葉を、あのときはなにげなく聞いたけれども、これはなかなか決意のいることだったと、今になってみて、はっきりわかるのだ。

——息子のためと思えばこそ、姑さまはいやとも仰せられなかったのだろうが。

これにくらべて、お茶々の了見は狭すぎはしないか。そして、そのことを言ってやれるのは、自分しかないのではないか。いや、もし、ここで見ぬふりをしたら、冥土で姑どのに合わせる顔がないのではないか……

とるものもとりあえず、高台寺をとびだしたのは、じつに、そのためだったのである。

且元の三策のうち、まず実行可能なのは、お茶々が江戸に下ることであろう。というより、ここで戦いの危機を回避するのは、これよりほかはないという気がする。

「ともあれ、ここで、ここで、死んだ気になってやってみませんか」

面と向って、お茶々にそう言ってみようと、おねねは思ったのだ。

あるいは、お茶々は、

「徳川方にごまをすらないでください」

といきりたつかもしれない。が、これは決して徳川方のために言っているのではないのだ。それどころか、もしおねねが、そんなことをしたと聞けば、家康は露骨にいやな顔をするにきまっている。

いま家康は、大坂を倒そうと焦っている。どうみても言いがかりとしか思えない鐘銘などを問題にするのが、その証拠ではないか。おねねが高台寺を出るときに、誰にも覚られまいと、ことさら気をつかったのは、じつはそのためでもあった。

冷静に見て、いま、戦いをひらけば、家康の勝利はあきらかである。そして、今度敗ければ、秀頼やお茶々の命もどうなるかわからない。そうと知りながら、見殺しにするほど、おねねは冷酷ではあり得ないのだ。

関ケ原の合戦はたしかにおねねにとっては女の戦いだったが、そこで一応、お茶々が膝を屈した以上、さらに無益な戦いをして追いつめる気にはなれなかった。

しかも、いま戦いが始まれば、死ななくてもいい多くの命が、むざむざ失われてゆく。その血なまぐさい修羅を、もしかして、お茶々の決断で食いとめられるとしたら？

乱世に生きる女たちは、そんな形でしか、自分を生かすことはできないのだ。

その意味で、姑どのはまさにみごとに自分の道を捉えていた――。教養もなく、政治の動きも知らない姑どのではあったが、ずばり乱世の女の生き方に徹していた。

そのことを、ぜひとも、お茶々に伝えなければならない。

お茶々はしかし、例の気性である。

なかなかおねねの言うことはきかないかもしれない。

が、それでも、おねねはお茶々と語りたいと思っている。乱世に女が生きる道、いや女が自分を生かす道はそれしかないのだと言ったら、わかってくれるのではないか。

一時の意地や面目のために、大局を見落してはならないのだ。

が、もしお茶々がわかってくれなかったとしても……。いまおねねは、もう一人、望みをかけている人物がいる。豊臣秀頼そのひとである。

大政所は、彼にとっては正真正銘の祖母なのだ。

「その祖母さまは、そなたの父御と徳川の仲を保つために、わざわざ岡崎までお下りになったのですよ」

祖母さまにできたことが、そなたの母御にできぬわけはない――そう言ってきかせたら、あるいは、わかってくれるのではないか。

とつおいつ考えながら、おねねは乗物の動揺に身をまかせていた。

外の人の気配は、またもや騒然とたかまって来た。

——踊りの輪が、また近づいて来たのか。

そう思ったとき、後ろのほうから、

「お待ちを、しばらくお待ちを」

ただならぬ男の声が追いかけて来た。と同時に、入り乱れた馬の蹄がにわかに近づいて、乗物の脇で、ぴたりととまった。

「おたずね申しあげます。もしや御乗物のうちなるお方、高台院さまではいらせられませぬか」

聞きなれた声だ、と思ったが、咄嗟に判断はできなかった。

「人ちがいです」

——とにかく、いま見つけられてしまってはまずい。

言い棄てて、先を急がせようとしたが、声は執拗にくいさがって来た。

「ただいま、高台寺へ参上つかまつりましたが、どうやらお留守の御様子、もしやと思って走ってまいりましたが、叔母上さま、私でございます」

——叔母上？

「そなた、どなたです？」

「私でございます」

戸をあけると、甥の利房が立っていた。

かわいがっていた勝俊の弟で、どちらかといえば、なついていなかった利房である。さきに関ケ原のときには、大坂方について所領を失い、その後、父家定の遺領問題でもごたごたを起し、以来浪人を続けている。

「まあ、そなた……」

「叔母上、どこへお出かけになられます?」

「……」

利房は近づいて声を低めた。

「大坂とお見うけしましたが、ちがいましょうか」

なおも黙っていると、彼は言った。

「もしそうだとしたら、おやめなされたほうがよろしいのでは……」

利房が、どうしてここに現われたのか。

おねねは、ふしぎなものでも見るように甥の顔をみつめた。

日頃それほど親しくもない彼が、今日にかぎって息せききって追いかけて来て、大坂行きをとめるとは、どういうことなのか。

これはどうしても彼ひとりの所存とは考えられない。背後に誰かがいて、そのさしがねで動いたのではあるまいか。

と、思ったとき、まず、まっ先に目に浮かんだのは、家康の顔である。

ひとたびは家康の敵にまわった利房だが、最近の彼は、そのとりかえしをつけるかのように、徳川方に出入りしている様子だからだ。

——もし、これが家康のさしがねだとすれば？

ありそうなことである。徳川方は是が非でも戦いにまで持って行こうという気構えらしいから、おねねがここで調停の役に立つことは、かえって迷惑にちがいない。

「よく、私が出かけたのをご存じでしたね」

おねねは、自分を落着かせようとして、なるべくゆっくり口をきいた。

「は、じつは、知らせてくれた人がありまして」

「まあ、では、そのひとに言われて飛んで来たというのですか」

「まず、そういったところです」

「そのひとというのは？」

利房は言いかけて首を振った。

「いや、事の次第はあとから申しあげます。今はただ、ここからただちに御帰りなされますよう、それだけをお願いに参りました」

おねねは、瞬間押し黙った。それから、ゆっくり眼をあげて利房をみつめた。

「とめないでおくれ」

「でも」

「私には私の考えがあってのことです」

「……」

「いま一度、私はどうしてもお茶々どのに会いたい。会って話さねばならぬことがあるのです」

「叔母上」

利房も必死な面持であった。

「そのお気持、わからないではありませぬ。が、いまお出ましになられることは、何としてもおとめ申しあげなければなりません。なにとぞ、この利房とともに高台寺へお帰りください。もうこれ以上先へ進まれては命が危ない」

「大げさなことを」

「そうではありませぬ。叔母上、この外の騒ぎ、何と御覧になられる」

「伊勢おどりでしょう。気づかいはいりませぬ。いかに踊りまわっているとて、乱暴もしますまい」

「いや、そうではござらぬ」

「え？」

「たしかに、ここまでの騒ぎは伊勢おどりでしたが、もう、これより先に群れておりますのは、伊勢おどりではありませぬ、不逞無頼の浪人ものばかりです」

利房は声を低めた。

「大坂方は、浪人を集めて陣を張っております」

「まあ」

「片桐且元は、ついに、お城を追われました」

——且元が、ついに……

彼の大坂城退去を告げる利房の言葉を、おねねは、人間以外のものの声が遠くから響いて来るような思いで受けとめた。

且元を追い出すということは、彼の和平工作を拒否することである。そして、それは、はっきり徳川方に宣戦布告をしたにひとしい。

そのことを食いとめようとして、おねねが高台寺を出て、西へ急いでいたそのとき、どうやら、且元は、大坂を追われて、茨木の居城への道を急いでいたらしい。一方は西へ、一方は東へ——あとになってみれば、両者は一つの道を、同じ十月一日という日に歩みつづけていたことになる。

——こうなることを、何としてでも食いとめたかったのに。

あまりにも性急な、感情のみをむき出しにした処置ではないか。よし徳川への憎悪は抑えきれないにしても、政治というものは、最後まで、手のうちの切札は見せないようにすることが大事なのだ。

が、こんなふうに、子供じみた感情的な憎悪を投げつけてしまっては、もう戦いの坂を転がり落ちるよりほかはないではないか。

——それも、勝味のない戦いを……

秀頼もお茶々も、秀吉在世時の幻を追っているとしか思われなかった。彼らが、号令すれば、秀吉のころと同じく諸国の大名たちが傘下に集まると錯覚しているらしい。すでに秀吉が死んで十数年経っているというのに、どうやら、お茶々の時間は、あの日以来停止しているようだ。

今になってはっきりわかるのは、関ケ原での手痛い敗北の意味を、お茶々が、まるで感じとっていないということだ。

——あのひとには、全く世の中というものが見えていないのだ。

ただただ、わが子を天下人の座にのしあげようという、おそろしいまでの執念にとりつかれているお茶々……

これでは、自分がいくら説得しようとしても無駄だったかもしれない。

——いや、それでも、もしかして間にあっていたら……

おねねの頭の中には、一時にさまざまな思いが駈けめぐった。

腹立たしさと、悔いと徒労感と……

そうしたものが、一時におねねを圧倒した。

「叔母上」

利房の言葉で我にかえるまで、どのくらいの時が経ったろう。

「ちょっと待ってください」

乗物から降りて、おねねは身づくろいして息を入れた。

「ここはどのあたりでしょう」

「鳥羽(とば)でございます」

鳥羽――。大坂への道は、かなり遠い。いくら手をかざしても、ここからでは、大坂城の黄金の甍は見えはしない。

――もう私は生涯あの城を見ることはないのではないか……

と思ったとき、あの城ができるとき囁いた長政の声が、ふとよみがえった。

「義姉(あね)さまのお城でございますぞ」

が、その城は、いま、おねねの手に届かぬ彼方にあった。

「帰りましょう」

小さな呟きがおねねの口から洩れたのは、そのときであった。

利房の顔には、安堵の色が浮かんだ。

「おお、お聞きいれくださいましたか」

手をとって、乗物に導き入れようとする利房に、おねねは、ふとたずねた。

「そなたに、私のことを知らせたのは誰ですか」

家康の内意をうけて、ひそかに高台寺を見張っていた京都所司代あたりかと思ったら、意外な答が返って来た。

「兄でございます」

「え？」

「兄の勝俊です。高台寺をおたずね申しあげたところ、なにやら寺内の気配がおかしいと気づいて、私に知らせてくれました」

「まあ、それで追いかけて来たのですか」

禄を離れて世捨て人に近い生活をしている勝俊には、おねねのしようとしていることも、徒労と思われたのだろうか。

「そうでしたか……」

おねねは小さくうなずいた。

「ともかく、これで、ほっといたしました。父亡きあと、叔母上を守護しまいらせるのはわれら兄弟でございますから」

おねねは微笑した。利房の言葉を、今はすなおにきこうと思った。

「ありがとう。でも、ほんとうを言えば、ここで引返すのは残念なのですよ」

「でも、叔母上のお身の上にもしものことでもありましたら」

利房には、おそらく自分の気持はわからないだろうという気がした。自分はいま、洪水を両の手でせきとめるようなことをしているのかもしれない。が、それであっても、なお、おねねは大政所の生き方をお茶々に伝え得なかったことに悔いを感じている。

それを阻んだのは何か。お茶々の執念か、家康の野心か。

が、時の流れとは、なんとふしぎなものだろう。息をつめて権力の座をつかみとろうと狙う家康。怨念に燃えてこれにむしゃぶりつこうとしているお茶々。その間で苦闘する且元。全く圏外にあって、あるあきらめをもって傍観する勝俊。

歴史はまさにこうした人々の心情のるつぼである。そしてその中にあって、おねねが、何とかお茶々と語りたいと思ったことも、またひとつの真実なのだ。

おねねは、その徒労に気づかないわけではない。

——道ゆく人は、こうして鳥羽の地に立っているのが、かつての北政所だということも、その私がどんな思いでいるかということも誰も知らない。いや、たとえ知っている人がいたとしても、百年二百年後、誰がそのことをおぼえていてくれるだろう。

——たしかに、私は、何もできなかった。でも、私はそうせずにはいられなかったのだ。

それはなぜか。それは自分も火にかけられたるつぼの中のひとりであるからだ。

瞬間、おねねは、そのるつぼの下に燃えさかる紅の炎を見たようなめまいを感じた。

おねねの見たものは幻の炎だったかもしれない。

が、歴史をふりかえってみるならば、その日はまさしく、戦いの炎の燃えたった日でもあった。

十月一日——。おねねが鳥羽街道に立ちつくして、都に戻ることを決意したちょうどそのころ、駿府では家康が、諸大名に大坂への出陣を命じていたところだったのだから。

いよいよ大坂の陣は始まったのだ。

家康はおそらくこの戦いに、彼の生涯を賭けていたにちがいない。それだけに、これから先の数か月の合戦の中に、彼の慎重さも狡猾さも、すべて、むき出しになっている感じである。

彼は決して功を急がなかった。十万の大軍を大坂城の周囲に結集させながら、焦って攻撃をかけるようなことをせず、じっくり時機を待った。佐渡や甲州の金掘りを動員して、大坂城内へのぬけ穴を掘らせたなどというのも、彼の長期戦の気構えを示すものだろう。

さらに彼は、白兵戦を極力避け、城を遠巻きにして、どんどん大砲を撃ちこんだ。心理的な攪乱を狙ったのである。

そうしておきながら、彼は、早々と和平交渉を始めている。このために、和議をはさんで、大坂の合戦は、冬の陣、夏の陣と分けて考えられているが、実はこれは一つの戦いだ。ただ家康はここで講和という名の戦いをやってのけたにすぎない。このあたりに、彼の狡猾さは最もよく現われている。

が、大坂方はそれに気づかなかったらしい。この期に及んで、改めてお茶々を江戸に送ることを提案している。

「お茶々さまは、本当に江戸へお下りになるのでしょうか」

いわやるんは、そのなりゆきに無関心ではいられないらしい。

「もしもそういうことにでもなれば、高台院さまの御意向は達せられるわけでございますね」

おねねは微笑して首を振った。

「いや、そうではありませぬ」

形は似ているが、その間に大きく歴史は変っている。もう今からでは遅すぎるのだ。

「おそらく徳川どのは断られると思います」

家康の望んでいるのは別のことだ、という気がした。

はたせるかな彼はお茶々は江戸に下るに及ばない、と言って来た。そしてそのかわりに持ち出したのが大坂城の堀を埋めるという条件である。そして一応の和議が成立すると、彼は大急ぎで堀を埋めてしまった。このときも大坂方では外堀だけと思っていたら、徳川方は本丸を残して内堀まで埋め、二の丸の櫓や屋敷もこわしてしまった。和議という名の作戦で、家康は槍先でかちとる数倍もの戦果をあげたわけだ。

そうしておいて、彼は秀頼に大和か伊勢へ移ることをすすめて来た。これはあきらかな挑発である。

——話がちがうぞ。

いきりたっても遅かった。ふたたび戦いが再開されたとき、大坂城は、全く防禦力を失っていた。

夏の陣の戦闘開始は四月の末、家康が大坂城に総攻撃を加えたのは五月五日である。そしてその二日後には、大坂方のおもな武将は戦死してしまっている。その上、裏切り者の手によって天守閣には火が放たれた。

さしもの天下の名城も、堀を埋められてしまっては、何ほどの威力もなかったのだ。

「大坂城が燃えております」

知らせを持っておねねの居間に入って来たのは、甥の利房だった。彼は家康に命じられて、高台寺の警固にあたっていたのである。

その顔を見たとき、おねねは、彼に制せられて都に引返した日のことを思い出した。

——あのとき、私は、もうあの城を見ることはないような気がしたけれど……

予感はどうやら的中したらしい。

るつぼの火の幻覚が、もう一度おねねの眼裏(まうら)によみがえったのはこのときである。

——あの金の甍、あの白い壁。ついにあの壮麗な城も、るつぼの中に投げこまれてしまったのだ……

「お茶々どのと秀頼はどうなりましたか」

おねねがたずねると、

「さあ、消息はまだ何とも」

と利房はかぶりを振った。

が、そのころ、すでに大坂城では、お茶々と秀頼は、城を焼く火の中で、自らの命を断っていた。

その知らせが高台寺へ伝えられたとき、

「そうですか」

それだけ言って、おねねは静かに瞑目した。

憎しみはすでに消えていた。

いま、おねねの胸にある思いは、

——いかにもお茶々らしい死に方だ。

ということであった。

かたくなに我を張って、われとわが身を、るつぼの中に投げこんで死んでいったお茶々。

小谷城の落城の炎の中から人生を歩みはじめた彼女が、いま落城の炎の中に、その生を終えたのは、偶然のことではないのかもしれない。

もしお茶々が秀頼を産まなかったとしたら？　あるいは彼女は、まったく別の道を歩んだろう。そして、もしおねねが子供を産んでいたとしたら、いま大坂城の炎の中で焼かれているのは、おねね自身であったかもしれないのだ。その意味では、お茶々は、おねねが当然辿ったであろうもう一つの生を、かわりに生きてくれたともいえるのである。

――お茶々どの……とうとう私たちはしみじみ語りあうこともありませんでしたね。生涯敵意をむき出しにして向って来たお茶々ではあったが、彼女の修羅をいちばん理解できるのは自分ではないか、といま、おねねは思うのであった。

が、大坂城を焼く火は遠い。そしていま、お茶々は、さらに遠くに去ってしまっている……

お茶々が修羅の炎の中に自らの生を絶ったあとも、おねねはかなり長く生き続けた。一万六千石を与えられて、大名なみの待遇をうけ、豊臣秀吉夫人としての格式を保ち続けた彼女が生命の火を消したのは、寛永元（一六二四）年、七十六歳の秋であった。

あとがき

「王者の妻」は一九六九（昭和四四）年から翌年にかけて山陽新聞、埼玉新聞ほか十数紙に三一〇回にわたって連載したもので、私にとっては二作めの新聞小説です。豊臣秀吉の妻として戦国乱世を生きぬいて来たにもかかわらず、これまで関心を払われることの少なかったおねねを主人公にしたのは、平凡人の、それも女性の視点から十六、七世紀のあの変動期を眺めることによって、これまでとは少し違った歴史小説を創り上げたかったからです。

庶民の娘に生れて従一位を授けられ、北政所と呼ばれるに到ったおねねは、当時の女性の出世頭ですが、私はこの物語を出世譚にするつもりは、はじめからありませんでした。むしろ出世について廻るほろ苦さの方に興味があったのです。それを通じて、既成の秀吉にまつわる英雄伝説を批判することに、歴史ものの書き手としての狙いがあった、といってもいいでしょう。

明治以来の日本の海外膨張策の中で、秀吉は誇大に賛美されすぎた傾きがあります。私が彼のめざましい昇進ぶりよりも、昇りつめた後の人間崩壊ぶりにスペースを割いたのも、そうした近代日本の造りあげた英雄神話を考えなおしたかったからにほかなりません。

とはいうものの、私にとってはかなり旧作に属するこの作品には、今となっては手を入れたい所もないではないのですが、文庫収録にあたっては、加筆訂正は最小限度に止めました。ただし、文中に登場する秀吉の甥、秀勝について、これまで一方の眼が不自由な人間としていた部分を訂正してあります。これは、長い間、学界でも史料をそう読み解いていたのですが、その後の研究によって、史料の誤読があったことが判明したからです。少しくわしく触れますと、当時の史料として最も信頼できるものの一つである『多聞院日記』の旧版には「一眼也」とあったのですが、学者の研究によって、これは「一腹也」と読むべきだ、ということになりました。前後の文章によると、ある人物と秀勝は一腹——つまり同じ母親の子だ、という意味になります。史料じたいの意味が研究によって変ってくるという、興味ある例かもしれません。

永井路子

解説（PHP文庫版）

尾崎秀樹

一　永井路子の人と作品

私は永井路子を知ったのは「近代説話」に加わってからである。「近代説話」という雑誌は昭和三十二年五月に創刊され、三十八年五月まで続いた。丸六年だが、その間に十一号しか出ていないきわめて怠慢な雑誌だった。しかしそのメンバーからつぎつぎと直木賞作家が誕生し、しかも受賞作の三篇までが同誌発表のものだったというきわめて珍しいケースで、マスコミの話題をよんだ。

もともとこの雑誌は、寺内大吉と司馬遼太郎が話しあううちに、ひょうたんから駒が出た形で、何となくはじまったものだ。寺内も司馬もいわゆる同人雑誌をはじめる気はなかった。商品としても通用する作品を書くということは共通した意識だったが、マスコミ的な要求にかかわりなく、自由に書ける場をもちたいと考えたのも一つであった。

「近代説話」というタイトルが象徴するように、ここに集まった作家たちは、小説のおもしろさを回復したいという意欲に燃えていた。それがちょうど昭和三十年代後半の文学状況とマッチし、それぞれの作家のこころみをクローズ・アップさせることになったのである。司馬遼太郎は歴史小説にむかい、寺内大吉はギャンブル小説に特色を出し、黒岩重吾は独特な風俗ものに、伊藤桂一は兵隊小説に、そして永井路子は「悪禅師」「黒雪賦」「いもうと」など、後に「炎環」にまとまる作品を発表して、それぞれに直木賞への道をひらいた。

私は伊藤桂一の紹介で永井路子を知ったように記憶しているが、そのあたりのことはあいまいだ。とにかく気がついたときには彼女は「近代説話」の仲間だった。彼女が同誌に登場するのは昭和三十七年四月の第九号からで、そこに「悪禅師」が掲載された。私はそれまでに「応天門始末」や「青苔記」などの作品を読んでいたが、まだ面識はなかった。同人たちの集りで顔をあわせ、鎌倉へ引越すという直前にわが家へたずねてこられたこともある。

その前年まで「マドモアゼル」の副編集長をつとめていて大の男をしごくきびしさもあると聞いていたから、顔をあわすまではなんとなくたくましい女性を想像していたのだが、意外に小柄で、しかも物書きに珍しいくらいの美貌の持ち主だったので、落着かなかった記憶がある。

「近代説話」に発表した三篇のほかに、「覇樹」を書き加えてまとめられたのが「炎環」だが、この連作は昭和四十年春に第五十二回直木賞に選ばれ、永井路子の文壇への登場作品となった。その単行本のあとがきに、彼女はつぎのように述べている。

「一台の馬車につけられた数頭の馬が、思い思いの方向に車を引張ろうとするように、一人一人が主役のつもりでひしめきあい傷つけあううちに、いつの間にか流れが変えられてゆく——そうした歴史というものを描くための一つの試みとして、こんな形をとってみました」

すでに述べたように、「炎環」は四篇の連作によって、源氏から北条氏へと政権の移り変る時期の時代相を浮かびあがらせたもので、権勢の座をめぐって陰湿な野望を抱く頼朝の異母弟・悪禅師全成、北条政子の妹で全成の妻となり、実朝の乳母でもあった保子、頼朝の政策を影で補佐した梶原景時、それに尼御台の政子やその父など北条一門の人々が、肉親の情を越えてせめぎあう姿が、それぞれの立場から描かれていた。それは「あとがき」にもあるように、一人一人が主役のつもりで、思い思いの方向に車をひっぱろうとする馬のあがきにも似ており、その一見ばらばらな動きがいつか歴史の流れを形づくるさまを物語ろうとしたものであった。

選考委員の一人、海音寺潮五郎が、この作品について「歴史小説の正統派がはじめて直木賞を得たことを一きわよろこびとしたい」と述べたことでもわかるように、本格的な歴史解釈をふまえた小説であり、そこにまた永井路子の歴史文学の特質が端的にしめされていた。しかも戦国期や幕末以上に、人間の野心がむき出しにされたドラマをつづる鎌倉時代の歴史と四つに取り組み、権勢欲にかられた人々の意識や、権力の座についた者の虚無感などをさぐることで、そこに現代をも再現しようとする作者の姿勢が感じられた。

作中にみられる永井路子の歴史解釈の新らしさは、公暁の実朝暗殺の黒幕が三浦義村だったという彼女の見かたにたいして、歴史家の石井進がその着眼を評価していることでも裏づけられる。石井進は中央公論社版の「日本の歴史・鎌倉幕府」の中で、とくに「炎環」のあとがきを紹介し、「まことに正しい見かただとおもう」と述べているが、このような彼女の歴史にたいする現代的な感覚は、それ以後の作品においても顕著であり、ひとつの特長をなしているといえよう。

永井路子は大正十四年に東京で生まれたが、まもなく父の郷里である茨城県の古河へ移り、そこで成長した。東京女子大の国語専攻部を卒業したのは昭和十九年、在学中に当時女子大の教師だった臼井吉見に教わったこともあるという。戦中派の一人である彼女は、私などと同じく、敗戦によって歴史認識の一大転換を経験し、戦後、社会科学的な歴史観が急速にひらけたことに、新鮮な興味をかきたてられたに違いない。東大経済学部の聴講生となり、日本経済史の安藤良雄ゼミに加わったのも、そのあらわれであろう。昭和二十四年に歴史学者の黒板伸夫と結婚したことも、歴史への関心をいっそう深めたものと思われる。

結婚後まもなく小学館に入社し、婦人雑誌の編集者として過したが、その経験はさらに彼女の現代的な感覚を養うのに役立ったともいえよう。その頃から歴史小説に手を染め、昭和二十七年には「サンデー毎日」の懸賞小説に応募した「三条院記」が入選し、二十九年には「下剋上」が第三回オール新人杯の次席となるなど、次第にその才能を開花させていった。昭和三十三年頃からは、それまでの本名黒板擴子に代って永井路子の筆名を用い、三十六年に「青苔記」が直木賞候補となったのを期に小学館を退社する。そして翌三十七年に「近代説話」に加わったことはすでにふれたが、彼女としてもこの前後から、本格的に創作にうちこみはじめたようだ。

直木賞受賞の後、つぎつぎに作品を発表し、彼女より一足先に直木賞に選ばれた杉本苑子とともに、女性の歴史小説家として注目された。後白河法皇を中心に、源平時代のマキャベリストたちをとりあげた「絵巻」などの長篇をはじめ、作品集「長崎犯科帳」「宿命の天守閣」「雪の炎」等に収められた諸作品は、あつかっている時代や素材も多様だが、その中で昭和四十二年から翌年にかけて地方紙に連載された「北条政子」は、「炎環」と同じく鎌倉期に材をとりながら、女性の生きかたをも追求しようとしたもので、彼女の代表作のひとつにあげられる。

この長篇は尼将軍として知られた北条政子が、頼朝と結ばれるあたりから筆をおこし、公暁が殺されるまでの歴史的な経過をたどり、武家政権の確立期における頼朝や北条一族などの複雑な動きを立体的にとらえて、歴史解釈にも鋭い味をしめしていたが、それらを政子の内面に即して語ったところに、独自なモチーフがあった。政子の性格についてこれまでの固定化した認識を破り、その女性らしい心理を追うことにつとめており、ビビッドな像を彫りこんでいる。

ある新聞でのインタビューに答えて、彼女は男性が歴史上の女性を書く場合、たいへんいい女か、悪い女に書かれ、中間的なものがないともらしていたことがあるが、彼女が「北条政子」を書くにあたって、歴史の表面的な変遷の影で、生きて呼吸してきた女性たちの陰影に富んだ内面を、同じ女としての眼でとらえ直し、女性の歴史小説家としての持ち味を発揮させたいと考えたのもうなずける。

こうした方向は「一豊の妻」や「王者の妻」「朱なる十字架」「乱紋」などにもひきつがれているが、その一方で「新今昔物語」のようなメルヘンも手がけ、彼女の住んでいる鎌倉や京都などの歴史紀行、「万葉集」や「平家物語」等の古典に関するエッセイ、さらに「歴史をさわがせた女たち」「日本スーパーレディ物語」「日本夫婦げんか考」「歴史をさわがせた夫婦たち」「にっぽん亭主五十人史」などにまとまる歴史随筆などを精力的に書きつづけ、「悪霊列伝」では古代から、その死後、悪霊として怖れられた歴史上の人物たちにふれて、日本人の精神史の裏をさぐるといった、野心的なこころみも行っている。

これらのほかにも多くの作品を発表し、歴史上の人物を語る発言や文章も多数にのぼるが、そのいずれにも歴史にたいする豊富な蓄積と現代的な解釈がみられ、しかも女性としての視点を失わないところに、新鮮な魅力を感じさせるのだ。

二 「王者の妻」の位置

「王者の妻」は昭和四十四年十二月十一日から翌年十月二十一日にかけて、三百十回にわたり地方紙数紙に連載された長篇である。王者というのはいうまでもなく、一介の草履とりから天下人に出世した太閤秀吉のことであり、その妻は北政所のおねねだが、日本一の出世男を夫に持ちながら、最後まで庶民的な性格を失わなかったおねねの健康な生きかたをとおして、戦国期の女性のさまざまな問題を描くと同時に、秀吉にたいする批判をももりこんだのがこの作品だ。

父の杉原定利に死にわかれ、伯母の夫である織田家のお弓衆頭、浅野又右衛門長勝のもとで、妹のおややとともに養われていたおねねが、十四歳のとき、小人頭の木下藤吉郎から求婚されるあたりから筆をおこしているが、美男の前田犬千代をひそかに思慕していたおねねが、それと対照的な藤吉郎の人間性を健康な目でみつめ、結婚を決意するくだりに、この夫婦の後々までの関係をまず暗示させているのは、作者らしい目のくばりだといえよう。

気前のよいおねねとしまつやの藤吉郎、この夫婦の平凡な生活も、藤吉郎の地位があがるにつれて次第に変化するが、おねねの性格は変らない。しかし藤吉郎の方は浮気の虫が頭をもたげ、おねねを悲しませることが多くなり、そのあげく思いあまって主君の信長に夫の不実を訴えるが、信長からの手紙で慰められた彼女は、妻の立場を自覚し、余裕のあるたくましさを身につけてゆく。

本能寺の変以後、秀吉はその政治性を発揮し、信長のあとをついで権力を握るが、それと同時に女性遍歴も大っぴらになり、おねねは黄金の城の女あるじとして君臨しながらも、目に見えない女のいくさに消耗し、ふかい孤独におちいる。しかも彼女の冷静な眼は、やがて夫の異常さに気づくのだ。権力欲にとりつかれ、いつか知らないうちに内部崩壊をきたし、人間性の異常さをきたした夫の行動をみつめながら、ひとり孤独をかみしめる権力者の妻の不幸を作者は描き出す。そして秀吉の死後、大坂城をお茶々にゆずりわたして京都の屋敷に退き、徳川との間に緊張のたかまる政治的状況を外側から眺める立場をとる。

だが徳川を目のかたきとするお茶々の態度に批判的なおねねの存在は、おのずから一種の第三勢力を形成し、関ケ原の戦では徳川方に有利に事をはこぶ結果となった。この対立が豊臣対徳川の戦ではなく、北政所対淀君の対決だといわれるゆえんもまたそこにある。

おねねは自分に親切にふるまう家康の下心を見抜きながらも、お茶々のありかたにつよい不安をもち、大坂の陣を前にして和平工作を行おうとしたこともあったが成功せず、結局豊臣家は滅んでしまう。その経過を静観しながら、彼女は修羅の中で最後まで醒めた意識をもち続けた。そしてこのようなおねねの歴史をたどりながら、作者は波瀾の中にあって健康で常識的な眼を失わず、庶民的なたくましさをもあわせもっていたおねねの生き方に、深い共感をしめしているようだ。

永井路子がおねねの女としてのありかたを高く評価していることは、「日本スーパーレディ物語」の中に書かれた「日本一の〝オカミサン〟——北政所」という文章をみても理解される。最後までオカミサン的な味を失うことのなかった、そのあたりのふんわかとした味わいが日本一であり、「彼女よりもガクのあるの、きれいなのはざらにいるが、オカミサンとしての値打ちは彼女の右に出る者はないと思う」と言い、またつぎのようにも書いている。

「周知のようにねねには子供がない。そのことは当時の女性にとっては大マイナスだったにもかかわらず、依然正夫人としての権威を保ち得たのは、そのお人柄によるものであろう。

しかも、彼女のえらい所は、側室たちににらみをきかせただけでなく、政治のことにもかなり気をくばって、夫の秀吉にそれとなく助言をしていたことだ。史料をさぐってみると、彼女のとりなしで命を助けられたり、領地をとりあげられずにすんだ人間はかなり多い。

それでいて、彼女はいつもひかえめで、決して夫のやることに口出しをするというようには見せなかった。これは淀君が権勢欲の権化のように思われているのと対照的である。淀君は……単なる過保護ママであって、秀吉の生前さほど口を出した形跡はない。むしろ、ねねのほうが、ずっと政治家だったのに、逆の印象をあたえたあたり、なみなみならぬ手腕の持ち主だ」

ある座談会で永井路子は、歴史上の女性といっても現在のわれら女たちと同じ人間だと語っていたが、「王者の妻」の主人公ねねを描く姿勢にもそれはあらわれている。夫婦のありかた、姑との関係、女としての幸不幸など、昔から現在にいたるまで女性をとりまいてきたさまざまな問題が、ここにも影を落しており、それがおねねの姿をいきいきと浮び上がらせる結果となっている。

「王者の妻」のあと、永井路子は「一豊の妻」で、内助の功で有名な山内一豊の妻の伝説をひっくり返し、「朱なる十字架」で細川ガラシヤを描き、「乱紋」では淀君の妹で徳川秀忠夫人となったおごうをとりあげているが、いずれもそうした視点でつらぬかれ、歴史の中の女性たちを身近な感覚でとらえている。歴史上の諸事件へのするどいきりこみとともに、このような視点は永井路子の現代的な感覚をしめすものといえよう。

（おざき　ほつき／文芸評論家）

解説（朝日文庫版）

大矢博子

今年（二〇二三年）一月、永井路子さんが亡くなられた。

――という一文からこの解説を書き始めねばならないのが、とても残念だ。享年九十七は一般には大往生と言えるかもしれないが、永井さんに関してはもっともっと作品を読みたかった、考えを聞かせて欲しかったという思いが拭えない。それはひとえに、彼女が常に歴史に新たな視点を与えてくれる作家だったからだ。

来歴やデビューの経緯については前掲の尾崎秀樹（ほつき）先生の紹介に詳しいので割愛するが、男性作家が大半だった歴史小説の世界に於いて、有吉佐和子や杉本苑子らとともに女性視点の歴史小説という分野を切り拓いた功績は極めて大きい。

ここで言う女性視点とは、作家が女性という意味ではなく、女性を主人公とした歴史小説を指す。武将も志士も男性なので自然と歴史小説は男性主人公のものが多くなるのだが、当時の女性の目から歴史を再構築してみせたのが彼女たちだった。有吉佐和子の言葉を借りれば、男性の歴史（ヒストリー）= his + story に対して、女性の歴史（ハストリー）= her + story である。

歴史小説の主人公になるような男たちの近くには、母、妻、娘、側室から使用人に至るまで必ず女がいる。そしてその女性が見る歴史は、男性の見るそれとは違っている。その筆頭は、日本三大悪女と呼ばれた中のひとりである北条政子を、子どもたちを守ろうとする母性の人として描いた『北条政子』（一九六九年）で、その視点は（彼女は北条義時の指示で動いていたということも含め）当時はとても新鮮なものだった。

その次に著者が手がけた歴史小説が本書『王者の妻』（一九七一年）である。

女性主人公で歴史を描くというと、愛憎などの情に偏ったメロドラマを連想される読者がいるかもしれないので、そこははっきり「違う」とお断りしておかねばならない。もちろん、恋愛や嫉妬といった情も重要な要素ではある。しかし永井路子の小説の本分は、これまで主要な扱いを受けてこなかった「主人公の傍の女性」に語らせることで、従来の人物像や事件に別角度から光を当て、歴史を見直す点にある。それを可能にしたのが、膨大な史料の精査だ。

たとえば、本書の主人公、おねねである。

織田信長の草履取りから始めたという軽輩の木下藤吉郎（のちの豊臣秀吉）に嫁ぐ。祝言は土間に藁を敷き、その上に筵（むしろ）を敷いてという粗末なものだった。けれどそこから夫は順調に出世していき、ついには関白まで上り詰める。おねねも、しがないお弓衆頭の養女から従一位という押しも押されもせぬファーストレディへと出世する。

その過程でのふたりの対比が本書の鍵だ。

女を囲い、ライバルを蹴散らし、関白、太閤となってからは大言壮語が甚だしくなる秀吉。尾張の百姓の子だということはみんな知っているのに、祖父は実は公家だったとか、あまつさえ自分は天皇の落胤だとまで言い出す。実子可愛さに、関白を譲った甥の秀次を自害に追い込み、その一族郎党まで残酷に殺す。世界情勢もわからぬままに明国に出兵し、勝てると思っている。主君である信長の遺児や弟を冷遇しておきながら、自分の息子のことはくれぐれも頼むと遺言する。

おねねは言う。「正気の沙汰とは思えませぬ」と。

令和の今でこそ、晩年の秀吉については否定的に描くドラマや小説が多いが、本書が書かれた昭和四十年代は、今より秀吉人気が高かった。明るくて、誰からも好かれる人たらしで、才覚で貧農から天下人まで上り詰めたという出世譚が、高度経済成長期の日本に丁度よくはまったのだ。戦中までは徳川を倒した明治政府の流れを汲んだ教育だったため、徳川と敵対した豊臣を持ち上げる風潮もあった。

そんな英雄・秀吉を、永井路子は「正気の沙汰とは思えませぬ」と妻に言わせたのだ。妻の目から夫が壊れていく様子を活写し、人間崩壊とまで書いたのだ。

では、おねねはどうか。自らの身分に酔って軽輩だった過去までなかったことにしようとする夫とは反対に、おねねはずっと変わらなかった。豪華な城に住み、きれいな裲襠（うちかけ）を着ても、「自分の結婚式は藁の上だった」と話して笑い、輿を面倒がって歩く。本書では便宜上標準語で書かれているが、実際は尾張弁で秀吉とケンカをしていたという。

おねねの中身が庶民のままだった、というのは決して著者の創作ではない。その傍証となるのが上巻で、信長に秀吉の浮気を訴え、信長から「こん五たうたん」の文を貰うくだりである。

考えてみていただきたい。武家の結婚は政略的なのが当たり前のこの時代、大名の正室が夫の浮気を夫の上司に訴えるなど、本来はありえないのだ。作中でも我に返ったおねねが「これでは町屋の女房と同じ」と反省する。だが信長からの文が現存している以上、おねねが夫の浮気を上司に訴えたことは史実なわけで、こういう史料から著者は「おねねの中身は庶民だった」という解釈を作り上げていったのである。だからこそ、秀吉との対比が光るのだ。

また、関ヶ原でなぜ小早川秀秋が裏切ったのか。秀吉の子飼いだった加藤清正や福島正則がなぜ徳川方についたのか。石田三成憎しで語られることの多かったこれらの謎も、おねねと彼らの関係を軸に考えれば実にすんなり筋が通る。関ヶ原は豊臣（石田）と徳川の戦いであるとともに、茶々とおねねの戦いでもあったということのなんたる説得力か。

女性の視点で歴史を再構築する、とはこういうことだ。

そんな史料から読み解いた解釈の上に、情の描写を載せてくる。たとえば大坂の陣が始まったとき、おねねが茶々に会いに行こうとする場面がある。これも史料にあるのだそうだ。憎き茶々など滅ぼされるに任せておけばいいじゃないか、と思うが、おねねは実際に大坂城へ向かった。なぜか。

おねねの行動は史料でわかる。だが心まではわからない。そこからが小説の出番だ。それまで積み重ねてきたおねねの葛藤や悩みや諦めがヒントになる。

おねねには子がいなかった。一方、茶々は我が子のことだけを考え、国を傾けた。子どもを持たないおねねにとって茶々の姿は、もし自分に子がいたらこうなっていたのではという「もうひとりの自分」に見えたのではないだろうか。だから助けたかったのではないだろうか。茶々もまた、悲運な「王者の妻」なのである。

これは私の解釈に過ぎない。読者それぞれにぜひおねねの心情を想像してみていただきたい。それこそが史料ではない、小説の持つ醍醐味だ。

なお、些細なことではあるが念の為。現在では秀吉の正室の名前は「おね」と表記されることが多い。だが永井路子は、本書を修正する機会は幾度となくありながら、おねねで通している。本人のエッセイや講演録によれば、「お」は親愛の敬称なので、そうすると名前が「ね」一字になるのはおかしい、「ねね」は「ねんね」という小さな子を愛でるときの表現であり、それがそのまま名前になった（妹は赤子を意味する「やや」である）と考えた方が筋が通るとして、おねねのままにした由。細部に至るまで考証を重ねて自分が納得したことのみを書くという永井路子の姿勢がよく現れたエピソードではないか。

このあと、著者は女性視点の歴史小説を次々と生み出す。尾崎先生の解説で触れられていないものを挙げると、『流星　お市の方』（一九七九）、日野富子を主人公にした『銀の館』（一九八〇）、『山霧　毛利元就の妻』（一九九二）、今川の尼城主と呼ばれた寿桂尼を描く『姫の戦国』（一九九四）などなど。ぜひ手を伸ばしていただきたい。それまでの印象を覆す歴史の新たな面に出会えるはずだ。

また、歴史エッセイもいい。本書にもところどころ著者が顔を出して、当時の人々を今の世（といっても五十年前だが）に喩えてくれる場面があり、親しみやすくなっているが、エッセイは全編あの調子である。『歴史をさわがせた女たち　日本篇』（朝日文庫）、『美女たちの日本史』（中公文庫）、『日本夫婦げんか考』（中公文庫）などの他に、同時代を共に走った盟友・杉本苑子との対談集『ごめんあそばせ独断日本史』（中公文庫）はふたりの軽やかにして時々毒を含んだ会話がなんとも楽しい。

もはや新たな作品を読むことは叶わないが、毎年の大河ドラマを観るたびに、現代の作家の歴史小説を読むたびに、「永井路子はどう書いてるかな？」と折に触れてページをめくりたくなる。そんな作品を多く残してくれたことに、感謝は尽きない。
永井さん、ありがとうございました。

（おおや　ひろこ／文芸評論家）

王者の妻　下
豊臣秀吉の正室おねねの生涯

朝日文庫

2023年6月30日　第1刷発行

著　者　永井路子

発行者　宇都宮健太朗
発行所　朝日新聞出版
〒104-8011　東京都中央区築地5-3-2
電話　03-5541-8832（編集）
03-5540-7793（販売）
印刷製本　大日本印刷株式会社

Published in Japan by Asahi Shimbun Publications Inc.
定価はカバーに表示してあります

ISBN978-4-02-265104-4
落丁・乱丁の場合は弊社業務部（電話 03-5540-7800）へご連絡ください。
送料弊社負担にてお取り替えいたします。